**CLAUDINE
NA ESCOLA**

Colette
e Willy

CLAUDINE
NA ESCOLA

Tradução de **Juçara Valentino**

Meia Azul
EDITORA

AMBASSADE DE FRANCE AU BRÉSIL

Liberté
Égalité
Fraternité

Cet ouvrage, publié dans le cadre du Programme d'Aide à la Publication année 2024 Carlos Drummond de Andrade de l'Ambassade de France au Brésil, bénéficie du soutien du Ministère de l´Europe et des Affaires étrangères.

Este livro, publicado no âmbito do Programa de Apoio à Publicação ano 2024 Carlos Drummond de Andrade da Embaixada da França no Brasil, contou com o apoio do Ministério francês da Europa e das Relações Exteriores.

COLEÇÃO
Meia Azul

Bas-bleu ou **bluestocking** ("meias azuis", em tradução livre): antiga expressão pejorativa para desdenhar de mulheres escritoras, que ousassem expressar suas ideias e contar suas histórias em um ambiente dominado pelos homens. Com a *Coleção Meia-azul*, voltada para narrativas de mulheres, queremos reconhecer e ampliar a voz dessas desbravadoras.

PREFÁCIO

A IRREVERÊNCIA DE UM PROTAGONISMO EM VIDA E OBRA

por MELLORY FERRAZ

Se algum leitor desavisado começar *Claudine na escola* esperando uma história recatada porque ouviu dizer que Sidonie-Gabrielle Colette (1873-1954) é uma das maiores escritoras da França do século XX, muito se surpreenderá com uma grande balbúrdia acontecendo. O inesperado, aqui, é capaz de prender a nossa atenção e de nos maravilhar diante de uma protagonista autêntica e espontânea, a qual provoca inúmeros episódios humorísticos e interessantes. Então, sim, trata-se de um livro espirituoso, dentro de uma obra vasta, notável e canônica.

Publicado em 1900, *Claudine na escola* é o primeiro de uma série de livros protagonizados pela heroína titular, seguido por *Claudine à Paris* (1901), *Claudine en ménage* (1902), *Claudine s'en va* (1903) e, por último, *La Retraite Sentimentale* (1907). Embora todos eles tenham sido escritos por Colette, somente o último teve essa autoria reconhecida logo na sua publicação – os quatro primeiros vieram à tona assinados por Willy, pseudônimo do primeiro marido da autora, Henry Gauthier-Villars (1859-1931). Willy foi reconhecidamente um homem de vida boêmia, agitador cultural da *Belle Époque* cujos pais possuíam uma editora e, em termos literários, um "autor" que existiu por meio de diversos *ghostwriters*; não à toa, os livros de Colette passam a ser assinados apenas por ela somente a partir de 1913. Assim, a série *Claudine* foi assinada inicialmente por "Willy" e finalizada por "Colette Willy" – nome que aparece na capa de outros livros da escritora até muito depois do divórcio do casal, finalizado em 1910.

Mulher que passou por dois divórcios, atuou na escrita e nos palcos da vida boêmia parisiense, Colette teve uma vida privada tão famosa quanto seus livros – seus relacionamentos com pessoas de ambos os sexos se colocando como uma das fontes da curiosidade do público em relação à sua intimidade. Ela foi, além da escritora de dezenas de obras, uma jornalista bastante articulada e lida (seus artigos transitavam dos periódicos mais conceituados, como o *Le Matin* e o *Le Figaro*, aos mais populares, a exemplo da *Vogue*, da *Marie-Claire* e da *Elle*), bem como a primeira presidente mulher da Academia Goncourt. No entanto, não foi aceita pela Academia Francesa de Letras porque era mulher, acontecimento semelhante à recusa da Academia Brasileira de Letras em aceitar a candidatura da escritora Julia Lopes de Almeida (1862-1934), intelectual muito lida pelos seus contemporâneos brasileiros, assim como Colette na França.

Seus livros são conhecidos por retratar sua época e costumes sociais, e ela não se esquivava de abordar os acontecimentos históricos neles. Os temas cercavam a vivência da mulher francesa, da infância ao envelhecimento – sendo Colette, por exemplo, uma das poucas escritoras que, na ficção, abordou a menopausa (em seu livro *La Naissance du Jour*, de 1928). E não menos importante de ser mencionado é o caráter amplo que as suas histórias alcançaram, já que a literatura de Colette pode ser vista tanto como canônica quanto popular. Mas não deixemos que se confunda esse modo de ver a literatura como algo dicotômico, ou seja, que digam que ou um livro é uma obra canônica, ou comercial, como se não pudesse ser ambas as coisas. Colette mostra como essa separação serve apenas a um público que dá valor à chamada "alta literatura", perdendo muito nessa enganosa mania de hierarquizar a ficção.

De qualquer maneira, Colette foi uma figura intelectual extremamente popular em sua época, e aclamada pelos principais nomes da história da literatura francesa, como André Gide (1869-1951) e Marcel Proust (1871-1922) – este tendo enviado uma carta a ela, após ler *Mitsou* (1919), dizendo que há muito tempo não chorava com um livro[1].

É justamente essa escritora que levou Proust às lágrimas que se tornou uma febre literária e sucesso comercial com os seus primeiros livros. Outra questão importante é que ela incluía traços autobiográficos em grande parte de sua obra, sendo a série *Claudine* baseada na sua própria juventude. Assim como se sabe que Willy a coagiu a começar a escrita de *Claudine à l'école*, a própria autora contou, em seu livro *Mes Apprentissages* (1936), que ele pediu por um livro que fosse influenciado por detalhes *"piquants"* de sua adolescência. Porém, por mais que se possa traçar correspondências entre a ficção e a biografia, a própria Colette declara, em entrevista a André Parinaud para a revista *Hommes et Mondes* (antiga

---

1 HOLMES, Diana. "Colette: The Middlebrow Modernist." Middlebrow Matters: Women's Reading and the Literary Canon in France since the Belle Époque, Liverpool University Press, 2018, p. 75.

Revue de Deux Mondes), que Claudine "Sou eu e não sou eu"[2], uma forma bastante amigável de quem ela foi quando jovem. Este primeiro livro da série *Claudine* conta ao leitor, sob a perspectiva da jovem, seus dias letivos de antes, durante e após o exame do *Brevet Élémentaire*, que à época se tratava de uma certificação dos estudos submetida aos alunos quando completavam dezesseis anos (e, principalmente, às meninas). Junto de suas colegas de sala, Anaïs, Marie e Luce, a protagonista retrata a escola pública do interior da França do século XIX, tendo o campo como um local de refúgio daquilo que tanto a exasperava no ambiente escolar.

Porém, como se trata de uma narrativa em primeira pessoa, são os sentimentos e o julgamento de Claudine de tudo o que vive em sala de aula que chamam a atenção. Ela é uma jovem irreverente, imperativa e agressiva que escandaliza todo mundo ao seu redor – bem, não somente ao seu redor; ela possui uma fama que corre a França inteira, aparentemente. A certa altura do livro, depois de um período de bastante ansiedade para as garotas, elas viajam à capital, Paris, para essa prova tão importante que é o *Brevet*. Vão acompanhadas da diretora da escola, a senhorita Sergent, e lá encontram concorrentes de outras escolas do país. Ao conversar com uma menina que acaba de conhecer, ouve dela a seguinte revelação ao se apresentar:

> Faz muito tempo que "falam" de você. Sou da escola de Villeneuve. Nossas professoras diziam: "É uma moça inteligente, mas astuta como uma raposa e cujos modos de

---

[2] "C'est moi et ce n'est pas moi. Cela a peut-être été un petit moi d'autrefois, assez simpathique". PARINAUD, ANDRÉ. "Dialogue Avec... COLETTE." Hommes et Mondes, no. 79, 1953, p. 241.)

menino não devem ser imitados, nem os cabelos. Porém, se ela quiser, será uma concorrente perigosa no exame". Em Bellevue também todos conhecem você, dizem que você é meio doida e excêntrica em demasia.

Essa opinião externa corresponde à das próprias amigas de Claudine. Uma delas, Marie Belhomme, chega a lhe dizer que "... todos sabem que suas ideias nunca são iguais às dos outros", o que contribui para a imagem que o leitor forma da protagonista. Ela é, aliás, uma leitora ávida, conhecida por todos como alguém que vive na biblioteca do pai e com a cara nos livros, e percebemos como isso ratifica a ideia que todos têm dela como uma jovem respondona e de observações inteligentes.

Além disso, uma das temáticas mais presentes no livro é a da bissexualidade como descoberta. Tudo começa com a paixão que Claudine desenvolve pela sua professora, a senhorita Aimée, quem tenta lhe dar aulas particulares de inglês. O que a protagonista mais aprende nessas sessões é a se descobrir viciada na existência da outra e, consequentemente, desiludida quando é preterida por ela. Descobre, também, e depois de muito bisbilhotar, que a professora se envolve romanticamente com a diretora Sergent, ao mesmo tempo em que fica noiva do novo professor-assistente, Armand Duplessis. Sempre atenta e observadora do comportamento alheio, Claudine busca entender Aimée e, em certo momento, chega à conclusão de que "certamente ela não deseja apenas mulheres".

Outro grande assunto de *Claudine na escola* é justamente a educação formal, muitas vezes criticada pela própria protagonista, que vive escancarando as irregularidades que testemunha na escola. Como ela mesma diz, "um monte de coisas suspeitas e ignoradas pelos pais". De fato, as encarregadas pela educação das garotas – a senhorita Aimée e a senhorita Sergent – sempre dão um jeito de ficar a sós em horário de trabalho, deixando tanto as alunas mais velhas quanto as mais novas sozinhas e sem supervisão. Esse comportamento é foco de muita reprimenda por parte de Claudine, que, claro, sente ciúme de Aimée. Por isso mesmo suas críticas são ácidas e certeiras: há muitas cenas das superioras pegas no flagra em momentos escandalosamente íntimos. Cenas, inclusive, de envolvimento sexual explícitas, não codificadas como as obras da época faziam a respeito desse assunto.

Mas não é apenas esse viés totalmente influenciado pelos próprios sentimentos amorosos de Claudine que contribui para um retrato negativo do colégio. O próprio ensino cotidiano que é aplicado às meninas o faz – um cotidiano negligente que foca mais em repetições e fórmulas vazias de pretenso aprendizado, além da presença abusiva dos homens que fazem parte da administração do ambiente escolar. Dessa forma, como Stephanie Schechner pontua, a educação formal é apresentada "como uma piada, algo do qual escapar sempre que possível e para certamente não ser levado a sério"[3].

Muita coisa muda quando, em determinado momento, a irmã mais nova de Aimée, Luce, se torna colega de sala de aula de Claudine e, mais especificamente, sua dupla de carteira e confidente. Na realidade, Luce praticamente implora pela atenção e afeição de Claudine, que a maltrata o tempo todo, embora exercendo uma atração manipuladora em

---

3 SCHECHNER, Stephanie. "A Delicate Balance: Becoming a Woman and a Writer in Colette's Claudine à l'école and La Maison de Claudine." Dalhousie French Studies, vol. 67, 2004, p. 77.

relação à garota, para dela extrair informações confidenciais sobre a irmã que ama.

Uma ideia muito interessante para nós, leitores de *Dom Casmurro* (Machado de Assis), apontada por Diana Holmes[4] a respeito da narrativa de Claudine é que, pela protagonista enfrentar todo mundo (seja homem ou mulher, colega de escola ou inspetor público) sem grandes temeridades, temos uma narrativa que podemos enxergar como confiável. Como se, por se mostrar sincera, mesmo que por meio da desobediência (ou justamente por conta disso), ela conquistasse a confiança do leitor – algo que acaba acontecendo. Sua irreverência transborda para a forma como conta suas peripécias, nos cativando enquanto personagem, protagonista e, também, narradora.

Tal característica enérgica de Claudine conversa muito com o fato de que ela vive uma vida para além dos muros da escola, já que não é uma interna como a maioria de suas amigas. Ela transita entre a casa de seu pai, onde mora, e o ambiente escolar, algumas vezes passeando por cenários campestres pelo caminho ou quando tem vontade. Isso acontece de estar atrelado a uma maior autonomia dela sobretudo porque, tendo sua mãe falecido, a ausência de seu pai em sua criação é ainda mais significativa. Um exemplo disso é quando, ao participar de uma comemoração da escola, dispensa seu pai de ir vê-la cantar, dizendo que ele "Não precisa mudar seus hábitos". Não nos parece que ela se ressente dessa falta de interesse da figura paterna, sendo a primeira a desobrigá-lo de estar presente em sua vida. O tom de sua narrativa, ao tratar de suas conversas com ele, é de autossuficiência, o que se estende para a maioria dos

---

4 HOLMES, op. cit., p. 64.

acontecimentos, como quando ela dá um jeito de fazer o que bem entender em Paris, mesmo a contragosto da senhorita Sergent. Sobre isso, a própria Claudine reflete: "Diziam, quando eu era pequena, que eu tinha olhos de adulto. Mais tarde, eram olhos 'impróprios'. Não se pode agradar a todos e a si mesma. Prefiro agradar-me primeiro..."

Então não surpreende quando Claudine compartilha suas previsões para o futuro: "Vou deixar a escola, papai vai me enviar a Paris para morar com uma tia rica e sem filhos, farei minha entrada no mundo e cometerei mil gafes ao mesmo tempo... Como vou me adaptar sem o campo, com esse desejo de verde que raramente me abandona?". Os anos seguintes de sua vida serão retratados nos próximos livros da série, e aqui Claudine está só sonhando com o que ainda virá, mas é curioso ver que ela tem uma ideia até que madura para o que pode enfrentar quando sair de casa, ou seja, inevitavelmente cometer alguns erros inerentes à juventude.

Já a irreverência de Colette está atrelada à sua inovação ao tratar, em seus escritos, sobre o corpo e o desejo físico da mulher, não se limitando à parte psicológica e emocional de suas personagens. Em uma época na qual esse não era um tópico bem recebido, ou apenas permitido se o sujeito desejante fosse um homem, protagonistas como Claudine surgem como uma abordagem genuína da vivência e formação de uma mulher como ela em sociedade.

Então são protagonistas como Claudine e as temáticas de transgressão e liberdade associadas a elas que fazem da obra de Colette um objeto bastante estudado e lido pela perspectiva feminista. Afinal, "ela é a escritora mais citada em *Le deuxième sexe*, de Simone de Beauvoir, a autora de língua não inglesa mais frequente nas antologias americanas de escrita feminina dos anos 1970 e um dos três únicos exemplos citados por Hélène Cixous de *écriture féminine*."[5] E, embora Colette negasse ser feminista e evitasse falar de política em suas entrevistas, a sua própria vida como uma mulher sexualmente livre e independente, inclusive em termos financeiros, contribuiu para a leitura das temáticas transgressoras que se é possível fazer de suas obras. Isso mostra as diversas facetas e complexidades de sua vida e obra – que com certeza impactaram a sociedade de sua época, e permanece, até hoje, como uma grande contribuição à literatura.

Mellory Ferraz é formada em Estudos Literários pela Universidade Estadual de Campinas (Unicamp) e possui mestrado em Estudos de Literatura pela Universidade Federal Fluminense (UFF) financiado por bolsa CAPES, com pesquisa a respeito do fluxo da consciência na obra da escritora modernista Virginia Woolf. Em 2010, fundou o Literature-se, um canal no YouTube e redes sociais (como Instagram e TikTok) voltado ao incentivo à leitura, reunindo uma comunidade com mais de 190 mil seguidores. Já atuou como professora de literatura e redação, e também como revisora de textos acadêmicos e literários.

---

[5] ANTONIOLI, Kathleen. "Colette Française (et Fille de Zouave): Colette and French Singularity." French Politics, Culture & Society, vol. 38, no. 1, 2020, p.116.

CAPÍTULO 1

Meu nome é Claudine e moro em Montigny, onde nasci em 1884. Provavelmente não morrerei no mesmo lugar. Meu *Manual de Geografia Departamental* diz assim: "Montigny-en-Fresnois, bela cidadezinha de 1950 habitantes, construída em formato circular à beira do rio Thaize, onde é possível admirar uma torre sarrasine bem conservada..." Essas descrições não significam nada para mim! Em primeiro lugar, não tem rio Thaize nenhum. Sei bem que ele deveria atravessar os prados abaixo da passagem de nível, mas em nenhuma estação do ano é possível encontrar água suficiente para lavar as patas de um pardal. Montigny construída "em círculo"? Não, eu não vejo dessa forma. Para mim, são casas que se amontoam do alto da colina até a parte de baixo do vale, estendendo-se em degraus abaixo de um grande castelo reconstruído durante o reinado de Luís XV, que já está mais deteriorado do que a torre sarrasine, baixa, coberta de hera e cujo topo, dia após dia, desfaz-se mais um pouco. Trata-se de um vilarejo, não de uma cidade: as ruas, graças aos céus, não são pavimentadas: chuvas fortes correm por elas como pequenas correntezas que secam depois de duas horas. É um vilarejo nem tão bonito assim, mas que, no entanto, eu adoro.

O charme, o deleite desta região, repleta de colinas e vales tão estreitos quanto ravinas, são os bosques, os bosques profundos e extensos que se precipitam e serpenteiam até lá embaixo, tão longe quanto a vista alcança... As pastagens verdes às vezes os invadem, as pequenas plantações também, não muitas. Os bosques exuberantes tomam conta de tudo. Isso acaba por tornar esse belo território terrivelmente pobre, com poucas chácaras espalhadas, bem poucas, apenas alguns telhados vermelhos para realçar o verde aveludado dos bosques.

Amados bosques! Conheço todos eles, tantas vezes os percorri. Há regiões de talhadia, com arbustos que arranham nosso rosto de propósito quando passamos. Elas são cheias de sol, morangos, lírios-do-vale e também de serpentes. Quase morri de medo ao ver deslizar diante dos meus pés esses pequenos e atrozes corpos lisos e frios, vinte vezes parei ofegante ao encontrar debaixo de minha mão, perto da malva-rosa, uma cobra bem esperta, geralmente enrolada em espiral, com os pequenos olhos dourados olhando para mim. Ela não é perigosa, mas que aflição! De qualquer forma, sempre acabo voltando lá sozinha ou com algumas amigas. Na maioria das vezes sozinha, porque essas mocinhas melindrosas me irritam. Elas têm medo de se arranhar nos espinhos, dos bichinhos, das lagartas peludas e das aranhas das azaleias, tão bonitas, redondas e rosadas que parecem pérolas. Elas gritam, ficam cansadas – enfim, insuportáveis.

E há também meus preferidos, os grandes bosques de dezesseis e vinte anos. Fico com o coração apertado quando cortam algum deles. Nesses não há arbustos, mas árvores que parecem colunas e caminhos estreitos nos quais parece noite ao meio-dia, nos quais a voz e os passos ecoam de forma inquietante. Meus Deus, eu os amo tanto! Lá, sinto-me completamente sozinha, os olhos se perdem ao longe entre as árvores na claridade verde e misteriosa, ao mesmo tempo deliciosamente tranquila e um pouco aflitiva em razão da solidão e da escuridão imprecisa... Não há bichinhos nesses grandes bosques, nem capim alto, apenas uma terra batida, ora seca, sonora, ora macia devido às nascentes. Há coelhos de costas brancas que passam pelo caminho; e veados assustados, cuja passagem apenas se adivinha por correrem muito rápido; grandes faisões pesados, vermelhos, dourados; javalis (nunca vi um); lobos – ouvi um, no início do inverno, enquanto colhia faias, aquelas boas castanhas oleosas que coçam a garganta e fazem tossir. Às vezes, tempestades surpreendem-nos nesses grandes bosques, então escondemo-nos debaixo de um carvalho mais robusto que os outros e, sem dizer uma palavra, escutamos a chuva estalar lá em cima, como sobre um telhado, bem protegidas. Saímos dessas profundezas deslumbradas e desorientadas, incomodadas com a luz do dia.

E os bosques de abetos! Pouco profundos e pouco misteriosos, gosto deles por causa do cheiro, por causa das azaleias rosas e violetas que crescem no chão e por causa de como cantam ao vento. Antes de chegar lá, é preciso atravessar matas densas e, de repente, temos a deliciosa surpresa de chegar à beira de um lago, um lago liso e profundo, cercado por todos os lados pelos bosques, tão longe de tudo! Os abetos crescem em uma espécie de ilha lá no meio. É preciso atravessar a cavalo, corajosamente, um tronco caído que une as duas margens. Debaixo dos abetos, fazemos uma fogueira, mesmo no verão, o que é proibido, e cozinhamos alguma coisa, uma maçã, uma pera, uma batata roubada de uma plantação, um pão integral quando não há outra coisa. Tudo fica com um cheiro de fumaça amarga e resina. É horrível, mas também é uma delícia.

Durante dez anos, vivi nesses bosques aventuras surpreendentes, conquistas e descobertas; no dia em que tiver de deixá-los, ficarei muito triste.

Quando, há dois meses, chegaram meus quinze anos, aumentei minha saia até os tornozelos. A velha escola foi demolida e a professora foi trocada. As saias longas eram uma exigência de minhas panturrilhas, que atraíam a atenção e já me davam um aspecto de moça. A velha escola estava caindo aos pedaços. Quanto à professora, a pobre senhora X, quarenta anos, feia, ignorante, doce e sempre desorientada diante dos inspetores primários, o Dr. Dutertre, secretário de educação[1], precisava do cargo dela para oferecer a uma protegida dele. Por aqui, o que Dutertre quer, o ministro também quer.

Pobre escola velha, deteriorada, insalubre, mas tão divertida! Ah! Os belos prédios que estão sendo construídos não apagarão sua memória[2].

Os quartos do primeiro andar, dos professores, eram escuros e desconfortáveis. O térreo era ocupado por nossas duas salas, uma grande e uma pequena, duas salas incrivelmente

---

[1] Em francês, *délégué cantonal*. Representante do Conselho Departamental do Ensino Primário, responsável por garantir boas condições de funcionamento das escolas públicas e privadas de um cantão. N. da T.

[2] O novo "grupo escolar" está sendo construído há sete ou oito meses, em um jardim próximo, adquirido para essa finalidade, mas não temos nenhum interesse, até agora, nestes grandes cubos brancos que sobem aos poucos: apesar da velocidade (incomum nessa terra de preguiçosos) com que se faz a obra, as escolas não ficarão prontas, eu acho, antes da Exposição. Então, com meu *Certificado primário**, deixarei a escola – infelizmente. N. da A.

*O *Brevet de l'enseignement primaire* (Certificado do Ensino Primário) era um diploma francês que comprovava a aquisição de conhecimentos. Havia o *Brevet élémentaire* (certificado fundamental), realizado aos dezesseis anos, e o *Brevet supérieur* (certificado superior), realizado aos dezoito anos. No *Brevet élémentaire*, havia testes de ditado, redação, matemática, ginástica ou bordado, caligrafia, desenho, leitura, história, geografia, teoria musical elementar e noções básicas de ciências físicas e naturais. N. da T.

feias e sujas, com mesas como nunca voltei a ver, desgastadas pelo uso e nas quais deveríamos ter, com certeza, nos tornado corcundas após seis meses. O cheiro dessas salas, após as três horas de aulas da manhã e da tarde, era literalmente insuportável. Nunca tive colegas como eu, pois as raras famílias burguesas de Montigny mandam, de acordo com o gênero, os filhos para internatos na capital, de forma que a escola só funciona para filhas de comerciantes, de pequenos produtores, de guardas e, sobretudo, de operários. Todos muito pobres.

Eu estou nesse ambiente estranho, pois não quero ir embora de Montigny. Se eu tivesse uma mãe, sei bem que ela não me deixaria aqui nem mais um minuto, mas meu pai não se preocupa com nada, ele não cuida de mim, só do trabalho dele, e nem pensa que eu poderia ter uma educação mais adequada em um convento ou em um colégio qualquer. É impossível abrir os olhos dele!

Então, como colegas, eu tive, e ainda tenho, Claire (não colocarei o sobrenome), minha irmã de primeira comunhão, uma menina doce, com belos olhos meigos e uma alma romântica, que passou o período da escola a se apaixonar todos os sete dias (platonicamente, claro) por um novo menino e que, ainda hoje, não espera nada além de se apaixonar pelo primeiro imbecil, professor assistente ou agente de manutenção, com talento para declarações "poéticas".

E também a grande Anaïs (que certamente conseguirá atravessar as portas da Escola de Fontenay-aux-Roses, graças a uma memória prodigiosa que passa por inteligência de verdade), fria, excêntrica e tão incapaz de se emocionar que nunca fica vermelha, criatura de sorte! Ela tem um verdadeiro conhecimento da ciência do cômico e várias vezes me fez morrer de rir. Cabelos nem castanhos nem loiros, a pele amarela, sem cor nas bochechas, olhos pequenos e comprida como um ramo de ervilha. Resumindo, uma pessoa banal. Mentirosa, malandra, dissimulada, traiçoeira, ela vai saber se virar na vida, a grande Anaïs. Aos treze anos, ela se correspondia e se encontrava com um palerma da mesma idade. Todo mundo ficou sabendo e circularam histórias que mexeram com todas as meninas da escola, menos ela. E há também as Jaubert, duas irmãs, duas gêmeas, boas alunas. Ah, como são boas alunas! Tenho vontade de esfolar as duas, de tanto que elas me irritam com tamanha esperteza, com as belas caligrafias bem-feitas e com o quão ridiculamente elas se parecem, criaturas maçantes e sem graça, com olhos de ovelha cheios de uma doçura lamuriosa. Elas estudam muito, só tiram boas notas, são convenientes, dissimuladas e têm um bafo de cola animal, eca!

Há também a Marie Belhomme, bobinha, mas tão alegre! Tão razoável e sensata aos quinze anos quanto uma criança de oito anos não muito avançada para a idade, ela é cheia de ingenuidades colossais que desarmam nossa maldade e nos fazem gostar dela.

Sempre falo muitas coisas abomináveis na frente dela porque, a princípio, ela fica sinceramente chocada e, então, um minuto depois, começa a rir de todo o coração, erguendo as mãos longas e estreitas para o teto, "mãos de parteira", diz a grande Anaïs. Morena e pálida, longos olhos negros e úmidos, Marie se parece, com aquela cara de inocente, com uma bela lebre medrosa. Essas quatro e eu formamos, neste ano, o grupo invejado por todas; atualmente, acima das "grandes", almejamos o certificado fundamental. Todas as outras, aos nossos olhos, são a escória, pessoas sem importância! Vou apresentar algumas outras colegas ao longo deste diário, pois definitivamente é um diário, ou quase, o que vou começar...

A senhora X, ao receber o aviso de substituição, chorou um dia inteiro, a pobre mulher – e nós também –, o que causou em mim uma sólida aversão à sua substituta. Ao mesmo tempo em que os demolidores da velha escola apareciam nos pátios de recreio, chegava a nova professora, a senhorita Sergent, acompanhada pela mãe, uma mulher gorda e de chapéu, que cuida e tem orgulho da filha, e que me dava a impressão de ser uma camponesa astuta, conhecedora do preço da manteiga, mas que no fundo não era má. A senhorita Sergent, por outro lado, parece tudo, menos amigável, e tenho um mau pressentimento sobre essa ruiva bem-proporcionada, de cintura e quadris arredondados, mas de uma feiura evidente. O rosto inchado e sempre ruborizado, o nariz um pouco achatado entre dois pequenos olhos negros, fundos e desconfiados. Ela ocupa um quarto na antiga escola que não será demolida imediatamente, assim como sua auxiliar, a bela Aimée Lanthenay, que me agrada tanto quanto sua superior me desagrada. Contra a senhorita Sergent, a intrusa, mantenho atualmente uma atitude feroz e rebelde. Ela já tentou me conquistar, mas relutei de forma quase insolente. Depois de algumas pendengas acaloradas, tenho de reconhecer que ela é uma excelente professora, clara, quase sempre autoritária, de uma determinação que seria admiravelmente sábia se não fosse, às vezes, ofuscada pela irritação. Com mais autocontrole, essa mulher seria admirável. Mas quando a desafiamos: os olhos faíscam, os cabelos ruivos encharcam-se de suor...Anteontem, eu a vi sair para não jogar um tinteiro na minha cabeça.

 Durante o recreio, como o frio úmido deste outono desagradável não me anima a brincar, fico conversando com a senhorita Aimée. A intimidade entre nós cresce rapidamente. Com uma natureza de gata dengosa, delicada e impassível, incrivelmente ingênua, gosto de olhar seu rostinho rosado de moça loira, seus olhos dourados com cílios longos. Belos olhos que só inspiram sorrisos! Eles viram a cabeça dos rapazes quando ela passa. Muitas vezes, enquanto conversamos na porta da sala lotada, a senhorita Sergent passa por nós voltando para o quarto, sem dizer nada, fixando-nos um olhar ciumento e curioso. No silêncio dela sentimos, eu e minha nova amiga, que está com raiva de nos ver "combinando" tão bem.

A jovem Aimée – ela tem dezenove anos e bate na minha orelha – é tagarela como a pensionista que ainda era há três meses atrás, com um exagero de ternura e de gestos reprimidos os quais me emocionam. Gestos reprimidos! Ela os controla por um medo instintivo da senhorita Sergent, as mãozinhas frias cerradas debaixo do casaco de pele falsa (a pobrezinha não tem dinheiro, como milhares de seus pares). Para conquistá-la, sou afetuosa, sem esforço, e faço perguntas, muito feliz de observá-la. Ela fala. É bonita, apesar ou por causa de seu rostinho irregular. As maçãs do rosto projetam-se um pouco demais e a boca, abaixo do nariz curto, é um pouco volumosa, o que faz uma marquinha engraçada à esquerda quando ri, mas ela tem maravilhosos olhos amarelo-ouro e uma pele... dessas que são delicadas aos olhos, tão firmes que nem mesmo o frio as deixa azuladas! Ela fala, e fala – do pai que é pedreiro, da mãe que a batia frequentemente, da irmã e dos três irmãos, das dificuldades na Escola Normal da capital, onde a água congelava nas jarras e onde estava sempre com sono, pois era preciso acordar às cinco da manhã (felizmente, a professora de inglês era muito gentil com ela), e das férias em família, quando era forçada a voltar a fazer as tarefas domésticas, pois diziam que ela era melhor servindo sopa do que bancando a requintada. Tudo isso aparece na tagarelice dela, toda essa juventude de miséria suportada por ela com impaciência e da qual se lembra com horror.

Pobre senhorita Lanthenay, seu corpo maleável busca e clama por um bem-estar desconhecido; se você não fosse professora auxiliar em Montigny, talvez fosse...não quero nem dizer o quê. Como adoro ouvir e olhar para você, que é quatro anos mais velha que eu, mas de quem me sinto, cada vez mais, como a irmã mais velha!

Minha nova confidente me diz um dia que sabe bastante inglês e isso me inspira a criar um projeto simplesmente maravilhoso. Pergunto ao papai (que também ocupa o lugar de mamãe) se ele não permitiria que a senhorita Aimée Lanthenay me desse aulas de gramática inglesa. Papai acha a ideia brilhante, como a maioria de minhas ideias, e "para fechar o negócio", como ele diz, vai comigo até a casa da senhorita Sergent. Ela nos recebe com uma gentileza inabalável e, enquanto papai explica-lhe o projeto *dele*, parece estar de acordo, mas sinto uma vaga preocupação por não ver os olhos dela enquanto fala. (Rapidamente percebi como os olhos dela sempre traduzem seus pensamentos, ela não consegue evitar, e sinto-me ansiosa ao notar que os mantém obstinadamente baixos.) Chamam a senhorita Aimée, a qual desce rapidamente, corada e repetindo "Sim, senhor" e "Certamente, senhor", sem pensar muito no que diz, enquanto eu olho para ela, bastante feliz com minha artimanha, e me alegro ao pensar como, de agora em diante, a terei comigo de forma mais íntima do que na porta da pequena sala. Preço das aulas: quinze francos por mês, duas sessões por semana. Para essa pobre e humilde assistente, que ganha setenta e cinco francos por mês e paga a própria pensão com isso, é uma sorte inesperada. Também acho que ela gosta da ideia de estar comigo com mais frequência. Durante a visita, troco apenas duas ou três frases com ela.

Primeiro dia de aula! Espero depois da aula enquanto ela reúne os livros de inglês e partimos para minha casa! Montei um cantinho confortável para nós duas na biblioteca do papai, uma mesa grande, cadernos e bicos de pena, com uma boa luminária que só ilumina a mesa. A senhorita Aimée, muito constrangida (por quê?) cora, pigarreia:

– Então, Claudine, imagino que você conheça o alfabeto?

– Claro, senhorita, eu também sei um pouco de gramática, poderia até fazer uma pequena tradução para o inglês... Estamos bem instaladas aqui, não estamos?

– Sim, muito bem.

Então pergunto, abaixando um pouco a voz para assumir o tom de nossas conversas:

– A senhorita Sergent falou alguma coisa sobre nossas aulas?

– Ah! quase nada. Ela me disse que era uma oportunidade para mim, que você não me daria trabalho se estudasse um pouco e que você aprendia com muita facilidade quando queria.

– Só isso? Não é muito! Ela sabia que você me contaria.

– Vamos, Claudine, não estamos estudando. Não existe apenas um artigo em inglês...etc., etc.

Depois de dez minutos de inglês de verdade, volto a fazer perguntas:

– Você não percebeu que ela não parecia satisfeita quando eu fui com o papai pedir para ter aulas com a senhorita?

– Não...Quero dizer...Talvez, mas quase não nos falamos naquela noite.

– Tire o casaco, é muito abafado aqui no escritório do papai. Ah! Como você é magrinha, parece que vai quebrar! Seus olhos ficam muito bonitos com essa luz.

Digo isso porque é o que eu penso e também porque gosto de elogiá-la, mais do que de receber elogios. Então pergunto:

– Você sempre dorme no mesmo quarto que a senhorita Sergent?

Acho essa combinação detestável, mas não há o que fazer! Todos os outros quartos já estão sem mobília e o telhado já começou a ser retirado. A pobre moça suspira:

– Não tem outro jeito, mas é muito constrangedor! À noite, às nove horas, eu vou para a cama imediatamente, bem rápido, e ela vai para a cama depois, mas ainda assim é desagradável, quando não se fica à vontade junto.

– Ah, eu sinto muito por você! Deve ser muito incômodo ter de se vestir na frente dela de manhã! Eu odiaria aparecer de camisola na frente de pessoas que não gosto!

A senhorita Lanthenay sobressalta-se, puxando o relógio:

– Mas enfim, Claudine, não estamos estudando nada! Então, ao trabalho!

– Sim...Você sabia que estamos aguardando novos professores assistentes?

– Eu sei, dois. Eles chegam amanhã.

– Vai ser divertido! Dois pretendentes para você!

– Ah, não diga bobagens. Em primeiro lugar, todos os que vi até hoje eram tão estúpidos que não me interessavam minimamente. Já sei os nomes deles, são nomes ridículos: Antonin Rabastens e Armand Duplessis.

– Aposto que esses moleques vão passar pelo nosso pátio vinte vezes por dia, com o pretexto de que a entrada dos meninos está coberta de entulho...

– Claudine, escute, é uma vergonha, não fizemos nada hoje.

– Ah, o primeiro dia é sempre assim. Nossa aula será muito melhor na próxima sexta-feira, precisamos de tempo para nos ambientar.

Apesar do argumento bastante coerente, a senhorita Lanthenay, impressionada com a própria preguiça, obrigou-me a estudar de verdade até o fim da aula. Depois, eu a conduzi de volta até o fim da rua. Estava escuro e muito frio, fiquei com pena ao ver aquela pequena sombra ir embora naquele gelo e naquela escuridão para voltar para a casa da Ruiva de olhos invejosos.

Naquela semana, tivemos horas de pura alegria, pois nós, as alunas maiores, fomos encarregadas de esvaziar o sótão, trazer de lá os livros e os velhos objetos que o entulhavam. Tivemos de nos apressar; os pedreiros esperavam para demolir o primeiro andar. Foi uma correria louca pelos sótãos e pelas escadas. Mesmo com o risco de sermos punidas, nos aventurávamos, a grande Anaïs e eu, a subir as escadas que conduziam aos quartos dos professores, na esperança de finalmente ver os dois novos professores assistentes os quais permaneceram invisíveis desde que haviam chegado...

Ontem, em frente a um alojamento entreaberto, Anaïs empurrou-me, eu tropecei e abri a porta com a cabeça. Então rimos e ficamos paradas na porta do quarto, exatamente o quarto de um auxiliar, por sorte, sem o inquilino; nós o inspecionamos rapidamente. Na parede e na lareira, grandes cromolitografias com molduras simples: uma italiana de cabelos fartos, dentes brilhantes e boca três vezes menor que os olhos; pendurada, uma loira vibrante abraçando um cocker spaniel contra o corpete de fitas azuis. Acima da cama de Antonin Rabastens (ele pregou o nome na porta com quatro tachinhas), bandeirolas cruzam-se nas cores da Rússia e da França. Além disso, uma mesa com uma tigela, duas cadeiras, panfletos presos em cortiça, romances espalhados sobre a lareira e nada mais. Olhamos tudo sem dizer nada e de repente saímos correndo em direção ao sótão, apavoradas pelo medo insensato de que o tal Antonin (ninguém se chama Antonin!) subisse as escadas; o barulho de nossos passos naquelas escadas proibidas é tão alto que uma porta se abre no térreo, a porta da sala dos rapazes, e alguém aparece e pergunta com um sotaque engraçado de Marselha: "O que está acontecendo? Há meia hora ouço galopes nas escadas." Ainda temos tempo de ver um menino gordo, moreno e bochechudo...Lá em cima, em segurança, minha cúmplice me diz baixinho:

– Ei, se ele soubesse que acabamos de sair do quarto dele!
– Sim, ele não se perdoaria por ter nos decepcionado.
– Decepcionar! – retoma Anaïs com uma seriedade gelada – Ele parece ser um homem firme, que não te decepciona..
– Você é uma cara de pau!

Continuamos a esvaziar o sótão. É um deleite vasculhar aquela pilha de livros e jornais pertencentes à senhorita Sergent. Evidentemente, folheamos a pilha antes de descer com eles e noto que tem *Afrodite*[3], de Pierre Louÿs, com muitas edições do *Journal Amusant*[4]. Deliciamo-nos, Anaïs e eu, seduzidas por um desenho de Gerbault[5]: *Bruits de couloirs*, homens de terno preto empenhados em impressionar simpáticas dançarinas de ópera, que usavam collant e saia curta, agitavam-se e davam risadinhas. As outras

---

3 *Aphrodite, mœurs antiques* (Afrodite, costumes antigos), do escritor francês Pierre Louÿs (1870-1925), é um romance de costumes com cenas libertinas, cuja ação voluptuosa se desenrola na Alexandria antiga sob a égide de Afrodite, deusa grega do Amor. N. da T.

4 *Journal Amusant* foi o nome dado em 1856, por Charles Philipon, à publicação *Journal pour rire*, existente desde 1848. Era uma revista satírica francesa semanal, e consistia principalmente em charges e caricaturas satirizando os costumes sociais da época. N. da T.

5 Henry Gerbault (1863-1930) foi um pintor, ilustrador, cartazista e dramaturgo francês de muito sucesso em sua época. Alguns de seus temas preferidos eram as mulheres parisienses da Belle Époque, os soldados e as sogras, tudo tingido de uma leve ironia, deboche e um certo erotismo. N. da T.

estudantes desceram; estava escuro no sótão e nós ficamos olhando imagens que nos faziam gargalhar, como as de Albert Guillaume[6], tão intensas!

De repente, levamos um susto, porque alguém abre a porta e pergunta com uma voz irritada: "Ei! quem estava fazendo aquele barulho infernal nas escadas?" Levantamo-nos, sérias, com os braços cheios de livros, e dizemos com calma:

"Bom dia, senhor", controlando uma vontade reprimida de rir. É o professor assistente gordo com a expressão feliz de antes. Então, como somos moças que parecem ter dezesseis anos, ele pede licença e vai embora, dizendo:

"Mil desculpas, senhoritas." E pelas costas dele, vibramos silenciosamente, fazendo caretas para ele como demônios. Demoramos para descer e somos repreendidas. A senhorita Sergent me pergunta: "Mas o que é que vocês estavam fazendo lá em cima?" – Senhorita, estávamos empilhando os livros para descer com eles. Então, coloco diante dela, intencionalmente, a pilha de livros com a ousada *Afrodite* e as edições do *Journal Amusant* dobradas por cima, a imagem aparente. Ela vê de imediato e as bochechas vermelhas ficam ainda mais vermelhas, mas ela se contém rapidamente e explica: "Ah! Esses livros que vocês trouxeram são do professor, está tudo misturado nesse sótão compartilhado, vou devolvê-los." E a bronca termina ali, sem a menor punição para nenhuma de nós. Ao sair, empurro o cotovelo de Anaïs, cujos olhos pequenos estão enrugados de tanto rir:

– Do professor. Sei!

---

6 Albert Guillaume (1873-1942) foi um pintor e caricaturista francês de grande notoriedade em sua época. Suas caricaturas eram publicadas em relevantes revistas de humor de Paris, como *Gil Blas*, *Le Rire* e *Le Figaro Illustré*. N. da T.

– Imagina, Claudine, a coleção de "bobagens" que esse inocente deve ter! Se ele não acha que os bebês nascem em repolhos, é normal.

Pois o professor é um viúvo triste e sem graça, mal notamos a existência dele, que só sai da sala de aula para trancar-se no quarto.

Na sexta-feira seguinte, tive minha segunda aula com a senhorita Aimée Lanthenay. Perguntei a ela:
– Os professores assistentes já estão cortejando você?
– Ah, pois é, Claudine, eles vieram ontem para nos "saudar". O bom menino, meio convencido, é o Antonin Rabastens.
– A famosa "pérola de Canebière[7]". E o outro, como ele é?
– Magro, bonito, um rosto interessante. Seu nome é Armand Duplessis.
– Seria um pecado não o apelidar de "Richelieu[8]".
– Um nome que vai pegar entre os alunos, Claudine, sua malvada. Ele parece um selvagem. Diz apenas sim e não.

Minha professora de inglês estava adorável naquela noite, sob a luz da biblioteca. Os olhos de gata brilhavam bem dourados, maliciosos, afetuosos, eu os admirava, mas percebia que não eram bons, nem francos, nem confiáveis. Mas eles brilham com tanto fulgor naquele rosto suave e ela parecia

---

[7] *La perle de la Canebière* (A pérola da Canebière) é uma comédia em um ato escrita por Eugène Labiche (1815-1888) e representada pela primeira vez em Paris, em 10 de fevereiro de 1855. A originalidade desta peça está na representação da viúva Marcasse, habitante de Marselha. Alegre, arrogante e de modos desavergonhados, esta força da natureza diz em voz alta o que pensa e o que deseja, em dialeto marselhês, muito próximo do provençal, reconstituído por Labiche. N. da T.

[8] Referência a Armand Jean du Plessis, Cardeal de Richelieu, Duque de Richelieu e de Fronsac (1585-1642). N. da T.

se sentir tão bem naquela sala quente e silenciosa que já me sentia inclinada a amá-la cada vez mais, de todo o meu insensato coração. Sim, sei bem, há muito tempo, que tenho um coração insensato, mas saber não faz com que eu mude.

– E *Ela*, a Ruiva, não te disse nada esses dias?

– Não, na verdade está bem amável, acho que ela não está tão irritada quanto você pensa por ver que nos damos bem.

– Até parece! Você nunca reparou nos olhos dela! Eles não são tão bonitos quanto os seus e são muito maldosos... Senhorita bobinha, você é mesmo uma graça!

Ela fica muito vermelha e me diz sem nenhuma convicção:

– Estou começando a achar que você é meio doidinha, Claudine. Disseram-me tanto isso!

– Sim, eu sei que dizem isso, mas e daí? Estou feliz de estar com você. Conte-me sobre seus pretendentes.

– Não tenho nenhum! Sabe, acho que vamos ver os dois auxiliares com frequência: Rabastens me parece muito "pândego" e carrega o colega Duplessis com ele. Você sabia também que certamente trarei minha irmã caçula para ser pensionista aqui?

– Eu de fato não estou interessada em sua irmã. Que idade ela tem?

– Sua idade, alguns meses mais nova, faz quinze anos esses dias.

– Ela é legal?

– Não muito, você verá: um pouco tímida e arisca.

– Deixa a sua irmã para lá! Olha, eu me encontrei com o Rabastens no sótão, ele foi lá de propósito. Ele tem um forte sotaque de Marselha, o gordo do Antonin!

– Sim, mas ele não é muito feio...Olha, Claudine, vamos estudar, você não fica com vergonha? Leia isso e traduza.

Por mais que ela fique indignada, a aula não avança muito.

Dou um beijo nela ao nos despedirmos.

No dia seguinte, durante o recreio, para me aborrecer, Anaïs estava dançando na minha frente uma dança demoníaca, enquanto mantinha o rosto sério e frio. De repente, Rabastens e Duplessis surgem na entrada do pátio.

Como Marie Belhomme, a grande Anaïs e eu estávamos lá, esses senhores nos cumprimentaram e nós respondemos com um gesto frio. Eles entraram na sala grande, onde as senhoritas corrigem os cadernos, e os vimos conversando e rindo com elas. Então, sinto uma necessidade urgente e repentina de pegar meu casaco, que deixei em minha carteira, e me precipito pela sala, empurrando a porta, como se nem imaginasse que aqueles senhores pudessem estar lá. Paro na porta fingindo estar confusa. A senhorita Sergent me desacelera dizendo "Devagar, Claudine", batendo em uma jarra. Retiro-me em silêncio, mas tenho tempo de ver que a senhorita Aimée Lanthenay ria enquanto conversava com Duplessis e fazia gracinhas para ele. Espere só, moreno pavoroso, amanhã ou depois haverá uma canção sobre você, ou trocadilhos fáceis, ou apelidos. Isso vai ensiná-lo a seduzir a senhorita Aimée. Mas...o que é isso? Estão me chamando? Que sorte! Eu volto, com um ar dócil:

– Claudine – explica a senhorita Sergent – venha ler esta partitura. O senhor Rabastens é músico, mas não tanto quanto você.

Como ela é adorável! Que reviravolta! A *partitura* é uma ária do *Chalet*[9] muito chata. Nada bloqueia mais a minha voz do que cantar na frente de pessoas que não conheço, então, interpreto com clareza, mas com uma voz ridiculamente trêmula que se fortalece, graças a Deus, no fim da peça.

– Ah, senhorita, permita-me parabenizá-la, você *ttem* uma força!

Protesto mostrando mentalmente a língua para ele, a *línngua*, como ele diria. E vou me juntar às *otras*[10] (é contagioso) que me recebem ressentidas.

– Oi, querida! – ironiza a grande Anaïs – Espero que tenha caído nas graças deles! Você deve ter causado um efeito intenso nesses senhores e nós os veremos com frequência.

As irmãs Jaubert zombam dissimuladamente, com inveja.

– Então me deixe em paz, não precisa fazer toda uma história só porque eu cantei uma coisinha. Rabastens é sulista, muito sulista, uma raça que detesto. E o Richelieu, se voltar com frequência, sei bem por quem será.

– Quem ?

– A senhorita Aimée, claro! Ele estava devorando-a com os olhos.

– Veja bem – sussurra Anaïs – então não será dele que você terá ciúmes, mas dela...

---

9 No século XIX e no início do XX, muitas canções populares e peças musicais eram associadas a ambientes rurais e rústicos, como os chalés, que evocavam um sentimento de simplicidade e tranquilidade. Portanto, o termo "air du Chalet" provavelmente se refere a uma canção popular ou folclórica que se encaixa no cenário campestre ou pastoral, refletindo o ambiente e a cultura local. Com frequência, essas canções tinham temas bucólicos ou retratavam a vida simples no campo. N. da T.

10 A autora tenta marcar na escrita o que seria o sotaque do Midi, sul da França. N. da T.

Essa peste da Anaïs! Percebe tudo e o que não percebe, inventa!

Os dois auxiliares voltam ao pátio. Antonin Rabastens, expansivo e comunicativo, o outro, tímido, quase arredio. Eles precisam ir embora, o sinal vai tocar e os meninos fazem tanto barulho no pátio ao lado que parecem estar em um caldeirão de água fervendo. O nosso sinal toca e eu falo com Anaïs:

– Faz muito tempo que o secretário de educação não vem aqui, não é mesmo? Aposto que ele virá esta semana.

– Ele chegou ontem, certamente virá bisbilhotar um pouco por aqui.

Dutertre, secretário de educação, também é médico das crianças do orfanato que, em sua maioria, frequentam a escola. Essa dupla função autoriza-o a nos visitar e Deus sabe o quanto ele se aproveita disso! Algumas pessoas dizem que a senhorita Sergent é amante dele, mas não sei de nada. Aposto que ele deve dinheiro a ela. Campanhas eleitorais custam caro e Dutertre, esse pé-rapado, insiste, e fracassa persistentemente, em substituir o antigo cretino, mudo e milionário, que representa os eleitores de Fresnois na Câmara. Que essa ruiva impetuosa é apaixonada por ele, eu tenho certeza! Ela treme de raiva e ciúmes quando percebe que ele se encosta em nós com muita insistência.

Pois, eu repito, ele nos honra com frequência com suas visitas, senta-se nas mesas, comporta-se de maneira estranha, fica perto das moças maiores, em especial de mim, lê nossos deveres de casa, enfia o bigode em nossas orelhas, acaricia nosso pescoço e aborda-nos com intimidade (ele nos viu tão pequenas!), fazendo brilhar os dentes de lobo e os olhos negros. Nós achamos que ele é muito amável, mas sei que é tão canalha que não fico nem um pouco tímida diante dele, o que escandaliza minhas colegas.

É dia de aula de costura. Puxamos a agulha preguiçosamente conversando em voz baixa. Então, os flocos de neve começam a cair. Que sorte! Vamos escorregar, cair muito e fazer guerras de bolas de neve. A senhorita Sergent olha para nós sem nos ver, com a mente em outro lugar.

Toc! Toc! na janela. Através das plumas giratórias de neve, vemos Dutertre batendo, envolto em peles dos pés à cabeça, fazendo-se de bom moço, com os olhos brilhantes e os dentes sempre à mostra. A primeira fila (eu, Marie Belhomme e a grande Anaïs) se agita. Arrumo meus cabelos nas têmporas, Anaïs morde os lábios para deixá-los vermelhos e Marie aperta um pouco o cinto. As irmãs Jaubert juntam as mãos, como duas imagens de primeira comunhão: "Eu sou o templo do Espírito Santo".

A senhorita Sergent levantou-se tão abruptamente que derrubou a cadeira e o banquinho para correr e abrir a porta. Diante de tanta agitação, dou uma gargalhada e Anaïs aproveita o tumulto para me beliscar, fazer caretas demoníacas para mim enquanto mastiga o carvão vegetal e a borracha. (Embora proibida dessas extravagâncias alimentares, durante o dia inteiro ela tem os bolsos e a boca cheios de pedaços de lápis, borracha preta e fedida, carvão vegetal e papel mata-borrão rosa. Giz, grafite, tudo isso lota o estômago dela de maneira estranha. Certamente são esses alimentos que dão a ela uma cor de madeira e gesso cinza. Eu, pelo menos, só como papel de cigarro e, ainda assim, de uma marca específica. Mas a grande Anaïs dá um prejuízo tão grande à cidade a qual nos fornece os materiais escolares, pedindo novos "suprimentos" todas as semanas, que no momento do retorno às aulas, o conselho municipal fez uma reclamação.)

Dutertre sacode o casaco e a boina de peles, polvilhados de neve. Parece até que é a pelagem natural dele. A senhorita Sergent resplandece de tanta alegria ao vê-lo, que nem pensa em verificar se estou olhando para ela. Ele bajula a senhorita Sergent com um sotaque serrano, sonoro e rápido, que atiça a turma. Inspeciono minhas unhas e coloco meus cabelos em evidência, pois o visitante olha bastante em nossa direção. Nossa Senhora! Somos moças de quinze anos e, se meu rosto parece de uma menina, minha cintura, definitivamente, é de uma moça de dezoito anos. Meus cabelos também merecem ser mostrados, pois formam mechas cacheadas e oscilantes, cuja cor muda, de acordo com o tempo, entre o marrom-escuro e o dourado-escuro e contrasta com meus olhos castanhos-café, mas não de forma discrepante. Completamente cacheados, chegam quase até a minha cintura. Nunca usei trança ou coque, pois coques me dão dor de cabeça e tranças não emolduram bem o meu rosto. Quando brincamos de pega-pega, junto completamente meus cabelos, pois eles me tornariam uma presa fácil, e faço um rabo de cavalo. No fim das contas, não fica mais bonito assim?

A senhorita Sergent finalmente interrompe o diálogo animado com o secretário de educação e lança: "Senhoritas, vocês estão se comportando muito mal." Para se manifestar sobre essa análise, Anaïs considera útil deixar escapar o "Pff..." das risadas contidas, sem que uma linha se mova em seu rosto, e é para mim que a senhorita lança um olhar colérico com a promessa de uma punição.

Finalmente o Sr. Dutertre fala em voz alta e nos pergunta: "Estão estudando muito por aqui? Estão se comportando bem?"

– Comportam-se muito bem – responde a senhorita Sergent –, mas estudam muito pouco. Essas moças são tão preguiçosas!

Assim que vimos o belo médico virar-se em nossa direção, debruçamo-nos sobre os cadernos, com um ar diligente e concentrado, como se nos esquecêssemos da presença dele.

– Ah! Ah! – ele diz ao se aproximar de nossos bancos – Não estão estudando o suficiente? O que vocês têm em mente? Será que a senhorita Claudine não é mais a melhor em redação?

Eu tenho horror dessas redações! Temas estúpidos e abomináveis: "Imaginem os pensamentos e ações de uma menina cega." (Por que não surda e muda ao mesmo tempo?) Ou ainda: "Escrevam, a fim de representar seu retrato físico e moral, a um irmão que você não vê há dez anos." (Não tenho vínculo fraterno, sou filha única.) Ah, eu preciso me conter para não escrever piadas e conselhos subversivos, eles nem têm ideia! Mas como minhas colegas, todas elas – exceto Anaïs – se saem tão mal, eu sou, apesar de tudo, "uma aluna notável em composição literária".

Dutertre chegou onde queria e eu levanto a cabeça, enquanto a senhorita Sergent lhe responde:

– Claudine? Ah! Sim. Mas não é por empenho dela, ela é boa nisso e nem se esforça.

Ele está sentado na mesa, com uma perna pendurada, e fala comigo com intimidade, para não perder o hábito:

– Então, você é preguiçosa?

– Nossa, é meu único prazer na vida.

– Você não pode estar falando sério! Você gosta muito de ler, não é? O que você costuma ler? Tudo o que encontra? A biblioteca inteira do seu pai?

– Não, senhor, os livros chatos eu não leio.

– Aposto que você está estudando direitinho! Deixe-me ver seu caderno.

Para ler mais confortavelmente, ele apoia uma mão em meu ombro, enquanto enrola uma mecha dos meus cabelos.

A grande Anaïs fica mais amarela do que o normal: ele não pediu o caderno dela! Essa preferência vai me render beliscões escondidos, queixas maliciosas à senhorita Sergent e espionagens enquanto estiver conversando com a senhorita Lanthenay. Ela está perto da porta da pequena sala, a doce Aimée, e sorri para mim tão gentilmente, com seus olhos dourados, que eu quase me conformo por ter conversado com ela, hoje e ontem, apenas na frente das minhas colegas. Dutertre devolve meu caderno e acaricia meus ombros com um ar distraído. Ele não está prestando atenção no que está fazendo, obviamente, ob-via-men-te...

– Quantos anos você tem?
– Quinze.
– Mocinha excêntrica! Se você não fosse tão extravagante, iria se destacar ainda mais, sabia? Você vai se apresentar para o exame no próximo mês de outubro?
– Sim, senhor. Para agradar papai.
– Por causa do seu pai? O que isso tem a ver com ele? Então para você não faz diferença?
– Sim, vai ser divertido ver todas aquelas pessoas nos fazendo perguntas. Além do mais, se houver concertos na capital nessa época, vai ser ótimo.
– Você não vai para a Escola Normal?

Eu me sobressalto:
– De jeito nenhum!
– Por que tanta exaltação, mocinha exuberante?
– Não quero ir para lá, assim como não quis ir para uma pensão, porque ficamos trancadas.
– Ah, você valoriza tanto assim sua liberdade? Tenho até pena do pobre do seu marido! Deixe-me ver seu rosto. Você se sente bem? Um pouco anêmica, talvez?

Este bom médico me vira em direção à janela, com o braço ao meu redor, e mergulha os olhos de lobo nos meus, que mantenho cândidos e sem mistério. Eu sempre tenho olheiras e ele pergunta se sinto palpitações e falta de ar.

– Não, nunca.

Eu abaixo os olhos, porque sinto que estou ficando vermelha (que tonta!) e também porque ele está olhando bastante para mim! Imagino a senhorita Sergent contorcendo-se atrás de nós.

– Você dorme a noite toda?

Fico furiosa por corar ainda mais ao responder:

– Sim, senhor, a noite toda.

Ele não insiste e levanta-se, soltando minha cintura.

– É, na verdade, você é bem saudável.

Uma pequena carícia em meu rosto e depois ele passa para a grande Anaïs, que está encolhida em seu banco.

– Deixe-me ver seu caderno.

Enquanto ele folheia o caderno rapidamente, a senhorita Sergent fulmina em voz baixa a primeira fileira (meninas de doze a quatorze anos que já começam a apertar a cintura e usar coques), pois a primeira fileira aproveitou a distração diretorial para entregar-se a uma folga dos diabos. Ouvimos tapas de régua nas mãos e guinchos de meninas sendo beliscadas. Elas vão ganhar uma detenção geral, com certeza!

Anaïs sufoca de alegria ao ver seu caderno em mãos tão majestosas, mas Dutertre certamente a considera pouco digna de atenção e, após alguns elogios e um beliscão na orelha, passa adiante. Ele fica alguns minutos perto de Marie Belhomme, cujo frescor moreno e tranquilo agrada-lhe, mas, imediatamente apavorada pela timidez, ela abaixa a cabeça como um carneiro, responde sim para não e chama Dutertre de "senhorita".

Quanto às duas irmãs Jaubert, ele elogia a bela caligrafia, como esperado. Finalmente, ele sai. Já vai tarde!

Faltam cerca de dez minutos para o término da aula, o que fazer com eles? Peço para sair para apanhar furtivamente um punhado da neve que ainda caía. Faço uma bola e a mordo: é gostoso e frio. Essa primeira neve que cai tem um pouco de cheiro de poeira. Eu a escondo no bolso e volto. Fazem sinais para mim ao meu redor, então passo a bola de neve que cada uma, com exceção das gêmeas exemplares, morde com expressões encantadas. Droga! A palerma da Marie Belhomme deixa cair o último pedaço e a senhorita Sergent percebe.

– Claudine! Você trouxe neve de novo? Isso está passando dos limites, afinal!

Ela revira os olhos tão furiosa que eu me seguro para não dizer "é a primeira vez desde o ano passado", pois tenho medo de que a senhorita Lanthenay seja afetada pela minha insolência e abro meu livro de História da França sem dizer nada.

Esta noite, terei minha aula de inglês e isso vai me consolar pelo meu silêncio.

Às quatro horas, a senhorita Aimée chega e entramos rapidamente, felizes.

Como é bom estar com ela na biblioteca quentinha! Coloco minha cadeira bem perto e encosto minha cabeça no ombro dela. Ela passa o braço ao meu redor e eu aperto a cintura dela, que se curva.

– Ah! Minha querida senhorita, faz tempo que não nos vemos!

– Mas...são apenas três dias...

– Não importa...cale-se e me dê um beijo! Você é malvada, pois o tempo, para você, passa rápido quando está longe de mim...Você fica tão entediada assim com essas aulas?

– Ah! Claudine! Pelo contrário, você bem sabe que só converso com você e que aqui é o único lugar onde me sinto bem.

Ela me dá um beijo e eu ronrono. De repente, aperto ela com tanta força que ela dá um gritinho.

– Claudine, precisamos estudar.

Ah! Que a gramática inglesa vá para o diabo! Prefiro descansar minha cabeça no peito dela. Ela acaricia meus cabelos ou meu pescoço e escuto em meu ouvido o batimento acelerado de seu coração. Me sinto tão bem com ela! No entanto, é preciso pegar uma caneta bico de pena e pelo menos fingir estar estudando! Na verdade, para quê? Quem poderia entrar? Papai? Até parece! No cômodo mais desconfortável do primeiro andar, onde faz muito frio no inverno e muito calor no verão, papai se tranca corajosamente, absorvido, cego e surdo aos ruídos do mundo, para...Ah! É mesmo...vocês nunca leram, porque nunca será concluído, o grande trabalho dele sobre a *Malacologia de Fresnois*. Então, vocês nunca vão saber que, após experimentos complicados, uma dedicação angustiante que o prendeu por horas e horas sobre inúmeras lesmas fechadas em pequenas conchas de vidro e em caixas de treliça metálica, papai chegou a essa conclusão avassaladora: um *limax flavus* devora em um dia até 0,24 gramas de comida, enquanto a *helix ventricosa* consome apenas 0,19 gramas no mesmo período! Como vocês esperam que a esperança nascida de tais constatações possibilite a um malacologista apaixonado o sentimento de paternidade, das sete da manhã às nove da noite? Ele é o melhor homem e o mais doce, entre duas refeições de lesmas. Ele observa-me viver, quando tem tempo, com admiração inclusive e surpreende-se ao me ver existir, "como uma pessoa de verdade". Ele ri disso com seus pequenos olhos furtivos, com seu nobre nariz bourbon (onde ele arranjou esse nariz nobre?), com sua bela barba de três cores misturadas, ruivo, cinza e branco...ali, várias vezes vi brilharem pequenos rastros de lesmas!

Pergunto a Aimée com indiferença se ela voltou a ver os dois colegas, Rabastens e Richelieu. Ela fica animada, o que me surpreende:

– Ah, é verdade, eu não contei a você...agora estamos dormindo na escola infantil, pois estão demolindo tudo. Pois bem, ontem à noite, eu estava estudando no meu quarto, por volta das dez horas, e ao fechar as janelas para dormir, vi uma grande sombra passeando debaixo da minha janela, nesse frio. Adivinhe quem era?

– Um dos dois, claro.

– Sim! Mas era o Armand. Você poderia imaginar que aquele medroso faria isso?

Eu respondo que não, mas, ao contrário, eu certamente poderia esperar isso daquele grande ser sombrio, de olhos sérios e escuros, que me parece muito menos idiota que o alegre marselhês. No entanto, vejo a cabeça de passarinho da senhorita Aimée já desequilibrada por causa dessa pequena aventura e isso me deixa um pouco triste. Eu pergunto a ela:

– Como assim? Você já acha esse grande corvo digno de tanto interesse?

– Mas claro que não! Só acho divertido.

Mesmo assim, a aula termina sem muito entusiasmo. Apenas ao sair, no corredor escuro, beijo com toda a minha força aquele belo pescoço branco, aqueles cabelos cheirosos. Beijá-la é bom como beijar um animalzinho quente e bonito, e ela me devolve o beijo com ternura. Ah! Eu a teria perto de mim o tempo todo, se pudesse!

Amanhã é domingo, não tem escola. Que chatice! Eu só me divirto lá.

Naquele domingo, fui passar a tarde na fazenda onde a Claire mora, minha doce e gentil irmã de primeira comunhão que já não frequenta a escola há um ano. Descemos o caminho dos Matignons, que dá na estrada da estação de trem, um caminho arborizado e escuro de tantas árvores, no verão. Naqueles meses de inverno, não há mais folhas, é claro, mas ainda ficamos bem escondidas lá dentro, para poder espionar as pessoas que se sentam nos bancos da estrada. Caminhamos na neve que estala. As pequenas poças congeladas gemem musicalmente sob o sol, com o som encantador, semelhante a nenhum outro, do gelo se partindo. Claire sussurra sobre os primórdios de amores com os rapazes na festa de domingo na casa dos Trouillard, rapazes rudes e grosseiros. Eu estremeço ao ouvi-la:

– Sabe, Claudine, Montassuy também estava lá e dançou polca comigo, me apertando forte contra ele. Naquele momento, Eugène, meu irmão, que estava dançando com a Adèle Tricotot, largou a parceira de dança dele e pulou para dar uma cabeçada em um dos lampiões que estavam pendurados. O vidro do lampião caiu e a chama se apagou. Enquanto todos olhavam e diziam "Oh!", o gordo Féfed girou o botão do outro lampião e tudo ficou escuro, bem escuro, havia apenas um candelabro lá no fundo da mesinha de bebidas. Minha querida, até a senhora Trouillard trazer os fósforos, só se ouvia gritos, risadas e sons de beijos. Meu irmão segurava a Adèle Tricotot ao meu lado e ela suspirava, suspirava e dizia: "Me larga, Eugène", com uma voz abafada como se tivesse as saias na cabeça. O gordo do Féfed e a "dama" dele haviam caído no chão. Eles riam, riam tanto, que não conseguiam se levantar!

– E você e o Montassuy?

Claire ficou vermelha com um pudor indolente:

– Ah! Então...No primeiro momento, ele ficou tão surpreso ao ver os lampiões apagados que apenas continuou segurando a minha mão. Então, ele me segurou novamente pela cintura e sussurrou baixinho: "Não fique com medo". Não disse nada e senti que ele se inclinou, beijou suavemente meu rosto, às cegas, e estava tão escuro que ele errou o alvo (pequeno Tartufo!) e me beijou na boca. Eu senti tanto prazer, tanta felicidade e tanta emoção que quase caí. Ele me segurou, apertando-me ainda mais. Ah! Ele é tão gentil, eu o amo.

– E depois, assanhada?

– Depois, a senhora Trouillard reacendeu os lampiões, resmungando, e jurou que se tal coisa acontecesse novamente, ela faria uma denúncia e o baile acabaria.

– No fim das contas, foi um bem enfadonho! Shiii! Silêncio! Quem está vindo ali?

Estávamos sentadas atrás de uma cerca de espinhos, bem perto da estrada que passava dois metros abaixo de nós e tinha um banco na beira de um fosso, um esconderijo maravilhoso para ouvir sem sermos vistas.

– São os professores assistentes!

Sim, era Rabastens e o sombrio Armand Duplessis que andavam conversando, um encontro inusitado! O avantajado Antonin quis sentar-se no banco, por causa do sol pálido que o aqueceria um pouco. Ouviríamos a conversa deles, então vibramos de alegria do nosso lado, acima das cabeças deles.

– Ah! – suspira o sulista satisfeito – Está um pouco mais *quennte* aqui. Você não acha?

Armand resmunga algo indecifrável. O marselhês volta a falar. Falaria até sozinho, tenho certeza!

– Veja bem, sinto-me satisfeito neste lugar: essas senhoras professoras são muito amáveis. A senhorita Sergent é feia, credo! Mas a doce senhorita Aimée é tão adorável! Sinto-me mais confiante quando ela olha para mim.

O ardiloso Richelieu endireita-se e solta a língua:

– Sim, ela é atraente e tão meiga! Ela está sempre sorrindo e tagarela como um pintassilgo.

Mas ele reprime imediatamente seu desabafo, depois retoma em um tom diferente: "É uma moça adorável, você certamente vai ganhar o coração dela, Don Juan!"

Quase dei uma gargalhada. Rabastens de Don Juan! Imaginei um chapéu com pena na cabeça redonda com bochechas rechonchudas...Lá em cima, inclinadas em direção à estrada, ríamos com os olhos, ambas sem mexer um músculo.

– Mas, sinceramente – continua o galanteador do ensino primário – há outras garotas bonitas além dela, até parece que você não viu! Outro dia, na sala de aula, a senhorita Claudine cantou de uma maneira encantadora (e posso dizer que sei do que estou falando, hein?). Ela não passa despercebida, com aqueles cabelos que caem pelos ombros e ao redor dela, e aqueles olhos castanhos cheios de malícia! Meu caro, eu acredito que essa garota sabe de coisas que nem deveria saber, muito além de geografia!

Tive um pequeno sobressalto de surpresa e quase fomos pegas, porque a Claire soltou uma risadinha que poderia ter sido ouvida. Rabastens, sentado ao lado de Duplessis, que está absorto, fica agitado e sussurra algo no ouvido dele, rindo maliciosamente. O outro sorri, eles se levantam e vão embora. Nós duas, lá em cima, dançamos extasiadas, dançamos "desvairadas" de alegria, tanto para nos aquecer quanto para celebrar aquela espionagem deliciosa.

Voltando para casa, já começo a elaborar artimanhas para atiçar o gordo e ardente Antonin, só para passar o tempo do recreio quando estiver chovendo. E eu pensando que ele planejava conquistar a senhorita Lanthenay! Fico muito feliz por ele não estar tentando conquistá-la, pois a pobre Aimée me parece tão romântica que até mesmo um Rabastens poderia conseguir, não é mesmo? É verdade que Richelieu está ainda mais encantado por ela do que eu imaginava.

Às sete horas da manhã, entro na escola. É minha vez de acender o fogo, droga! É preciso quebrar lenha no celeiro, e machucar as mãos, e carregar toras, e soprar, e receber nos olhos a fumaça ardente...Veja só, o primeiro prédio novo já está bem alto, e no dos meninos, idêntico, o telhado está quase pronto. Nossa pobre e velha escola quase toda demolida parece um reles pardieiro perto desses dois edifícios que tão rapidamente se ergueram do chão. A grande Anaïs junta-se a mim e vamos quebrar a lenha juntas.

– Você sabia, Claudine, que hoje chega uma segunda auxiliar e todas nós seremos obrigadas a ir para outra sala? Vão nos colocar na escola infantil.

– Ótima ideia! Vamos pegar pulgas e piolhos lá naquela imundície.

– Sim, mas ficaremos mais perto da sala dos garotos, minha cara.

(Que desavergonhada, essa Anaïs! Embora tenha razão.)

– Isso é verdade. Bem, porcaria de fogo! Já faz dez minutos que estou gastando todo ar dos meus pulmões. Ah! O senhor Rabastens deve pegar fogo mais fácil!

Aos poucos, o fogo decide pegar, as alunas chegam, a senhorita Sergent está atrasada (por que será? É a primeira vez). Finalmente, ela desce, responde nosso "Bom dia" com uma cara preocupada, depois se senta em sua mesa e diz: "Em seus lugares", sem olhar para nós e claramente sem prestar atenção em nós. Eu copio a lição perguntando-me quais pensamentos a estão incomodando e percebo com surpresa e apreensão que, de tempos em tempos, ela me lança olhares rápidos, ao mesmo tempo furiosos e vagamente satisfeitos. O que está acontecendo? Eu não estou nada, nada tranquila. Tento me lembrar de alguma coisa...Não consigo pensar em nada, a não ser que ela nos observou enquanto saíamos para a aula de inglês, a senhorita Lanthenay e eu, com uma raiva quase dolorosa, que ela não conseguia disfarçar. Ah! Não é possível! Então não vão nos deixar em paz, minha querida Aimée e eu? Mas não estamos fazendo nada de errado! Nossa última aula de inglês foi tão agradável! Nem abrimos o dicionário, nem o "Guia de frases úteis", nem o caderno...

Imagino e fico furiosa enquanto copio a lição, com uma caligrafia desleixada. Anaïs me observa e percebe que tem "alguma coisa". Olho novamente para a terrível ruiva de olhos invejosos, enquanto pego a caneta bico de pena que joguei no chão em um conveniente descuido. Ela esteve chorando, tenho certeza! Mas o que serão esses olhares zangados e quase satisfeitos? Isso não está bom, definitivamente preciso conversar com Aimée hoje. Não consigo mais prestar minimamente atenção na questão que estou copiando:

"...*Um operário finca estacas para fazer uma cerca. Ele coloca-as a uma distância tal que o balde de concreto no qual ele mergulha a extremidade inferior até uma altura de trinta centímetros esvazia-se após três horas. Dado que a quantidade de concreto que permanece na estaca é equivalente a dez centímetros cúbicos e que o balde é um cilindro com 0,15m de raio na base, 0,75m de altura, cheio em ¾ e que o operário mergulha quarenta estacas por hora e descansa por oito minutos, aproximadamente, no mesmo período, qual é a quantidade de estacas e qual é a área da propriedade, que tem a forma de um quadrado perfeito? Diga também qual seria a quantidade de estacas necessárias se elas fossem colocadas a dez centímetros a mais de distância. Diga também o custo dessa operação nos dois casos, sendo que as estacas custam 3 francos o cento e o operário recebe 50 centavos de franco por hora."*

Será que não deveríamos também dizer se o trabalhador está feliz com sua família? Ah! Que imaginação doentia, que cérebro depravado elabora esses problemas revoltantes que usam para nos torturar? Eles são abomináveis! E os operários que se unem para complicar a quantidade de trabalho que são capazes de realizar, que se dividem em dois bandos, sendo que um gasta 1/3 a mais de força do que o outro, enquanto o outro, por sua vez, trabalha duas horas a mais! E a quantidade de agulhas que uma costureira gasta em vinte e cinco anos se usar agulhas que custam cinquenta centavos de franco o pacote, durante onze anos, e agulhas de setenta e cinco centavos de franco pelo resto do tempo, mas as setenta e cinco centavos são...etc., etc. E as locomotivas que complicam diabolicamente suas velocidades, seus horários de partida e o estado de saúde de seus maquinistas! Suposições detestáveis, hipóteses inverossímeis, que me tornaram avessa à aritmética por toda a minha vida!

– Anaïs, vá até o quadro.

A grandona se levanta e, discretamente, faz para mim uma careta de gato coagido. Ninguém gosta de "ir até o quadro" diante do olhar negro e vigilante da senhorita Sergent.

– *Resolva* o problema.

Anaïs o "resolve" e explica a resolução. Aproveito para analisar a professora à vontade: os olhos dela brilham, os cabelos ruivos resplandecem...Se ao menos eu tivesse visto a Aimée Lanthenay antes da aula! Bom, o problema está resolvido. Anaïs respira aliviada e volta ao lugar dela.

– Claudine, venha até o quadro. Escreva as frações:

$$\frac{3.225}{5.712}, \quad \frac{806}{925}, \quad \frac{14}{56}, \quad \frac{302}{1.052}$$

(Meu Deus! Livrai-me das frações divisíveis por 7 e por 11, assim como daquelas divisíveis por 5, por 9, por 4, por 6 e por 1.127) e encontre o maior divisor comum entre elas. Isso é exatamente o que eu temia. Começo descontente, faço algumas bobagens, pois não estou prestando atenção no que estou fazendo. Os pequenos deslizes que me permito fazer são rapidamente repreendidos de um gesto seco com a mão ou com um franzir de sobrancelhas! Finalmente, consigo resolver, volto ao meu lugar e disparo: "Ninguém tem senso de humor aqui, hein?", pois quando ela advertiu: "Você esqueceu de reduzir os zeros", eu respondi:

– Os zeros sempre devem ser reduzidos, eles merecem.

Depois de mim, Marie Belhomme foi até o quadro, repleta da maior autoconfiança do mundo, como sempre: eloquente e segura de si quando não tem ideia do que fazer, indecisa e ruborizada quando se lembra da lição anterior.

A porta da pequena sala abriu-se e a senhorita Lanthenay entrou. Olho para ela avidamente: Ah! Aqueles pobres olhos dourados choraram e estavam inchados na parte de baixo, queridos olhos que me lançam um olhar atônito e desviam-se rapidamente! Fico consternada. Meu Deus, o que será que Ela fez com a Aimée? Fico vermelha de raiva, de tal forma que a grande Anaïs percebe e ri baixinho. A melindrosa Aimée pede um livro à senhorita Sergent, cujas bochechas se alteram para um carmim mais escuro, que o entrega a ela com uma prontidão notável. O que significa tudo isso? Quando penso que a aula de inglês só acontecerá amanhã, fico ainda mais angustiada. Mas o que posso fazer? A senhorita Lanthenay volta para a sala dela.

– Senhoritas, anuncia a ruiva malvada, peguem seus livros e cadernos, seremos forçadas a nos refugiar na escola infantil provisoriamente.

Imediatamente, todas as garotas se agitam como se estivessem pegando fogo: empurram-se, beliscam-se, mexem-se nos bancos, deixam cair os livros, que empilhamos em nossos grandes tabliers[11]. A grande Anaïs me observa enquanto junto minhas coisas, enquanto ela carrega seu material nos braços. Então, ela puxa, ardilosamente, a ponta do meu tablier e tudo desaba.

Ela mantém a expressão distraída e olhando atentamente para três pedreiros que atiram telhas no pátio. Sou repreendida por minha falta de jeito e, dois minutos depois, a praga da Anaïs repete o mesmo esquema com Marie Belhomme, que grita tão alto que recebe algumas páginas de história antiga para copiar. Enfim, nossa matilha tagarela e agitada atravessa o pátio e entra na escola infantil. Eu torço o nariz: ela está suja, ajeitada às pressas para nós e ainda com cheiro de criança malcuidada. Tomara que esse "provisório" não dure muito tempo!

Anaïs coloca os livros na mesa e imediatamente se certifica de que as janelas dão para o jardim do professor. Eu não tenho tempo para contemplar os professores auxiliares, muito preocupada que estou com os problemas que pressinto.

Voltamos à antiga sala fazendo uma barulheira de rebanho de bois fugitivos e pegamos as mesas, tão velhas e tão pesadas que fazemos questão de trombar em tudo e enganchá-las em vários lugares na esperança de que pelo menos uma delas se despedace completamente e se transforme em

---

11 Tipo de avental usado pelas alunas nas escolas. N. da T.

lascas empoeiradas. Vã esperança! Elas chegam inteiras e não é por nossa causa.

Não estudamos muito naquela manhã, o que já é alguma coisa. Às onze horas, quando saímos, dei umas voltas para ver se encontrava a senhorita Lanthenay, mas sem sucesso. Será que *Ela* está trancando a Aimée? Vou almoçar quase explodindo de tanta raiva reprimida. Até mesmo papai percebe e me pergunta se estou com febre...Depois volto bem cedo, meio-dia e quinze, e fico bastante irritada, pois encontro apenas algumas poucas alunas, garotas do campo almoçando na escola seus ovos cozidos, toucinho, pão com melado, frutas. Espero em vão e fico angustiada!

Antonin Rabastens entra (uma distração como qualquer outra) e cumprimenta-me com o requinte de um urso de circo.

– Mil desculpas, senhorita. E então, as damas ainda não desceram?

– Não, senhor, eu estou esperando por elas. Tomara que não demorem, pois "a ausência é o maior dos males!". Já utilizei sete vezes esse aforismo de La Fontaine em redações que foram elogiadas.

Disse isso com uma gravidade suave. O belo marselhês ouviu com inquietação em sua bela cara de lua. (Ele também vai pensar que sou meio doida.) Então, ele muda de assunto:

– Senhorita, disseram-me que você lê muito. O senhor seu pai possui uma biblioteca muito extensa?

– Sim, senhor, dois mil trezentos e sete volumes ao todo.

– Você deve saber muitas coisas interessantes, sem dúvida, percebi imediatamente naquele dia – quando você cantou tão graciosamente – que você tem ideias muito avançadas para sua idade.

(Meu Deus, que idiota! Será que ele não vai embora? Ah, esqueci que ele está um pouco apaixonado por mim. Sejamos mais amáveis.)

– Mas você também, senhor, tem uma bela voz de barítono, disseram-me. Às vezes, ouvimos o senhor cantar em seu quarto quando os pedreiros não estão fazendo aquela barulheira.

Ele fica tomado de alegria, contesta com uma modéstia inebriada e esquiva-se:

– Ah! Senhorita! Você poderá julgar em breve, pois a senhorita Sergent pediu-me para dar aulas de solfejo para as alunas mais velhas, que vão fazer o exame, às quintas-feiras e aos domingos. Começaremos na próxima semana.

Que sorte! Se eu não estivesse tão preocupada, ficaria animada para contar a novidade para as outras que ainda não sabem. Como a Anaïs vai se encharcar de água de colônia e morder os lábios na próxima quinta-feira, apertar o cinto de couro e cantar melodiosamente!

– É mesmo? Mas eu não sabia de nada! A senhorita Sergent não disse uma só palavra a esse respeito.

– Ah! Talvez eu não devesse ter contado. Faça a gentileza de fingir que não sabe de nada!

Ele me implora com gestos extravagantes do corpo e eu balanço a cabeça para afastar alguns cachos que nem estão me incomodando. Esse pretenso segredo entre nós o deixa feliz e servirá para ele de tema para trocas de olhares de cumplicidade, uma cumplicidade bem banal. Ele se retira cheio de si, com uma despedida um pouco mais descontraída. "Até mais, senhorita Claudine. – Até mais, Senhor."

Ao meio-dia e meia, as alunas chegam e ainda nada da Aimée! Recuso-me a jogar sob o pretexto de uma dor de cabeça e vou me esquentar.

Ah! O que é isso que estou vendo? Finalmente elas estão descendo, Aimée e sua terrível superiora. Elas descem, atravessam o pátio e a Ruiva está de braços dados com a senhorita Lanthenay, um acontecimento insólito! A senhorita Sergent fala com muita gentileza com sua auxiliar que, ainda um pouco perplexa, levanta os olhos já mais tranquilos e belos em direção à outra, que é muito mais alta. O espetáculo desse desvario transforma minha inquietação em tristeza. Antes que elas cheguem perto da porta, saio correndo e me lanço no meio de um jogo maluco de pega-pega, gritando: "Estou dentro!" como se estivesse gritando "Fogo!". Então, até a hora do sinal de início das aulas, corro até perder o fôlego, sendo perseguida e perseguindo, fazendo o possível para não pensar.

Durante o jogo, notei a cabeça de Rabastens: ele olhava por cima do muro e deliciava-se vendo aquelas moças correndo e mostrando, algumas inconscientemente, como Marie Belhomme, outras de forma bem consciente, como a grande Anaïs, as panturrilhas bonitas ou ridículas. O amável Antonin dirige a mim um sorriso extremamente gracioso. Não acho prudente retribuir, por causa de minhas colegas, mas arqueio minha cintura e balanço meus cachos. É preciso encantar esse rapaz. (Aliás, ele me parece naturalmente desajeitado e desastrado.) Anaïs, que também notou a presença dele, corre dando joelhadas nas saias para mostrar as pernas sem graça, ri e solta gritinhos como os de um pássaro. Ela faria charme até mesmo para um burro de carga.

Entramos para a sala e abrimos nossos cadernos, ainda ofegantes. No entanto, após uns quinze minutos, a senhora Sergent vem dizer à filha, em um dialeto selvagem, que duas pensionistas chegaram. A classe agita-se. Duas "novatas" para irritar! A senhorita Sergent sai pedindo gentilmente à senhorita Lanthenay para ficar de olho na turma. Quando

Aimée chega, procuro seus olhos com a intenção de sorrir para ela com toda a minha ansiosa ternura, mas ela me dirige um olhar bastante incerto. Sinto em meu peito um aperto idiota, enquanto me inclino sobre meu tricô em ponto diamante...Nunca perdi tantas malhas! São tantas, que sou obrigada a pedir ajuda à senhorita Aimée. Enquanto ela procura uma solução para minhas trapalhadas, sussurro para ela: "Oi, adorável mocinha linda, pelo amor de Deus, o que está acontecendo? Estou morrendo de vontade de falar com você." Inquieta, ela olha ao redor e me responde bem baixinho:

– Não posso dizer nada agora. Amanhã durante a aula.

– Não consigo esperar até amanhã de jeito nenhum! E se eu fingisse que papai vai usar a biblioteca amanhã e pedisse para você me dar aula hoje à noite?

– Não...sim...peça. Mas volte logo para o seu lugar, as mais velhas estão nos observando.

Digo "Obrigada" em voz alta e volto para o meu lugar. Ela está certa: a grande Anaïs nos espreita, tentando descobrir o que está acontecendo nos últimos dois ou três dias.

A senhorita Sergent finalmente retorna, acompanhada por duas jovens desinteressantes, cuja chegada provoca um pequeno burburinho nos bancos.

Ela acomoda as novatas em seus lugares. Os minutos passam lentamente.

Quando finalmente são quatro horas, vou imediatamente procurar a senhorita Sergent e peço diretamente:

– Senhorita, seria muito gentil permitir que a senhorita Lanthenay me desse minha aula hoje à noite em vez de amanhã. Meu pai terá uma reunião de negócios em sua biblioteca e nós não poderíamos ficar lá.

Ufa! Debitei minha fala sem respirar. A senhorita Sergent franziu a testa, olhou-me por um segundo e decidiu: "Sim, vá avisar a senhorita Lanthenay".

Eu corro até ela, que veste o chapéu, o casaco e eu a acompanho, tremendo de ansiedade para saber de tudo.

– Ah, como estou contente de ficar um pouco com você! Diga de uma vez, qual é o problema?

Ela hesita, titubeia:

– Aqui não, espere um pouco, é difícil falar sobre isso na rua. Em um minuto estaremos em sua casa.

Enquanto isso, seguro seu braço junto ao meu, mas ela não tem o sorriso gentil de antes. Com a porta da biblioteca fechada, eu a abraço e a beijo. Parece que ela ficou trancada por um mês longe de mim, a pobrezinha da Aimée, que está com olheiras e as bochechas pálidas! Será que ela estava muito triste? Mas seu olhar me parece principalmente constrangido e ela está mais aflita do que triste. Ela retribui meus beijos apressadamente. Eu realmente não gosto de ser beijada às pressas!

– Vamos lá, fale, conte desde o começo.

– Mas não é muito longo. Na verdade, não aconteceu muita coisa. É a senhorita Sergent, sim, que gostaria...enfim, ela prefere...ela acha que essas aulas de inglês estão me impedindo de conferir os cadernos e que acabo sendo obrigada a me deitar muito tarde...

– Vamos, fale logo e seja sincera: ela não quer mais que você venha aqui?

Estou tremendo de angústia. Aperto as mãos entre os joelhos para mantê-las quietas. Aimée mexe compulsivamente na capa da gramática até arrancá-la, então levanta em minha direção os olhos que voltam a ficar aflitos.

– Sim, é isso mesmo, mas não da forma que você está dizendo, Claudine. Preste atenção...

Não ouço mais nada, sinto-me desmanchar de tristeza. Sentada em um banquinho no chão, com meu braço em torno da fina cintura dela, eu suplico:

– Minha querida, não vá embora. Você não imagina como eu ficaria desolada! Ah! Arrume uma desculpa, invente algo, mas volte, não me deixe! Você me enche de alegria só por estar perto de mim! Você não gosta de vir aqui? Eu sou como a Anaïs ou a Marie Belhomme para você? Minha querida, volte, venha me dar aulas de inglês! Eu amo você.. eu não tinha te falado, mas agora você já sabe! Volte, eu imploro. Essa ruiva maldita não manda em você!

A febre me queima e eu fico ainda mais nervosa ao sentir que Aimée não sofre como eu. Ela acaricia minha cabeça, que repousa em seus joelhos, e só me interrompe com tímidos "minha pequena Claudine!". Ao fim, os olhos dela se enchem de lágrimas e ela começa a chorar, dizendo:

– Vou contar tudo a você, isso é muito injusto. Não consigo ver você assim! No último sábado, percebi que *ela* estava sendo mais gentil comigo do que o habitual, e eu, pensando que ela estava se acostumando comigo e que nos deixaria em paz, fiquei feliz e toda animada. Então, no fim da noite, enquanto conferíamos alguns cadernos sentadas à mesma mesa, de repente, quando levantei a cabeça, vi que ela estava chorando e olhando para mim com olhos tão estranhos que fiquei atônita. Ela imediatamente levantou da cadeira e foi se deitar. No dia seguinte, depois de um dia de muitas gentilezas, à noite, quando estava sozinha com ela e me preparava para dar boa noite, ela me perguntou: "Você gosta mesmo da Claudine? Tem certeza que ela corresponde?". E antes que eu tivesse tempo de responder, ela deixou-se cair sentada ao meu lado, soluçando. Então, segurou minhas mãos e me disse várias coisas que me deixaram perplexa...

– Quais coisas?

– Bem, ela me dizia: "Minha querida, você não percebe que está partindo meu coração com sua indiferença? Ah! Minha lindinha, como você não se deu conta do grande afeto que nutro por você? Minha pequena Aimée, tenho ciúmes do carinho que você tem por essa Claudine sem cérebro, que certamente é um pouco desequilibrada...Se ao menos você não me odiasse. Ah! Se você gostasse de mim ao menos um pouco, eu seria a amiga mais afetuosa que você pode imaginar...". E ela me olhava no fundo da alma com olhos em brasas.

– E você não dizia nada?

– Claro que não! Eu não tinha tempo! Ela continuava dizendo: "Você acha que são úteis para ela e que me fazem bem essas aulas de inglês? Eu sei muito bem que vocês não estudam inglês durante as aulas e eu fico destruída toda vez que você sai! Não vá, não vá mais lá! Daqui a uma semana, a Claudine nem vai mais se lembrar disso, e eu darei a você mais carinho do que ela é capaz de sentir!". Eu juro, Claudine, não sabia o que fazer, me sentia paralisada por aqueles olhos loucos e, de repente, o quarto começou a girar ao meu redor, minha cabeça ficou zonza e eu não enxerguei nada por dois ou três segundos, mais ou menos. Só ouvia ela repetindo muito assustada: "Meu Deus...Minha pobre menina! Eu a assustei, ela está pálida, minha pequena Aimée, minha querida!" Imediatamente depois, ela me ajudou a me despir, de forma delicada, e eu dormi como se tivesse caminhado o dia todo...Minha pobre Claudine, você entende que não posso fazer nada!

Estou atônita. Essa ruiva vulcânica tem afetos bem abrasadores! No fundo, não fico muito surpresa. Era assim que deveria terminar. Enquanto isso, eu fico ali, chocada, e diante de Aimée, essa pequena criatura frágil e enfeitiçada por essa fúria, não sei o que dizer. Ela enxuga os olhos.

Parece-me que a tristeza vai embora junto com as lágrimas. Pergunto a ela:

– E você, realmente não gosta dela?

Ela responde sem olhar para mim:

– Claro que não, mas ela realmente parece gostar muito de mim e eu nem desconfiava.

A resposta dela me paralisa, pois, no fim das contas, não sou idiota e entendo quando alguém quer me dizer alguma coisa. Solto as mãos dela, que eu estava segurando, e me levanto. Há alguma coisa de errado. Como ela não quer me confessar abertamente que não está mais do meu lado contra a outra, como ela esconde o que pensa de verdade, acredito que acabou. Minhas mãos estão geladas e minhas bochechas ardem. Depois de um silêncio desagradável, sou eu quem retoma:

– Minha querida Aimée de belos olhos, peço que volte mais uma vez para terminar o mês. Você acha que Ela vai concordar?

– Ah, sim, vou pedir a ela.

Ela diz isso rapidamente, espontaneamente, pois já está certa de que agora terá tudo o que quiser da senhorita Sergent. Como ela se afastou rapidamente de mim e como a outra conseguiu rapidamente o que queria! Lanthenay miserável! Ela gosta de conforto como um gato com frio e entende que a amizade de sua superiora será mais vantajosa do que a minha! Mas não quero dizer isso, pois ela não voltaria para a última aula e ainda tenho uma vaga esperança...O tempo acabou. Eu acompanho Aimée e, no corredor, beijo-a intensamente, com um pequeno desespero. Uma vez sozinha, surpreendo-me por não me sentir tão triste quanto pensava. Eu esperava por uma enorme explosão ridícula. Não, é mais um frio que me congela...

À mesa, interrompo o devaneio de papai:

– Sabe, papai, minhas aulas de inglês?
– Sim, eu sei, você tem razão em fazer...
– Então me escute, eu não vou mais fazer.
– Ah! Está ficando cansada?
– Sim, não aguento mais.
– Você está certa.

E os pensamentos dele voltam para as lesmas. Será que eles saíram delas?

A noite foi atravessada por sonhos estúpidos, nos quais a senhorita Sergent em Fúria, com serpentes nos cabelos ruivos, tentava beijar Aimée Lanthenay, que fugia gritando. Eu tentava ajudar, mas Antonin Rabastens me impedia, vestido de rosa-claro, e segurava-me pelo braço, dizendo: "Escute, escute aqui, é uma canção romântica que vou cantar e estou realmente satisfeito com o resultado.". Então, cantava em barítono:

Meus caros amigos, quando eu morrer,
Plantem um salgueiro no cemitério...[12]

na melodia de "Ah! Como temos orgulho de sermos franceses, quando vemos a coluna![13]". Uma noite absurda em que não descansei nada!

Cheguei atrasada na escola e observei a senhorita Sergent com uma surpresa secreta ao pensar que aquela ruiva

---

[12] Versos do poema *Lucie*, de Alfred de Musset (1810-1857), poeta, novelista e dramaturgo francês, um dos expoentes mais conhecidos do Romantismo. N. da T.

[13] *La Colonne* é uma famosa canção festiva escrita por Émile Debraux (1796-1831). Ela foi feita em homenagem à coluna de Vendôme, em 1818, ano em que o poder real mandou derreter a estátua do imperador Napoleão I, que ficava no topo da coluna. N. da T.

audaciosa havia vencido. Ela me lançou olhares maliciosos, quase zombeteiros, mas, como estava cansada e abatida, não tive ânimo para responder.

Na saída da aula, vi a senhorita Aimée colocando as crianças em fila (parece que a noite passada foi um sonho). Eu a cumprimento quando passo por ela, que também parece cansada. A senhorita Sergent não está por perto. Eu paro:

– Você está bem esta manhã?

– Estou sim, obrigada. Você está cansada, Claudine?

– Talvez. Alguma novidade? A cena não se repetiu? Ela ainda está sendo tão amável com você?

Ela fica vermelha e perde a compostura:

– Sim, sim, nenhuma novidade e ela continua muito amável. Eu...acho que você não a conhece bem, ela não é nada do que você pensa...

Com certa repulsa, deixo-a gaguejar. Quando ela está bem perdida, eu a interrompo:

– Talvez você tenha razão. Você virá na quarta-feira pela última vez?

– Ah! Certamente, eu pedi a ela, está tudo acertado.

Como as coisas mudam rápido! Desde a cena de ontem à noite, já não nos falamos da mesma maneira e hoje eu não ousaria mostrar a ela a tristeza estrondosa que deixei transparecer ontem à noite. Vamos lá! Preciso fazê-la rir um pouco:

– E os seus amores? Está bem, o belo Richelieu?

– Quem? Armand Duplessis? Ah sim, ele está bem. Às vezes, fica duas horas no escuro, debaixo da minha janela. Mas ontem à noite mostrei a ele que eu tinha percebido e ele partiu rapidamente, com aquelas pernas arqueadas. Quando o senhor Rabastens tentou levá-lo anteontem, ele recusou.

– Escute bem, Armand está seriamente apaixonado por você, acredite em mim. Ouvi uma conversa entre os dois auxiliares no último domingo, por acaso, na estrada, e...É o que eu tenho a dizer! Armand está caidinho, só precisa domá-lo: ele é um pássaro selvagem.

 Toda animada, ela queria mais detalhes, mas eu me esquivo.

Vamos nos ocupar em pensar nas aulas de solfejo do sedutor Antonin Rabastens. Elas começam na quinta-feira. Vou usar minha saia azul, com a blusa preguada, que marca minha cintura, e meu tablier, não o grande tablier preto de todos os dias, mais justo na parte de cima (e que fica muito bem em mim), mas o menor, azul claro, bonitinho e bordado, aquele de domingos. E é só isso. Não posso me arrumar demais para esse senhor, minhas queridas colegas perceberiam.

Aimée! Aimée! É realmente uma pena que ela tenha fugido tão depressa, aquela linda passarinha seria capaz de alegrar-me em meio a todas essas idiotas! Agora, sinto que a última aula não servirá para nada. Com um temperamento como o dela, delicado, egoísta e que busca o prazer de acordo com seus interesses, é inútil lutar contra a senhorita Sergent. Só espero que essa enorme decepção não me entristeça por muito tempo.

 Hoje, no recreio, brinco freneticamente para me agitar e me aquecer. Anaïs e eu, segurando firmemente Marie Belhomme pelas "mãos de parteira", a fazemos correr até perder o fôlego e implorar para pararmos. Depois, sob ameaça de ser trancada nos banheiros, a condeno a declamar em alto e bom som o relato de Teramenes.

 Ela declama os alexandrinos com voz de mártir e depois foge, com as mãos para o alto. As irmãs Jaubert parecem-me impressionadas. Tudo bem, se elas não gostam dos clássicos, serviremos a elas algo moderno na próxima oportunidade!

A próxima oportunidade não demora muito. Mal voltamos para a sala e recebemos exercícios de caligrafia, redonda e bastarda, por causa do exame que se aproxima. Geralmente, nossas letras são horríveis.

– Claudine, você vai ditar os modelos enquanto distribuo as tarefas da sala menor.

Ela vai à "segunda classe"[14], cujas meninas, também desalojadas, serão instaladas em algum lugar. Isso nos dá uma meia hora sozinhas. Eu começo:

– Minhas crianças, hoje, vou ditar algo muito divertido. Coro: "Ah!"

– Sim, canções alegres, extraídas do *Les Palais nomades*.

– Parece muito interessante, só pelo título – observa com convicção Marie Belhomme.

– Você está certa. Estão prontas? Vamos lá.

Na mesma curva lenta,
Implacavelmente lenta,
Encanta-se, vacila e desatina
O presente complexo das curvas lentas.[15]

Eu paro por um instante. A grande Anaïs não ri, pois não entende nada. (Eu também não.) E Marie Belhomme,

---

14 Trata-se das alunas um pouco mais novas, que estão no que é chamado em francês de segunda classe (deuxième classe), enquanto Claudine e suas colegas estão na primeira classe (première classe), antes do *Certificado primário*. N. da T.

15 No original:
Sur la même courbe lente,
Implacablement lente,
S'extasie, vacille et sombre
Le présent complexe des courbes lentes.

sempre muito franca, exclama: "Você sabe bem que já estudamos geometria esta manhã! Isso aí é muito difícil, eu não escrevi nem metade do que você disse".

As gêmeas viram os quatro olhos desafiadores. Eu continuo, impassível:

No idêntico outono, as curvas validam-se,
Iguala tua dor às longas noites de outono,
E destoa a lenta curva das coisas e teu breve saltitar.[16]

Elas acompanham com dificuldade, sem tentar entender, e eu sinto uma satisfação muito agradável ao ouvir Marie Belhomme reclamar novamente e me interromper: "Espera aí, espera aí, está indo rápido demais...A lenta curva do quê?".

Eu repito: "*A lenta curva das coisas e teu breve saltitar*... Agora, copiem de novo, primeiro em redonda e depois em bastarda".

Essas aulas extras de caligrafia para treinar para o exame no fim de julho são a minha alegria. Eu dito coisas extravagantes e sinto um enorme prazer ao ouvir essas filhas de mercadores, sapateiros e policiais recitarem e escreverem obedientemente pastiches da Escola Romana ou canções de ninar murmuradas pelo senhor Francis Jammes[17], tudo isso escolhido a dedo para essas queridas coleguinhas nas revistas e nos livros recebidos por papai. E ele recebe muitos! Da *Revue des Deux Mondes* ao *Mercure de France*, todos os

---

16 No original:
A l'identique automne les rouilles s'homologuent
Analogue ta douleur aux soirs d'automne
Et détonne la lente courbe des choses et tes briefs sautillemens. N.da T.

17 Francis Jammes (1868-1938), poeta e romancista francês. N. da T.

jornais se acumulam em minha casa. Papai me confia a tarefa de separá-los e eu aproveito para ler todos eles. Alguém tem que ler todos eles! Papai dá apenas uma olhada superficial e distraída, uma vez que o *Mercure de France* quase nunca fala sobre malacologia. É por meio deles que eu me informo, mesmo que às vezes não compreenda, e aviso papai quando as assinaturas estão prestes a expirar. "Renove, papai, para manter a estima do carteiro".

A grande Anaïs que não tem muita intimidade com a literatura –não por culpa dela –, murmura com ceticismo:

– Essas coisas que você dita para nós nas aulas de caligrafia, tenho certeza que você inventa de propósito.

– Até parece! São versos dedicados a nosso aliado, o tzar Nicolau, pura e simplesmente!

Como não é capaz de me contestar, mantém os olhos incrédulos em mim.

A senhorita Sergent volta e dá uma olhada no que escrevemos. Ela exclama: "Claudine, você não tem vergonha de ditar a elas tais absurdos? Seria melhor se você aprendesse de cor teoremas aritméticos, seria mais útil para todo mundo!". Mas ela me repreende sem convicção, pois, lá no fundo, essas tolices não a incomodam. Mesmo assim, eu escuto sem rir e meu ressentimento retorna ao sentir tão perto de mim aquela que despedaçou a ternura da pobre Aimée, tão insegura... Meu Deus! Já são três e meia e daqui a meia hora ela vai à minha casa pela última vez.

– Fechem os cadernos! As mais velhas, que farão o exame, fiquem, preciso falar com vocês.

As outras vão embora, vestem seus casacos de capuz e cobrem suas cabeças com lenços lentamente, aborrecidas por não ficarem para ouvir o discurso, evidentemente muito interessante, que será dirigido a nós. A diretora ruiva nos interpela e, apesar de tudo, admiro, como sempre, a convicção e a precisão das frases dela.

— Senhoritas, acho que todas vocês têm consciência do quanto são inabilidosas em música, todas, menos a senhorita Claudine, que toca piano e lê partituras com muita facilidade. Eu poderia pedir a ela para dar aulas a vocês, mas vocês são muito indisciplinadas para obedecer uma colega. A partir de amanhã, vocês vão vir aos domingos e às quintas-feiras, às nove horas, treinar solfejo e leitura de partituras, com o senhor Rabastens, professor auxiliar, uma vez que nem eu nem a senhorita Lanthenay temos condições de dar aulas a vocês. O senhor Rabastens será auxiliado pela senhorita Claudine. Tratem de não se comportar muito mal. E estejam aqui amanhã, às nove.

Acrescento em voz baixa um "Dispersar!" que é captado por seu ouvido implacável. Ela franze a testa, quase sorri sem querer. O pequeno discurso foi proferido em tom tão peremptório que uma saudação militar era quase obrigatória, como ela pôde perceber. Mas, na verdade, parece que não consigo mais irritá-la. É inquietante! Ela deve sentir-se verdadeiramente segura de sua vitória para se mostrar tão superior!

Ela vai embora e todas nós começamos a levantar rumores. Marie Belhomme não consegue acreditar.

— Na verdade, não faz diferença termos aulas com um jovem senhor. É um pouco inacreditável! Mas ainda assim será divertido, você não acha, Claudine?

— Sim. A gente precisa se distrair um pouco.

— Você não se sentirá intimidada por nos dar aulas de canto junto com o professor assistente?

— Sinceramente? Eu nem ligo.

Não presto muita atenção e espero, tremendo por dentro, pois a senhorita Aimée Lanthenay demora a chegar.

A grande Anaïs, exultante, ri, segura a barriga, como se o riso apertasse seu corpo e provoca Marie Belhomme, que geme sem saber se defender: "Ah! Você vai conquistar o belo Antonin Rabastens: ele não vai resistir por muito tempo às suas mãos finas e longas, às suas mãos de parteira, à sua cintura fina, aos seus olhos eloquentes. Não é mesmo, minha querida? Essa história vai acabar em casamento!". Ela se exalta e esbraveja na frente de Marie (que ela encurralou em um canto), esconde as famigeradas mãos e grita o quanto aquilo é desrespeitoso.

Aimée ainda não chegou! Irritada, não consigo ficar parada e vou andando até a porta da escada que leva aos quartos "provisórios" (ainda!) das professoras. Ah! Ainda bem que eu vim dar uma olhada! Lá no alto, no andar de cima, a senhorita Lanthenay está pronta para sair. A senhorita Sergent segura-a pela cintura, fala baixinho e parece insistir suavemente. Depois dá um beijo demorado na pequena Aimée, já com seu lenço, que não resiste e se deixa beijar sem pressa, depois demora e até mesmo se vira ao descer as escadas. Saio sem que elas me notem, mas sinto novamente uma enorme tristeza. Maldosa, mocinha maldosa, rapidamente se desapegou de mim para dar seus carinhos e seus olhos dourados àquela que era nossa inimiga... Ela encontra-se comigo na sala onde permaneci petrificada em meus pensamentos.

– Vamos, Claudine?
– Sim, senhorita, estou pronta.

Na rua, nem ouso lhe perguntar nada. O que ela me responderia? Prefiro esperar estarmos em casa e, aqui fora, ter uma conversa trivial sobre o frio, prever que vai nevar de novo, que vamos nos divertir com as aulas de canto de domingo e quinta... mas falo sem convicção e ela também percebe que aquilo não passa de conversa fiada.

Em casa, sob a luminária, abro meus cadernos e olho para ela: está mais bonita que na outra noite, um pouco mais pálida, as olheiras fazem os olhos parecerem maiores:

– Você está cansada?

Ela fica desconfortável com qualquer pergunta que eu faça, mas por quê? Então ela retoma a cor, olha em torno. Aposto que ela se sente um pouco culpada. Continuamos:

– Me conte, ela ainda demonstra todo aquele afeto, a horrível ruiva? As fúrias e os carinhos da outra noite voltaram a acontecer?

– Não... ela é muito boa para mim... Garanto que ela cuida muito bem de mim.

– Ela não fez você ficar "paralisada" de novo?

– Ah, não! Não é bem assim... Acho que exagerei um pouco naquela noite, porque estava irritada.

E aqui está ela, quase perdendo a compostura! De qualquer modo, quero saber. Aproximo-me dela e seguro suas mãos, suas pequenas mãozinhas.

– Ah, querida, conte-me o que está acontecendo! Você não quer contar mais nada à sua pobre Claudine que sofreu tanto antes de ontem?

Mas parece que ela se recompôs e, de repente, decidiu se calar. Aos poucos, ela assume um semblante mais calmo, artificial, e me olha com seus olhos de gato, mentirosos e claros.

– Não, Claudine, veja bem, eu te garanto que ela me deixa bastante à vontade e até mesmo que ela tem sido muito gentil. Nós fizemos um mau julgamento dela, sabe...

O que significam essa voz fria e esses olhos fechados, apesar de bem abertos? Essa é a voz que ela usa em sala e eu não quero isso! Reprimo minha vontade de chorar para não parecer ridícula. Então é isso, acabou entre nós duas? E se eu enchê-la de perguntas, nos afastaremos brigadas?

Pego minha gramática de inglês, não há mais o que fazer. Ela abre meu caderno com um gesto rápido. Foi a primeira vez, e a única, que tive uma aula de verdade com ela. Com um aperto no peito e quase morrendo, traduzo páginas e mais páginas de:

"Vocês tinham bicos de pena, mas ele não tinha cavalo."
"Comeríamos as maçãs do seu primo, se ele tivesse muitos canivetes."
"Você tem tinta em seu tinteiro? Não, mas tenho uma mesa em meu quarto de dormir, etc., etc."

Perto do fim da aula, esta estranha Aimée me pergunta à queima-roupa:
– Minha querida Claudine, você não está com raiva de mim, está?
Não estou exatamente mentindo quando respondo:
– Não, não estou com *raiva* de você.
É quase verdade, não sinto raiva, apenas tristeza e cansaço. Eu a acompanho e lhe dou um beijo, mas ela me oferece o rosto virando a cabeça com tanta força, que meus lábios quase tocam sua orelha. Mocinha desalmada! Observo enquanto ela vai embora sob a luz dos postes com um vago desejo de correr atrás dela. Mas para quê?

Dormi muito mal, como provam minhas olheiras até o meio das bochechas. Felizmente, elas ficam bem em mim, como percebo no espelho ao escovar os cachos dos meus cabelos com força (completamente dourados esta manhã) antes de sair para a aula de canto.

Chego meio hora mais cedo e não consigo conter o riso ao encontrar duas das quatro colegas que já chegaram na escola! Nós inspecionamo-nos umas às outras e Anaïs dá um assovio de aprovação para meu vestido azul e meu avental bonitinho. Para a ocasião, ela pegou seu avental de quinta-feira e de domingo, vermelho, bordado de branco (que fez ela parecer ainda mais pálida). Os cabelos foram escovados com um cuidado meticuloso, o coque bem no alto, quase na testa e ela se apertou até quase estourar dentro de um cinto novo. Escrupulosamente, ela comenta bem alto que pareço abatida, mas respondo que parecer cansada me cai bem. Marie Belhomme entra correndo, desmiolada e dispersa, como sempre. Ela também se arrumou, embora parecesse de luto. O babado de crepe franzido dá a ela a aparência de um Pierrot Noir aparvalhado. Com os longos olhos aveludados, o ar ingênuo e atordoado, ela é bem bonitinha. As duas Jaubert chegam juntas, como sempre, não tão vistosas, ou pelo menos não tanto quanto o resto de nós, prontas para se comportar impecavelmente, para não levantar a cabeça e para falar mal de cada uma de nós depois da aula. Nós esquentávamo-nos amontoadas em volta do aquecedor, caçoando antecipadamente do belo Antonin. Atenção, ele chegou... Um barulho de voz e de risos se aproxima, a senhorita Sergent abre a porta, precedendo o irresistível auxiliar.

    Esplêndido, esse Rabastens! Chapéu de pele, roupa azul-escuro por baixo do casaco. Ele tira o chapéu e o casaco ao entrar, depois de um profundo "Senhoritas!". Ele adornou o paletó com um crisântemo vermelho-ferrugem de muito bom gosto e sua gravata impressiona, verde-acinzentada e repleta de anéis brancos entrelaçados. Uma gravata de ponta reta posicionada diante do espelho! Imediatamente, nos sentamos em fila e ficamos comportadas, com as mãos puxando discretamente os corpetes para desfazer qualquer resquício de dobra deselegante. Marie Belhomme já se sente muito à vontade e solta um riso alto que a deixa surpresa consigo mesma. A senhorita Sergent franze as sobrancelhas terríveis e fica irritada. Ela me olhou ao entrar: aposto que sua queridinha já contou tudo a ela! Repito insistentemente para mim mesma que Aimée não vale tanto sofrimento, mas não consigo me convencer.

– Senhoritas, pronuncia Rabastens, uma de vocês poderia me emprestar o livro?

A grande Anaïs rapidamente entrega seu Marmontel[18] para se destacar e recebe um "obrigado" exageradamente amável. Esse grandalhão deve fazer treinos de polidez na frente do espelho do guarda-roupas. Embora não tenha um guarda-roupas com espelho.

– Senhorita Claudine – ele me diz com um olhar encantador (encantador para ele, é claro) – estou fascinado e muito honrado em me tornar seu colega, pois você dá aulas de canto para essas senhoritas, não é mesmo?

– Sim, mas elas não obedecem de jeito nenhum a uma de suas colegas –- interrompe brevemente a senhorita Sergent, impaciente com toda aquela tagarelice. – Com sua ajuda, senhor, elas obterão melhores resultados ou então não vão passar no exame: são péssimas em música.

Bem feito! Isso vai ensinar esse senhor a não enrolar com frases inúteis. Minhas colegas ouvem com um espanto mal disfarçado. Ninguém havia sido tão galanteador com elas antes. Ficam especialmente admiradas com os elogios que o bajulador do Antonin me faz.

A senhorita Sergent pega o "Marmontel" e mostra a Rabastens o ponto em que suas novas alunas estão

---

18   Referência a algum livro de Jean-François Marmontel (1723-1799), possivelmente *Principes d'éloquence* (Princípios da eloquência), de 1809. Marmotel era escritor, enciclopedista, historiador, contista, romancista, gramático, poeta, dramaturgo e filósofo. N. da T.

bloqueadas, umas por falta de atenção, outras por falta de habilidade (exceto Anaïs, cuja memória permite que aprenda de cor todos os exercícios de solfejo sem repeti-los nem ler as partituras). Como elas são "péssimas em música", essas pequenas tolas, e como fazem questão de não me obedecer. Certamente seriam agraciadas com zeros no próximo exame. Essa perspectiva enfurece a senhorita Sergent, que não canta bem e não pode ser professora de canto delas, assim como a senhorita Aimée Lanthenay, mal curada de uma antiga laringite.

– Primeiro, faça com que cantem separadamente – disse ao sulista (todo feliz em pavonear entre nós) – todas cometem erros de compasso, mas não os mesmos erros e até agora não consegui com que aprendessem.

– Vejamos. Senhorita...
– Marie Belhomme.
– Senhorita Marie Belhomme, por favor, solfeje este exercício.

Trata-se de uma pequena polca em sol, totalmente desprovida de complexidade, mas a pobre Marie, a mais anti-musical possível, nunca conseguiu solfejá-la corretamente. Com esse ataque direto, ela estremece, fica roxa e revira os olhos.

– Vou marcar um compasso vazio e você começa no primeiro tempo: *ré si si, la sol fa fa...* Não é muito difícil, não é mesmo?

– Sim, senhor, responde Marie, desnorteada de tanta vergonha.

– Muito bem. Vou começar. Um, dois, um...

– *Ré si si, la sol fa fa*, cacareja Marie com uma voz de galinha rouca.

Ela não perdeu a oportunidade de começar no segundo tempo! Eu a interrompo:

– Não! Agora escute: Um, dois, *ré si si*...Entendeu? O senhor Rabastens marca um compasso vazio. Comece novamente.

– Um, dois, um...

– *Ré si si*...ela começa de novo com entusiasmo, cometendo o mesmo erro! E pensar que há três meses ela canta essa polca fora de compasso! Rabastens intervém, paciente e discreto.

– Por favor, senhorita Belhomme, bata o compasso ao mesmo tempo que eu.

Ele segura o pulso dela, conduzindo sua mão.

– Você vai entender melhor assim: um, dois, um...Muito bem! Agora cante!

Desta vez, ela nem começou! Ruborizada em razão do gesto inesperado, ela perdeu completamente a compostura. Eu me divirto muito. Mas o belo barítono, muito lisonjeado pelo abalo da pobre passarinha, faz questão de insistir. A grande Anaïs fica com as bochechas infladas por causa dos risos contidos.

– Senhorita Anaïs, por favor, cante este exercício para mostrar à senhorita Belhomme como ele deve ser interpretado.

Ela não se faz de rogada! Entoa a pequena melodia "com a alma", elevando a voz nas notas altas e não muito no compasso. Afinal, ela sabe de cor e sua maneira um tanto ridícula de solfejar, como se cantasse uma canção romântica, agrada ao sulista, que a elogia. Ela tenta corar, não consegue e se limita, sem outra alternativa, a baixar os olhos, morder os lábios e inclinar a cabeça.

Eu digo a Rabastens: "Senhor, gostaria de treinar alguns exercícios em dueto? Por mais que eu tenha tentado, elas não aprenderam de jeito nenhum".

Estava séria naquela manhã, em primeiro lugar porque não estava muito disposta a rir, e também porque, se eu brincasse demais durante aquela primeira lição, a senhorita Sergent cancelaria as outras. Então, pensei em Aimée. Será que ela não vai descer esta manhã? Há apenas oito dias ela não teria se atrevido a dormir até tão tarde!

Enquanto penso em tudo aquilo, distribuo as duas partes: a primeira para Anaïs, com a participação de Marie Belhomme, a outra às pensionistas. Eu ajudarei aquela que mais esmaecer. Rabastens ajudará a segunda.

Então, executamos o pequeno trecho em dueto, eu ao lado do belo Antonin, que entoa com a voz de barítono "Ah! Ah!", fazendo várias expressões enquanto se inclina para o meu lado. Devemos parecer um pequeno grupo extremamente caricato. Aquele marselhês incorrigível está tão preocupado em se exibir, que comete um erro após o outro, mas sem que ninguém perceba. O crisântemo distinto que carrega no paletó solta-se e cai. Quando seu trecho termina, ele o apanha e o joga sobre a mesa dizendo, como se pedisse elogios para si mesmo: "Bem, parece-me que não foi tão ruim?"

A senhorita Sergent esfria seu entusiasmo, respondendo:
– Sim, mas deixe-as cantar sozinhas, sem você e sem Claudine, e você verá.

(Eu apostaria, pelo ar desanimado, que ele esqueceu por que está aqui. Esse Rabastens vai ser um primor de professor! Melhor assim! Quando a diretora não estiver presente nas aulas, poderemos fazer o que quisermos com ele.)

– Sim, é claro, senhorita, mas se estas senhoritas se esforçarem um pouco, você verá que elas rapidamente estarão preparadas o suficiente para passar nos exames. Como você sabe, a música não é muito cobrada, não é?

Olha só, agora ele está reagindo? É impossível atacar melhor a ruiva do que sugerir que ela não é capaz de cantar uma escala. Ela entende a alfinetada e seus olhos sombrios se desviam. Antonin sobe um pouco em minha estima, mas acaba por contrariar a senhorita Sergent, que responde secamente:

– Você quer mesmo fazer com que essas meninas estudem um pouco mais? Eu adoraria que elas cantassem separadamente, para ganharem um pouco de confiança e segurança.

E na vez das gêmeas, que têm vozes nulas, incertas, sem muito senso de ritmo, essas duas, que cantam em baixo, sempre se saem bem, executando de forma exemplar! Não suporto essas Jaubert, tão comportadas e modestas. Consigo imaginá-las em casa, praticando sessenta vezes cada exercício antes de virem para as aulas de quinta-feira, impecáveis e dissimuladas.

Por fim, Rabastens se "dá ao prazer", como ele diz, de me ouvir e pede que eu interprete coisas extremamente chatas, romances sem graça ou árias com trinados cujos vocalises fora de moda ele considera a última palavra em arte. Por orgulho próprio e porque a senhorita Sergent está lá, e a Anaïs também, canto da melhor forma possível, o que faz o inefável Antonin ficar extasiado. Ele se perde em elogios tortuosos, em frases cheias de armadilhas das quais não me esforço em ajudá-lo a se desvencilhar, ao contrário, sinto-me feliz demais em ouvi-lo, com os olhos atentos e fixos nos dele. Não sei como ele teria encontrado um fim para uma frase repleta de incidentes se a senhorita Sergent não tivesse se aproximado:

– Você deu a essas senhoritas alguns trechos para estudar durante a semana?

Não, ele não deu absolutamente nada. Ele não consegue entender que não foi chamado aqui para cantar em dueto comigo!

Mas o que aconteceu com a pequena Aimée? Preciso saber. Então, engenhosamente, derrubo um tinteiro sobre a mesa, certificando-me de sujar bastante os dedos. E solto um "ah!" de desolação, com todos os meus dedos afastados como uma aranha. A senhorita Sergent faz questão de observar que eu nunca faço isso e me manda lavar as mãos na bomba d'água.

Uma vez do lado de fora, limpo as mãos com a esponja do quadro negro para tirar o grosso e começo a bisbilhotar, olhando para todos os cantos. Não há nada dentro de casa. Saio e vou em direção ao pequeno muro que nos separa do jardim do professor. Também não há nada. Mas tem alguém conversando lá dentro! Quem será? Inclino-me sobre o pequeno muro para olhar lá embaixo, no jardim que fica dois metros abaixo, e lá, sob as aveleiras sem folhas, no frio e pálido sol que mal se sente, vejo o sombrio Richelieu conversando com a senhorita Aimée Lanthenay. Três ou quatro dias atrás, eu teria ficado de cabeça para baixo para me maravilhar diante desse espetáculo, mas minha enorme decepção daquela semana me deixou um pouco indiferente.

Aquele canalha do Duplessis! Agora ele encontrou seu lugar e não abaixa mais os olhos. Estará decidido a apostar todas as suas fichas?

– Diga, senhorita, você nem desconfiava? Ah, diga que sim!

Aimée, toda corada, estremece de alegria, e seus olhos estão mais dourados do que nunca, olhos que espreitam e ouvem atentamente tudo ao redor enquanto ele fala. Ela ri delicadamente, fazendo sinal de que não suspeitava de nada, aquela mentirosa!

– Sim, deve ter desconfiado quando passei várias noites debaixo das suas janelas. Mas eu amo a senhorita com todas as minhas forças, não para flertar por um tempo e depois ir embora nas férias. Você quer me ouvir seriamente, como estou falando agora?

– É mesmo sério assim?

– Sim, eu garanto. A senhorita me autoriza a ir falar com a senhorita Sergent esta noite?

Ah, não! Ouço a porta da sala de aula abrir-se: vieram ver o que aconteceu comigo. Em dois saltos, estou longe do muro e quase ao lado da bomba d'água. Lanço-me de joelhos no chão e quando a diretora, acompanhada de Rabastens, que está indo embora, chega perto de mim, me vê esfregando com areia, energicamente, a tinta em minhas mãos, "pois ela não sai com água".

Funciona muito bem.

– Então, deixe para lá – diz a senhorita Sergent – você tira isso em casa com pedra-pomes.

O belo Antonin dirige-me um "adeus" ao mesmo tempo alegre e melancólico. Eu me levanto e faço para ele meu sinal com a cabeça mais gracioso, fazendo com que alguns cachos de cabelo rolem suavemente ao longo de minhas bochechas. Mas, pelas costas, estou rindo: que palerma, acha que está arrasando! Volto para a sala para pegar meu casaco e vou para casa sonhando acordada com a conversa surpresa atrás do pequeno muro.

Que pena que eu não pude ouvir a conclusão do diálogo apaixonado! Aimée terá consentido, sem hesitação, em receber o ardente, embora honesto, Richelieu? Será que ele é capaz de pedi-la em casamento? O que há com essa mulherzinha que nem é tão bonita assim? Autêntica, é verdade, com olhos magníficos, mas afinal, não faltam belos olhos em rostos mais bonitos. Mesmo assim, todos os homens olham para ela! Os pedreiros param de trabalhar quando ela passa, piscando um para o outro e estalando a língua. (Ontem, ouvi um deles dizer ao outro, referindo-se a ela: "É verdade, eu aceitaria de bom grado ir para a cama com ela!") Os rapazes nas ruas exibem-se para ela e os frequentadores habituais do café *La Perle*, aqueles que tomam vermute todas as noites, conversam entre si com empolgação sobre "a garotinha, professora da escola, saborosa como uma torta de frutas não muito doce". Pedreiros, pequenos produtores, diretora, professor, todo mundo? No meu caso, ela me interessa um pouco menos agora que descobri como ela é traiçoeira. Sinto-me completamente vazia, vazia do meu afeto, vazia da minha enorme tristeza da primeira noite.

Foi demolida, terminaram de demolir a antiga escola. Pobre escola destroçada! Estão derrubando o térreo e assistimos com interesse à descoberta de paredes duplas, paredes que pensávamos ser sólidas e grossas, mas que são ocas como armários, com uma espécie de corredor escuro, onde não se encontra nada além de poeira e um cheiro horrível, velho e repugnante. Divirto-me fazendo medo em Marie Belhomme, dizendo a ela que esses esconderijos misteriosos foram preparados no passado para enclausurar mulheres que traíam seus maridos e que eu havia visto ossos brancos espalhados nos destroços. Ela arregalou os olhos assustados e perguntou: "É verdade?" e aproximou-se depressa para "ver os ossos". Ela voltou para perto de mim imediatamente.

– Eu não vi nada, você está inventando histórias de novo!

– Que eu perca o uso da língua neste instante se esses esconderijos nas paredes não tiverem sido escavados com intenção criminosa! E além disso, sabe, é engraçado você dizer que estou mentindo, você que esconde um crisântemo em seu Marmontel, aquele que o senhor Antonin Rabastens usava no paletó!

Eu gritei isso bem alto, porque tinha acabado de perceber a senhorita Sergent entrando no pátio, seguida por Dutertre. Ah! Ele está aqui o tempo todo, isso é preciso reconhecer! É um grande sacrifício que esse médico faz, deixando sua clientela várias vezes para vir verificar o estado satisfatório de nossa escola – que se desfaz em pedaços neste momento, – levando-nos primeiro para a escola infantil, depois para a prefeitura. Certamente, o respeitável secretário de educação teme que nossa instrução sofra com essas mudanças sucessivas!

Os dois ouviram o que eu disse – é claro, fiz de propósito! – e Dutertre aproveita a oportunidade para se aproximar. Marie teve vontade de desaparecer e gemeu enquanto cobria o rosto com as mãos. Bonachão, ele se aproximou rindo e bateu no ombro daquela tola que deu um pulo de susto: "Menina, o que essa endiabrada da Claudine está dizendo? Você está guardando as flores que nosso belo assistente usa? Veja bem, senhorita Sergent, suas alunas estão com o coração bem agitado, sabia! Marie, você quer que eu informe sua mãe que a filha dela não é mais uma menininha?"

Pobre Marie Belhomme! Incapaz de responder qualquer coisa, ela olha para Dutertre, olha para mim e para a diretora com olhos de cervo amedrontado e começa a chorar...A senhorita Sergent, que definitivamente não está contente com a oportunidade que o secretário de educação encontrou para conversar conosco, observa-o com olhos invejosos e admirados; ela não ousa levá-lo embora (eu o conheço o suficiente para acreditar que ele não aceitaria facilmente). Eu me deleito com a aflição de Marie, com a indignação da senhorita Sergent (e a jovem Aimée, não é mais suficiente para ela?) e também com o prazer que nosso bom médico experimenta ao ficar perto de nós. É possível que meus olhos revelassem o estado de raiva e satisfação em que me encontrava, pois ele ri mostrando os dentes afiados:

– Claudine, por que você está tão radiante? É a maldade que te instiga?

Eu respondo "sim" com a cabeça, balançando os cabelos, sem falar, uma irreverência que faz as densas sobrancelhas da senhorita Sergent franzirem...Eu não me importo. Ela não pode ter tudo, essa ruiva mal-humorada: o secretário de educação, a querida assistente. Não, não...Mais desinibido do que nunca, Dutertre aproxima-se de mim e passa o braço em volta dos meus ombros. A grande Anaïs, curiosa, observa-nos e aperta os olhos.

– Você está bem?
– Sim, doutor. Muito obrigada.
– Vamos conversar seriamente. (Como se ele mesmo fosse sério!) Por que você sempre está com olheiras?
– Porque o bom Deus me fez assim.
– Você não deveria ler tanto. Aposto que você lê na cama, não é?
– Um pouquinho, não muito. Não pode?
– Hmm...sim, você pode ler. O que você costuma ler? Diga-me.

Ele se anima e aperta meus ombros com um gesto ríspido. Mas eu não fui tão ingênua quanto no outro dia e não fiquei constrangida, pelo menos ainda não. A diretora decidiu ir repreender as meninas que brincavam com a bomba d'água e estavam se molhando. Ela deve estar fervendo por dentro! Eu estou me divertindo!

– Ontem, terminei *Afrodite*; esta noite, começarei *A mulher e o fantoche*.
– Sério? Está no caminho certo, hein! Pierre Louÿs? Caramba! Não me surpreende que você...Eu gostaria de saber o que você consegue entender? Tudo?

(Eu acho que não sou covarde, mas não queria continuar aquela conversa, sozinha com ele na beira de uma floresta ou em um sofá. Os olhos dele brilhavam tanto! Além do mais, se ele acredita que vou fazer confidências viscerais...)

— Não, não entendo tudo, infelizmente, mas bastante coisa. E também li, na semana passada, *Suzanne*[19], de Léon Daudet. Estou terminando *L'Année de Clarisse*[20], de Paul Adam, que é fascinante!

— Ah, sim, e você dorme depois? Mas dessa forma você vai se cansar. Você precisa se cuidar, seria uma pena vê-la definhar, voce sabe.

O que ele está pensando? Ele me olha de tão perto, com um desejo tão evidente de me acariciar, de me beijar, que aquele irritante rubor me invade e eu perco minha confiança. Talvez ele também tema perder o controle, pois me deixa ir embora, respirando profundamente, e se afasta depois de acariciar meus cabelos, da cabeça até a ponta dos cachos, como fazem nas costas dos gatos. A senhorita Sergent aproxima-se, as mãos tremem de excitação, e os dois afastam-se juntos. Vejo-os conversando animadamente, ela com uma expressão de súplica ansiosa, ele dá de ombros e ri.

Eles cruzam com a senhorita Aimée, e Dutertre detém-se, seduzido por aqueles olhos doces. Muito à vontade, diz alguns gracejos e ela fica toda corada, um pouco constrangida, feliz. Já a senhorita Sergent não demonstra ciúmes desta vez, pelo contrário...Meu coração ainda dispara quando essa moça chega. Ah, tudo isso está mal resolvido!

---

19 *Suzanne* é um romance de Léon Daudet, publicado em 1896 e que tem como tema a relação incestuosa entre a personagem-título e o próprio pai. Suzanne é retratada como uma mulher diabólica, de uma perversidade ingênua, e que por meio da conversão, encontra um bom caminho, apontando para tendências católicas do autor. N. da T.

20 *L'année de Clarisse* (O ano de Clarisse) é um romance de Paul Adam, publicado em 1897. Clarisse é a heroína de uma série libertina, protagonista em outros dois romances: *Le troupeau de Clarisse* (1904) e *Clarisse et l'homme heureux* (1907). N. da T.

Mergulho tão fundo em meus pensamentos que não vejo a grande Anaïs que gesticula de forma selvagem ao meu redor:

– Você pode me deixar em paz, seu monstro nojento! Não estou para brincadeira hoje.

– Sim, eu sei, é o secretário de educação que te preocupa...Ah, senhora! Você não sabe mais em quem confiar: Rabastens, Dutertre... Quem mais? Você já escolheu? E a senhorita Lanthenay?

Ela está exaltada, os olhos demoníacos no rosto imóvel, furiosa por dentro. Para que me deixe em paz, lanço-me sobre ela e encho seus braços de socos. Ela começa a gritar, indiferente, foge, eu a persigo e a cerco no canto da bomba d'água, onde despejo um pouco de água em sua cabeça, não muita, o resto de um copo. Ela fica bastante irritada.

– Quer saber, isso é estúpido, não é coisa que se faça, estou resfriada, estou tossindo!

– Pode tossir! O doutor Dutertre te dará uma consulta gratuita e algo mais!

A chegada do apaixonado Duplessis interrompe nossa briga. Há dois dias, esse tal de Armand está transfigurado e seus olhos radiantes demonstram que Aimée concedeu-lhe sua mão, seu coração e sua palavra, tudo no mesmo pacote. Mas ele vê a doce noiva tagarelando e rindo, entre Dutertre e a diretora, sendo cortejada pelo secretário de educação, encorajada pela senhorita Sergent, e seus olhos se escurecem. Ah! Ah! Não é ele quem está com ciúmes, não, sou eu! Eu acho que ele mesmo decidiria voltar se a ruiva não o tivesse chamado. Ele avança em grandes passadas e cumprimenta profusamente Dutertre, que aperta sua mão com familiaridade, em um gesto de parabéns. O pálido Armand fica corado, resplandecente, e olha para a noivinha com um orgulho afetuoso. Pobre Richelieu, ele me dá pena!

Eu não sei porquê, mas acho que essa Aimée, que finge não ter consciência de nada e se compromete tão rapidamente, dificilmente o fará feliz. A grande Anaïs não perde um gesto do grupo e até se esquece de me insultar.

– Diz aí – ela sussurra bem baixinho – o que eles estão fazendo juntos assim? O que está acontecendo?

Eu solto tudo: "É que o senhor Armand, o cambota, sim, o Richelieu, pediu a mão da senhorita Lanthenay, ela aceitou, eles estão noivos e Dutertre está dando os parabéns neste exato momento! É isso que está acontecendo!"

– Ah! Então é sério! Como assim, ele pediu a mão dela? *Para se casar*?

Não consigo evitar o riso. Ela disse isso com tanta naturalidade, com uma ingenuidade que não é habitual! Mas não deixo que ela se perca no espanto: "Corre, corre, vai pegar qualquer coisa lá na sala e escute o que eles estão dizendo. Se eu for, logo vão desconfiar de mim!"

Ela sai correndo. Ao passar perto do grupo, perde astuciosamente o tamanco (todas nós usamos tamancos, no inverno) e estica as orelhas enquanto finge colocá-los de volta. Então, ela desaparece e volta carregando ostensivamente as luvas, que veste nas mãos enquanto caminha de volta em minha direção.

– O que você ouviu?

– O senhor Dutertre disse para Armand Duplessis: "Não faço votos de felicidade para você, senhor, eles são inúteis quando se casa com uma jovem como essa." E a senhorita Aimée Lanthenay baixou os olhos, assim. Sinceramente, eu nunca pensei que isso aconteceria, tão sério assim!

Eu também fico surpresa, mas por outra razão. Como assim! Aimée vai se casar e isso não afeta a senhorita Sergent? Certamente há algo por trás disso que eu desconheço! Por que fazer todo aquele esforço para conquistá-la, para que todas aquelas cenas de lágrimas com Aimée, para entregá-la agora, sem nenhum pesar, a esse Armand Duplessis que ela mal conhece? Que o diabo os carregue! Ainda preciso penar[21] muito para descobrir a verdadeira história. Afinal, certamente ela não deseja apenas mulheres.

Para desanuviar a mente, organizo uma grande partida de "grua" entre minhas colegas e as "convencidas" da segunda divisão, que estão se tornando grandes o suficiente para aceitarmos que joguem conosco. Traço duas linhas com três metros de distância uma da outra, fico no meio para fazer a grua e o jogo começa, cheio de gritos agudos e alguns tombos que eu contribuo para acontecer.

O sinal toca. Retornamos à sala para a tediosa aula de trabalho com agulha. Pego minha tapeçaria com desgosto. Depois de dez minutos, a senhorita Sergent sai, alegando que vai levar materiais para a "turma das menores", que, novamente realocada, está temporariamente (é claro!) em uma sala vazia da escola infantil, bem perto de nós. Aposto que ao invés de materiais, a ruiva vai, na verdade, ocupar-se de sua querida Aimée.

Após cerca de vinte pontos na tapeçaria, sou tomada por um acesso repentino de estupidez que me impede de decidir se devo mudar a tonalidade para preencher uma folha de carvalho ou manter a mesma lã com a qual terminei uma folha de salgueiro. Então saio com meu trabalho na mão para pedir a opinião da onisciente diretora. Atravesso o corredor, entro na pequena sala de aula: as cinquenta meninas trancadas lá dentro tagarelam, puxam os cabelos

---

21 Há no original uma nota de rodapé neste ponto. O termo utilizado no texto é *"Je m'arale"*, que é colocado na nota como sinônimo de *"je me tourmente"*, algo como "Eu me atormento". N. da T.

umas das outras, riem, agitam-se, desenham bonequinhos no quadro-negro e não há sinal nem da senhorita Sergent, nem da senhorita Lanthenay. Isso está ficando estranho! Saio de lá e empurro a porta da escada: nada na escada! E se eu subir? Sim, mas o que vou dizer se me encontrarem lá? Bom! Vou dizer que estou procurando a senhorita Sergent, pois ouvi a velha camponesa que é a mãe dela chamando.

Ai ai ai! Subo nas pontas dos pés, devagar, bem devagar, os tamancos ficaram lá embaixo. Nada no topo da escada. Mas a porta de um quarto está entreaberta e eu não penso em mais nada a não ser olhar pela fresta. A senhorita Sergent, sentada em sua grande poltrona, felizmente está de costas para mim, com sua assistente no colo, como se fosse um bebê. Aimée suspira suavemente e beija com muito amor a ruiva, que a aperta. Na hora certa! Não se pode dizer que essa diretora maltrata suas subordinadas! Não vejo os rostos delas, pois a poltrona tem um encosto bem alto, mas nem preciso vê-las. Escuto meu coração bater nos ouvidos e, de repente, desço correndo as escadas em minhas meias silenciosas. Três segundos depois, estou de volta ao meu lugar, ao lado da grande Anaïs, que se delicia com a leitura e as imagens do *Suplemento*. Para que ninguém perceba minha agitação, peço para ver também, como se estivesse interessada! Há um conto de Catulle Mendès[22], bastante sensível, que certamente me agradaria, mas minha cabeça não está no que estou lendo, ainda cheia do que presenciei lá em cima! Não imaginava que fosse tudo aquilo e certamente não imaginava que o afeto entre elas fosse tão intenso...

---

22 Abraham Catulle Mendès (1841-1909) foi um romancista, poeta, dramaturgo, libretista e crítico literário francês. N. da T.

Anaïs me mostra um desenho de Gil Baër[23] que representa um homem jovem e pequeno, sem bigode, parecendo uma mulher disfarçada, e, influenciada pela leitura do *Carnet de Lyonnette*[24] e das baboseiras de Armand Sylvestre[25], diz-me com os olhos apreensivos: "Tenho um primo que se parece com esse desenho, ele se chama Raoul, está no colégio[26] e eu me encontro com ele em todas as férias de verão". Essa revelação explica a quietude relativa e nova. Ela quase não escreve para os garotos ultimamente. As irmãs Jaubert fingem estar escandalizadas por causa desse jornal libertino, Marie Belhomme derruba o tinteiro para poder vir olhar: quando ela vê as imagens e lê um pouco, foge com as mãos para cima, gritando: "É abominável! Não quero ler o resto antes do recreio!" Assim que ela se senta para limpar a tinta derramada, a senhorita Sergent volta para a sala, séria, mas com os olhos extasiados, cintilantes. Olho para aquela ruiva

---

23 Gilles Berr (1863-1931), também conhecido como Gil Baër, foi um cartunista e ilustrador francês, que desenhava para diversos jornais ilustrados. Durante a I Guerra Mundial, ilustrou vários cartões postais humorísticos. N. da T.

24 *Carnet de Lyonnette* é uma série de histórias infantis escrita pelo autor francês Armand Silvestre e publicada no final do século XIX, sobretudo na década de 1880. Esta série apresenta as aventuras da jovem Lyonnette e de suas amigas em um universo fantástico. As histórias são cheias de magia, mistério e aventura e eram populares entre as crianças na época em que foram publicadas. N. da T.

25 Paul-Armand Silvestre (1837-1901) foi um escritor, romancista, poeta, contista, libretista e crítico de arte francês. N. da T.

26 Durante o século XIX, o *collège* era algo próximo do que hoje é chamado de *lycée*, ou seja, os anos finais de ensino antes do *baccalauréat*, exame de admissão nas universidades. N. da T.

como se não tivesse certeza de que era a mesma que estava lá em cima, toda assanhada.
– Marie, você deverá fazer uma redação sobre a imprudência e me entregar esta tarde, às cinco horas. Senhoritas, amanhã chega uma nova assistente, a senhorita Griset, vocês não terão aulas com ela. Ela cuidará apenas da sala das pequenas.

Quase perguntei: "Então a senhorita Aimée vai embora?". Mas a resposta chegou sozinha.

– A senhorita Lanthenay não está usando toda sua capacidade na segunda série, então agora ela dará a vocês aulas de História, trabalhos com agulha e desenho, sob minha supervisão.

Olho para ela sorrindo e balanço a cabeça afirmativamente, como que para parabenizá-la por esse arranjo realmente acertado. Ela franze a testa, imediatamente irritada:
– Claudine, o que você fez na sua tapeçaria? Só isso? Ah! Você realmente não se deu o trabalho!

Eu faço minha cara mais tola para responder:
– Mas, senhorita, eu fui à sala das pequenas agora há pouco para perguntar se deveria usar o verde número 2 para a folha de carvalho e não havia ninguém lá. Chamei você pela escada, também não havia ninguém.

Falo lentamente, em voz alta, para que todos os olhos inclinados sobre os tricôs e as costuras se levantem. Todas me ouvem avidamente, as mais velhas se perguntam o que a diretora poderia estar fazendo em outro lugar, deixando as alunas desamparadas dessa forma. A senhorita Sergent fica de um vermelho bem escuro e responde prontamente: "Eu fui ver onde seria possível acomodar a nova assistente. O prédio da escola está quase pronto, estão trabalhando dia e noite e, provavelmente, poderemos nos mudar em breve".

Faço um gesto de desacordo e indulgência que quer dizer: "Ah! Não me interessa onde você estava, você deveria estar onde era sua obrigação". Mas sinto um contentamento raivoso ao pensar que poderia responder: "Não, zelosa educadora, você nem se importa com a nova assistente, é com a outra, a senhorita Lanthenay, que você gasta seu tempo e você estava no quarto, aos beijos com ela".

Enquanto minha cabeça fervilha com pensamentos revoltados, a ruiva recompõe-se: agora, muito calma, fala com uma voz firme...

– Peguem seus cadernos. Título: *Redação em francês*. Expliquem e comentem este pensamento: "O tempo não respeita o que se faz sem ele". Vocês têm uma hora e meia.

Ó, desespero e desalento! Quanta bobagem ainda teremos de inventar! Não me importa se o tempo respeita ou não o que fazemos sem convidá-lo! Sempre os mesmos temas ou piores! Sim, piores, porque estamos quase na véspera do Ano Novo e não vamos escapar do inevitável exercício de estilo sobre os presentes de Natal, costume sagrado, alegria das crianças, generosidade dos pais, docinhos, brinquedinhos e pães (com o plural em ães, assim como escrivães, capitães, charlatães, ermitães, alemães e cães) – sem esquecer da menção tocante às crianças pobres que não recebem presentes e que, nesse dia de festa, devem ser amparadas para que tenham um pouco de alegria! – Horrível, horrível!

Enquanto vivencio minha raiva, as outras já estão "rascunhando". A grande Anaïs espera que eu comece a fim de copiar a minha introdução. As duas Jaubert ponderam e refletem comportadamente e Marie Belhomme já encheu uma página de despautérios, frases contraditórias e reflexões não relacionadas ao tema. Depois de bocejar por um quarto de hora, decido começar e escrevo diretamente no caderno, sem rascunho, o que deixa as outras indignadas.

Às quatro horas, ao sair, dou-me conta, sem pesar, de que é minha vez de varrer, junto com a Anaïs. Normalmente, essa tarefa me desagrada, mas hoje não me importo, até acho bom. Quando vou buscar o regador, finalmente encontro a senhorita Aimée, com as bochechas coradas e os olhos brilhantes.

– Boa tarde, senhorita. Quando será o casamento?

– Não é possível! Mas...essas garotas sempre sabem de tudo! Mas ainda não está decidido...a data, pelo menos. Certamente, durante as férias de verão...Diga-me, você o acha feio, o senhor Duplessis?

– Feio, o Richelieu? De jeito nenhum! Ele é muito melhor do que o outro, muito! Você o ama?

– Mas, senhora, se eu o aceitei como marido!

– Ah, até parece que isso é um motivo! Não me responda dessa forma. Você acha que está falando com a Marie Belhomme? Você não o ama muito, acha ele agradável e quer se casar, só para ver como é, por vaidade, para irritar suas colegas da Escola Normal que vão ficar solteironas, só isso! Não o engane demais, é tudo o que lhe posso desejar, pois ele merece ser amado mais do que você o ama.

Zás! Com isso, viro as costas e vou correndo pegar água para molhar o chão. Ela permanece imóvel, atordoada. Finalmente, ela vai supervisionar a varrição da sala das pequenas ou talvez contar para a querida senhorita Sergent o que acabei de lhe dizer. Pode ir! Não quero mais me preocupar com essas duas loucas, pois uma delas nem é tanto. Então, toda animada, vou molhando tudo, molho bastante, molho até os pés de Anaïs, os mapas geográficos, depois varro com força. Esse esforço me acalma.

Aula de canto. Entra o senhor Antonin Rabastens, de gravata azul-celeste "Té, belo astro[27]", como diziam os sulistas de Roumestan[28]. Olha, a senhorita Aimée Lanthenay também está aqui, acompanhada de uma pequena criatura, ainda menor que ela, com uma maneira de andar notavelmente submissa e que parece ter treze anos, com um rosto pouco interessante, olhos verdes, pele suave, cabelos sedosos e escuros. A garota parou, bastante acanhada, na entrada. A senhorita Aimée vira-se em direção a ela, sorrindo: "Anda, venha, não tenha medo, Luce, está bem?".

É a irmã dela! Eu tinha me esquecido completamente desse detalhe. Ela tinha me falado dessa tal irmã quando éramos amigas...Acho tão engraçado ela ter trazido a irmã caçula, que belisco a Anaïs, que ri baixinho, também cutuco a Marie Belhomme, que solta um gemido, e executo um passo de dois tempos para trás da senhorita Sergent. Rabastens acha essas maluquices encantadoras. Luce, a caçula, observa-me com seus olhos amendoados. A senhorita Aimée começa a rir (ela ri de tudo agora, está tão feliz!) e me diz:

— Por favor, Claudine, não a deixe louca logo de início. Ela já é naturalmente tímida.

---

27 Em francês, a expressão é *"Té, bel astre"*. *"Té"* é uma interjeição usada na região de Marselha que denota surpresa. *"Bel astre"* é um verso de uma canção natalina tradicional francesa, composta pelo abade Simon-Joseph Pellegrin (1663-1745). N. da T.

28 *Numa Roumestan: moeurs parisiennes* é um livro de 1881 escrito por Alphonse Daudet (1840-1897). Roumestan é um advogado da Provence que busca reconhecimento tornando-se político em Paris. Ele encarna um mentiroso que se embriaga com as próprias palavras, que se compromete com todos, cheio de boas intenções, mas acaba atraindo para si várias histórias embaraçosas. O autor faz deste personagem uma personificação do povo provençal. N. da T.

– Senhorita, vou cuidar dela como se fosse minha própria dignidade. Quantos anos ela tem?
– Fez quinze no mês passado.
– Quinze? Bem, agora não confio em mais ninguém! Eu dava a ela treze, no máximo.
A garotinha, agora toda vermelha, olha para os próprios pés, que, aliás, são bem bonitos. Ela permanece ao lado da irmã e segura o braço dela para tranquilizar-se. Espere, vou dar coragem a ela!
– Vem cá, mocinha. Vem comigo. Não tenha medo. Esse senhor que usa gravatas irresistíveis em nossa homenagem é o nosso bom professor de canto. Você só o verá às quintas e domingos, infelizmente. Essas garotas maiores são colegas, você vai conhecê-las em breve. Eu, no caso, sou a melhor aluna, o pássaro raro, nunca chamam minha atenção (não é verdade, Senhorita?) e sempre sou comportada, assim como hoje. Serei uma segunda mãe para você!
A Senhorita Sergent acha graça, mas tenta não deixar transparecer. Rabastens fica admirado e os olhos da novata expressam dúvidas sobre o meu estado mental. Mas eu a deixo em paz, já brinquei o suficiente com essa tal de Luce. Ela fica perto da irmã, que a chama de "bobinha". Ela não me interessa mais. Pergunto sem cerimônia:
– Onde você vai colocar essa criança para dormir, já que nada está pronto ainda?
– Comigo – responde Aimée.
Eu franzo os lábios, olho diretamente para a diretora e digo com clareza:
– Isso é bem desagradável!
Rabastens tampa a boca para rir (será que ele sabe de algo?) e diz que talvez devêssemos começar a cantar. Sim, deveríamos, e de fato cantamos. A novata não quer saber de nada e continua obstinadamente calada.

– Você não sabe muito de música, senhorita Lanthenay *junior*? – pergunta o adorável Antonin, com sorrisos de vendedor de vinhos.

– Sim, senhor, um pouco – responde a pequena Luce com uma voz fraca e hesitante, que deve ser suave aos ouvidos, quando o medo não a sufoca.

– E então?

– E então nada. Deixe essa criança em paz, galanteador da Canebière[29]!

No mesmo instante, Rabastens sussurra para mim: "De *quallquer* forma, acho que se essas senhoritas estão cansadas, as lições de canto não vão servir para nada!"

Olho ao redor, surpresa com a audácia daquele cochicho na frente de todas. Mas ele está certo, minhas colegas estão ocupadas com a novata, puxam assunto e conversam com ela atentamente, que responde com gentileza, mais tranquila por se sentir bem recebida. A certinha da Lanthenay e sua amada tirana, aninhadas no vão da janela que dá para o jardim, esquecem-nos completamente. A senhorita Sergent passou o braço pela cintura de Aimée, estão falando baixinho ou nem estão falando nada, dá no mesmo. Antonin, que acompanhou meu olhar, não consegue se conter e ri:

– Elas realmente ficam muito bem juntas!

– Parece que sim. Essa amizade é comovente, não é mesmo, senhor?

Aquele grandalhão ingênuo não sabe esconder os sentimentos e exclama baixinho:

– Comovente? Na verdade, é bem embaraçosa para os *outtros*! No domingo à noite, fui devolver uns cadernos de

---

29 La Canebière é uma avenida do centro histórico e geográfico de Marselha, datada do século XVII, quando recebeu esse nome. N. da T.

música e essas senhoritas estavam na sala aqui, no escuro. Entrei – afinal, essa sala é um lugar público – e, na penumbra, vislumbrei a senhorita Sergent e a senhorita Aimée, bem perto uma da *outtra*, beijando-se loucamente. E você acha que elas se incomodaram, por acaso? Não, a senhorita Sergent virou-se displicentemente e perguntou: "Quem está aí?" Eu não sou muito tímido, no entanto, bem, fiquei todo sem graça na frente delas.

(Pode continuar falando, não está me contando nada de novo, inocente professor assistente! Mas já ia me esquecendo do mais importante.)

– E seu colega, senhor? Eu acredito que ele está muito feliz desde que ficou noivo da senhorita Lanthenay.

– Sim, o *pobbre* rapaz, mas me parece que ele não deveria ficar tão feliz.

– É mesmo! Mas por quê?

– Bom! A diretora faz o que quer com a senhorita Aimée e isso não é muito agradável para um futuro marido. Ficaria incomodado se minha esposa fosse dominada dessa forma por *outtra* pessoa que não eu.

Estou de acordo com ele. Mas as outras já terminaram o interrogatório da recém-chegada, é melhor ficarmos em silêncio. Vamos cantar...Não, é inútil: agora é o Armand que ousa entrar e interromper o sussurro afetuoso das duas mulheres. Ele fica extasiado diante de Aimée, que flerta com ele e pisca os cílios compridos, enquanto a senhorita Sergent contempla-o com o olhar afetuoso de sogra que casou a filha. As conversas de nossas colegas recomeçam até a hora que toca o sinal. Rabastens está certo, que despropósito, que me desculpem, mas que despropósito essas aulas de canto!

Encontro na manhã seguinte, na entrada da escola, uma garota pálida – cabelos mirrados, olhos cinzentos, pele sem brilho – segurando um xale de lã sobre os ombros estreitos, com a aparência angustiante de um gato franzino com frio e medo. Anaïs aponta para ela fazendo um gesto com o queixo e uma cara descontente. Balanço a cabeça com pena e digo-lhe baixinho: "Essa será infeliz aqui, é fácil perceber. Aquelas duas estão muito bem juntas para não fazer com que ela sofra".

As alunas chegam pouco a pouco. Antes de entrar, observo que os dois prédios da escola estão sendo concluídos com uma rapidez prodigiosa. Parece que Dutertre prometeu um grande bônus ao empreiteiro se tudo estivesse pronto até uma certa data. Esse sujeito deve estar tramando algumas coisas!

Aula de desenho sob a direção da senhorita Aimée Lanthenay. "Reprodução linear de um objeto comum". Desta vez, temos de desenhar uma jarra entalhada que está em cima da mesa da senhorita. Essas sessões de desenho são sempre alegres, pois fornecem mil desculpas para ficar de pé; encontramos "impossibilidades", fazemos manchas de tinta nanquim em lugares onde não há necessidade. Logo, as reclamações começam. Eu provoco:

– Senhorita Aimée, não *consigo* desenhar a jarra de onde estou, o cano do fogão está me atrapalhando!

A senhorita Aimée, ocupada demais acariciando a nuca ruiva da diretora, que escreve uma carta, vira-se para mim:

– Incline a cabeça para frente, acho que você vai conseguir.

– Senhorita – continua Anaïs – eu não *consigo* ver o modelo de jeito nenhum, porque a cabeça da Claudine está na frente!

– Ah, como vocês são irritantes. Virem um pouco suas mesas, assim vocês duas vão conseguir ver.

Agora é a vez de Marie Belhomme. Ela reclama:

– Senhorita, eu não tenho mais carvão e a folha que você me deu tem um defeito no meio, então eu não *consigo* desenhar a jarra.

– Ah! – resmunga a senhorita Sergent, irritada – vocês todas já terminaram de nos aborrecer? Tome aqui uma folha, aqui está o carvão. E agora, não quero ouvir mais ninguém ou terão de desenhar todo um jogo de jantar!

Silêncio absoluto. Dava para ouvir até uma mosca...Por cinco minutos. No sexto minuto, um pequeno burburinho recomeçou, um tamanco caiu, Marie Belhomme tossiu, levantei-me para medir, com os braços esticados, a altura e a largura da jarra. A grande Anaïs fez o mesmo depois de mim e aproveitou que tivemos de fechar um olho para franzir o rosto e fazer caretas horríveis que fizeram Marie começar a rir. No fim, fiz um esboço da jarra com carvão e me levantei para pegar o nanquim no armário atrás da mesa das duas professoras. Elas esqueceram-se de nós, conversavam baixinho, rindo e, às vezes, a senhorita Aimée dava um passo para trás com uma expressão assustada que lhe caía muito bem. Realmente, agora elas se preocupam tão pouco com a nossa presença que também não vale a pena nos incomodarmos. Esperem só, minhas queridas!

Faço um "psiu" que faz todas as cabeças se virarem e, mostrando à turma o doce casal Sergent-Lanthenay, atrás delas, acima da cabeça, faço um sinal de bênção com as mãos. Marie Belhomme diverte-se, as Jaubert baixam os olhos desaprovadores e, sem ter sido vista pelas envolvidas, mergulho de volta no armário de onde retiro a garrafa de nanquim.

Ao passar por perto, observo o desenho de Anaïs: a jarra assemelha-se a ela, muito alta, com um gargalo muito fino e muito longo. Quero avisá-la, mas ela não ouve, pois está muito ocupada preparando em seu colo um "gougnigougna" para entregar à novata em uma caixa de canetas. Como ela é terrível! (O gougnigougna é carvão moído com nanquim, que vira uma massa quase seca e mancha os dedos sem piedade, intensamente, assim como as roupas e os cadernos.) Ao abrir a caixa, a pobre Luce vai sujar as mãos, manchar o desenho e será repreendida. Para vingá-la, pego rapidamente o desenho da Anaïs, desenho com tinta uma faixa com um laço em volta da cintura da jarra e escrevo em baixo: *Retrato da Grande Anaïs*. Ela levanta a cabeça assim que termino de escrever e passa o gougnigougna dentro da caixa para Luce, com um sorriso gracioso. A menina fica vermelha e agradece. Anaïs debruça-se novamente sobre o desenho e solta um "oh!" indignado que traz nossas murmurantes professoras de volta à realidade:

– Mas, Anaïs, você está ficando louca, é isso?

– Senhorita, veja o que Claudine fez no meu desenho!

Ela o coloca, cheia de raiva, sobre a mesa. A senhorita Sergent lança um olhar severo e, de repente, dá uma gargalhada. Anaïs desespera-se, fica com raiva, até choraria de desgosto, se não tivesse a lágrima tão difícil. Retomando o ar sério, a diretora diz: "Esse tipo de brincadeira não vai ajudar nos exames, Claudine, mas você fez uma crítica bastante precisa ao desenho de Anaïs, que de fato está muito fino e longo". A grande desajeitada volta ao seu lugar, desapontada, ultrajada. Eu digo a ela:

– Isso vai te ensinar a mandar gougnigougna para essa garota que não fez nada para você!

– Oh! oh! Então você quer reaver com a caçula a falta de sucesso com a mais velha, por isso a defende com tanto zelo!

Paf!

Isso foi um tapa bem dado que ecoou na cara dela. Eu bati com toda a força, com um "Cuide da sua vida" adicional. A classe, em tumulto, zumbia como uma colmeia. A senhorita

Sergent saiu de sua mesa, pois a questão era muito grave. Já fazia tempo que não batia em uma colega, estavam começando a acreditar que eu tinha ficado sensata. (No passado, tinha o hábito desagradável de resolver meus problemas sozinha, com tapas e socos, sem achar necessário relatar como as outras faziam). Minha última briga havia sido há mais de um ano.

Anaïs chorava sobre a mesa.

– Senhorita Claudine – diz duramente a diretora – é melhor você se controlar. Se voltar a bater em suas colegas, serei forçada a não deixar que volte à escola.

Ela não consegue o que queria, eu não cedo. Sorrio para ela com tanta insolência que no mesmo instante ela perde o controle:

– Claudine, abaixe os olhos!

Eu não abaixo nada.

– Claudine, saia da sala!

– Com prazer, senhorita!

Saio, mas, do lado de fora, percebo que estou sem chapéu. Volto imediatamente para pegá-lo. A turma está chocada e silenciosa. Noto que Aimée corre até a senhorita Sergent e fala rapidamente com ela, em voz baixa. Mal chego à porta e a diretora me chama de volta:

– Claudine, vem aqui. Volte para o seu lugar. Não quero expulsá-la, já que sairá da turma após o exame...Afinal, você não é uma aluna medíocre, embora seja frequentemente uma má aluna, e eu não gostaria de dispensá-la, a não ser em último caso. Coloque seu chapéu de volta no lugar.

Como deve ter sido difícil para ela! Ainda bastante emocionada, os batimentos de seu coração fazem tremer as folhas do caderno que ela segura. Eu digo: "Obrigada, senhorita", muito comportada. E, de volta ao meu lugar, ao lado da grande Anaïs, silenciosa e um pouco assustada com a situação que ela causou, imagino atônita as razões que levaram essa ruiva rancorosa a me chamar de volta. Será que ela ficou com medo do impacto que isso causaria na capital? Será que pensou que eu botaria a boca no trombone, contaria tudo o que sei (pelo menos), toda a bagunça desta escola, as intimidades do secretário de educação com as moças e suas visitas prolongadas às nossas professoras, a ausência frequente dessas duas senhoritas nas aulas, muito ocupadas trocando carícias em particular, as leituras um tanto libertinas da senhorita Sergent (*Journal Amusant*, textos degenerados de Zola[30] e coisas piores), o belo professor assistente galanteador e barítono que flerta com as moças da turma do preparatório – um monte de coisas suspeitas e ignoradas pelos pais, pois as moças mais velhas, que se divertem na escola, nunca lhes contarão e as menores nem veem o que acontece? Será que ela teve medo de um semi-escândalo que prejudicaria singularmente sua reputação e o futuro da bela escola construída com tanto sacrifício? Eu acho que sim. Além do mais, agora que minha exaltação passou e a dela também, prefiro ficar nessa caixa onde me divirto mais do que em qualquer outro lugar. Mais contida, olho para a bochecha marcada de Anaïs e sussurro com deboche:

– E então, minha cara, está quentinha agora?

Ela ficou tão assustada com a ideia de eu ser expulsa, pois poderia acusá-la de ser a culpada pela situação, que não guardou rancor de mim:

– É claro que me esquentou! E você sabe que tem a mão pesada! Você não tem juízo de ficar com raiva desse jeito?

---

[30] Émile Zola (1840-1902) escritor francês idealizador e expoente do naturalismo na literatura. Seu livro "O romance experimental e o naturalismo no teatro" (1880) é considerado manifesto literário do movimento. N.da R.

– Vamos lá, esqueça isso. Acho que tive um movimento involuntário um pouco violento com o braço direito.

Ela apagou o "cinto" da jarra dela o quanto foi possível, eu terminei a minha e a senhorita Aimée, com os dedos trêmulos, avaliou nossos desenhos.

Hoje, encontrei o pátio quase vazio. No corredor da escola infantil, há muita conversa, vozes chamando e gritando "Cuidado! – Isso é pesado, droga!". Eu me aproximo:
– O que estão fazendo?
– Isso mesmo que você está vendo – explica Anaïs – estamos ajudando essas senhoritas a se mudarem daqui para o prédio novo.
– Rápido, me dê alguma coisa para carregar!
– Tem lá em cima, vai lá.

Eu subo até o quarto da diretora, o quarto onde espiei pela porta...enfim! A mãe camponesa, com sua boina de lado, entrega-me, com a ajuda de Marie Belhomme, um grande cesto contendo os produtos de beleza da filha. Ela se cuida, a ruiva! Tinha de tudo lá dentro, pequenos e grandes frascos de cristal lapidado, produtos de manicure, sprays, escovas, pinças e esponjas, uma bacia imensa e um bidê. Aquilo ali não eram, de forma alguma, produtos de beleza de uma professora do interior. Basta olhar para os produtos da senhorita Aimée para ter certeza, assim como os da pálida e silenciosa Griset, que transportamos em seguida: uma bacia, um jarro de água de dimensões reduzidas, um pequeno espelho redondo, uma escova de dentes, sabonete e nada mais. Entretanto, a pequena Aimée está toda vistosa, especialmente nas últimas semanas, toda enfeitada e perfumada. Como é possível? Cinco minutos depois, percebo que o fundo do jarro de água dela está empoeirado. Então é isso, está entendido.

O novo prédio, que tem três salas de aula, um dormitório no primeiro andar e pequenos quartos para as professoras assistentes, ainda está muito fresco para o meu gosto e tem um cheiro desagradável de gesso. Entre os dois, estão construindo a casa principal, que terá a prefeitura no térreo, os apartamentos privados no primeiro andar e ligará as duas alas já concluídas.

Ao descer, tenho a maravilhosa ideia de subir nos andaimes, já que os pedreiros ainda estão almoçando. Rapidamente, lá estou eu no topo de uma escada, vagando pelos "palanques" onde me divirto muito. Ah não! Os trabalhadores já estão voltando! Escondo-me atrás de uma caixa de massa, esperando para poder descer, pois eles já estão na escada. Ah, eles não vão me denunciar se me virem. É o Enxada-Vermelho e o Enxada-Negro, eu os conheço bem de vista.

Com seus cachimbos acesos, eles conversam:

– Claro, não é aquela lá que vai me deixar louco[31].

– Qual das duas, então?

– Essa nova professora assistente que chegou ontem.

– Minha nossa! Ela não parece feliz, não tanto quanto as outras duas.

– Nem me fale daquelas outras duas, tô de saco cheio delas. Para mim, não são de nada, parecem homem e mulher. Todos os dias eu vejo daqui, todos os dias a mesma coisa: elas se lambem, fecham a janela e não dá para ver mais nada. Nem fale mais delas! A pequena até que é vistosa,

---

31 Na nota de rodapé original: "*Fou*" *signifie amoureux* (Louco significa apaixonado).

arriê[32], mas não dá. E o outro professor assistente que vai casar com ela! Mais um com merda na cabeça para fazer uma coisa dessas!

Estou me divertindo intensamente, mas escuto a campainha para o início da aula e só tenho tempo de descer e entrar (há escadas por toda parte). Chego coberta de argamassa e gesso, feliz de ter escapado por um pouquinho: "De onde você está vindo? Se for para se sujar tanto, não permitiremos mais que ajude nas mudanças". Estou em êxtase por ter ouvido os pedreiros falarem delas com tanta precisão.

Leitura em voz alta. Trechos escolhidos. Droga! Para me distrair, abro em meu colo um exemplar do *Écho de Paris*[33] trazido para casos de aula entediante, e saboreio o chique *Mauvais Désir*[34], de Lucien Muhlfeld[35], quando a senhorita Sergent me interrompe: "Claudine, continue!" Eu não faço ideia de qual trecho devo ler, mas me levanto bruscamente, decidida a "causar estragos", mas não deixar confiscarem meu jornal. No momento em que penso em derrubar um tinteiro, rasgar a página do meu livro, gritar "Viva a Anarquia!", batem à porta...A senhorita Lanthenay levanta-se, abre, desaparece e é possível ver Dutertre. Por

---

32 *Arriée*. Na nota de rodapé original: *Explétif intraduisible* (expletivo intraduzível).

33 Jornal político e literário francês que circulou entre 1884 e 1938. N. da T.

34 Romance de 1898, o qual retrata uma sociedade libertina. Inicia-se alegremente, entre graças leves, ironias e sensualidades delicadas, e termina abruptamente em uma explosão de drama causada pelos ciúmes torturantes que o protagonista sente por sua amante. N. da T.

35 Lucien Muhlfeld (1870-1902) foi um romancista e crítico de teatro francês. N. da T.

acaso esse médico enterrou todos os pacientes para ter tanto tempo livre? A senhorita Sergent corre até ele, que aperta a mão dela enquanto olha para a pequena Aimée, a qual fica corada e ri, constrangida. Por que será? Ela não é tão tímida assim! Essas pessoas todas me cansam, obrigando-me constantemente a tentar entender o que pensam e fazem...

Dutertre certamente me viu, uma vez que eu estava de pé, mas se contentou em me sorrir de longe e ficar perto daquelas senhoritas. Os três conversam baixinho. Sento-me comportadamente e observo. De repente, a senhorita Sergent – que não para de contemplar amorosamente o belo secretário de educação –, eleva a voz e diz: "Você pode ver por si mesmo agora, senhor. Eu vou continuar a aula com essas crianças e a senhorita Lanthenay vai acompanhá-lo. Você vai notar com facilidade a rachadura de que falei. Ela percorre toda a parede nova, à esquerda da cama, de cima a baixo. É bastante preocupante em uma casa nova e eu não consigo dormir tranquila". A senhorita Aimée não responde coisa alguma, faz um gesto de recusa, mas logo muda de ideia e se retira, seguida por Dutertre, que estende a mão para a diretora e a aperta vigorosamente em agradecimento.

Certamente não me arrependo de ter voltado para a escola, mas, por mais acostumada que eu esteja com seus modos surpreendentes e com esses costumes incomuns, fico perplexa e me pergunto o que ela pretende ao enviar esse conquistador barato e essa jovem juntos para verificar em seu quarto uma rachadura que, eu aposto, não existe.

"Que história é essa de rachadura, hein?" Sussurro esse comentário no ouvido da grande Anaïs, que se segura e mastiga sua borracha freneticamente, mostrando sua satisfação com essas aventuras duvidosas. Seguindo o exemplo, tiro do bolso um caderno de papel para cigarros (só mastigo o Nil[36]) e começo a mascar com entusiasmo.

– Mulher, achei algo incrível para mascar – diz Anaïs.

– O quê? Jornais velhos?

– Não. A mina dos lápis vermelhos de um lado e azuis do outro, sabe? O lado azul é um pouco melhor. Já peguei cinco deles no armário de materiais. É delicioso!

– Deixa eu ver...Não é lá essas coisas. Vou ficar com meu Nil.

– Você é muito besta, não sabe o que é bom!

Enquanto conversamos baixinho, a senhorita Sergent, absorta, pede à pequena Luce para ler, mas não presta atenção. Tenho uma ideia! O que poderia inventar para que coloquem essa garota ao meu lado? Vou tentar fazer com que ela conte o que sabe sobre Aimée, a irmã dela. Talvez ela fale...Ainda mais que eu sei que ela me obeserva quando atravesso a sala, com olhos surpresos e curiosos, um pouco sorridentes, olhos verdes, de um verde estranho que escurece na sombra, e contornados por cílios longos e negros.

Como eles estão demorando! Será que ela não virá para a aula de geografia, essa jovem desavergonhada?

– Olhe só, Anaïs, são duas horas.

– E daí, não reclama! Se a gente pudesse evitar a aula hoje, não seria nada mal. Seu mapa da França está pronto, mulher?

– Mais ou menos...os canais não estão terminados. Sabe, seria melhor se o inspetor viesse hoje, ele encontraria uma

---

36 Antiga marca de papéis para enrolar cigarro. A publicidade da época dizia: *Tous disent que je ne fume que le Nil* (Todos dizem que fumo apenas o Nil), daí o jogo de palavras de Claudine. N. da T.

verdadeira bagunça. Olha só, a senhorita Sergent nem se importa com a gente, a cara dela está colada na janela!

A grande Anaïs subitamente começa a gargalhar.

– O que será que eles estão fazendo? Consigo até ver o senhor Dutertre medindo a largura da rachadura.

– Você acha que a rachadura é larga? – pergunta Marie Belhomme, ingenuamente, enquanto aperfeiçoa suas cadeias de montanhas passando sobre o mapa um lápis de desenho com a ponta mal feita.

Tanta inocência me faz soltar uma gargalhada. Será que ri alto demais? Não, Anaïs me tranquiliza.

– Pode ficar tranquila, viu? A senhorita está tão absorta que poderíamos dançar na sala sem sermos punidas.

– Dançar? Duvida que eu faça isso? – disse, levantando-me devagar.

– Ah! Eu aposto dois *caïens*[37] que você não consegue dançar sem levar uma advertência!

Retiro delicadamente meus tamancos e me posiciono no meio da sala, entre as duas fileiras de carteiras. Todo mundo levanta a cabeça. É claro, a façanha anunciada desperta um interesse aguçado. Vamos lá! Jogo para trás os cabelos, que estavam me atrapalhando, seguro minha saia entre dois dedos e começo uma "polca de par"[38] que, mesmo sem música, provoca a admiração geral. Marie Belhomme, exultante, não consegue se conter e grita eufórica: que Deus a amaldiçoe! A senhorita Sergent vira-se sobressaltada, mas

---

[37] *Caïens*. Na nota de rodapé original: *Biscaïens, grosses billes* (grandes bolinhas de gude).

[38] Em francês, *polka piquée*. Trata-se de uma dança a dois, na qual o casal realiza movimentos circulares. Popularizou-se na França durante a segunda metade do século XIX, assim como outras danças de casal. N. da T.

eu já havia me jogado de volta em meu banco. Então escuto a diretora anunciar para aquela palerma, com uma voz distante e aborrecida:

– Marie Belhomme, você vai copiar o verbo *rir* em caligrafia redonda média. É realmente lamentável que moças de quinze anos só se comportem bem quando estão sendo vigiadas.

A pobre Marie estava prestes a chorar. Mas nós não somos tão estúpidas assim! Imediatamente cobro os dois "tostões" da grande Anaïs, que me paga a contragosto.

O que estarão fazendo esses dois examinadores de rachaduras? A senhorita Sergent continua olhando pela janela. Já são duas e meia, não é possível que demore mais que isso. Pelo menos ela precisa saber que notamos a ausência injustificada de sua queridinha. Começo a tossir, sem sucesso. Volto a tossir e pergunto com uma voz sóbria, a voz das Jaubert:

– Senhorita, temos mapas para serem avaliados pela senhorita Lanthenay. Teremos aula de geografia hoje?

A ruiva vira-se rapidamente e olha para o relógio. Então, ela franze a testa, contrariada e impaciente:

– A senhorita Aimée vai voltar daqui a pouco, vocês já sabem que eu pedi a ela que fosse à nova escola. Revisem a lição enquanto isso, nunca é demais.

Pelo menos isso! Talvez a gente não tenha de apresentar hoje. Muita alegria e agitação assim que descobrimos que não há nada a fazer. E a farsa da "revisão das lições" começa: em cada mesa, uma aluna pega o livro, sua colega fecha o dela e deve recitar a lição ou responder às perguntas feitas por sua colega. Das doze alunas, apenas as gêmeas Jaubert realmente fazem a revisão. As outras fazem perguntas fantasiosas, mantendo a pose de estudo e a boca que parece estar recitando baixinho. A grande Anaïs abre seu atlas e me pergunta:

– O que é uma eclusa?

Eu respondo como se estivesse recitando:

– Droga! Você não vai me aborrecer com esses canais. É melhor olhar para a cara da senhorita, é mais engraçado.

– O que você acha do comportamento da senhorita Aimée Lanthenay?

– Acho que ela está dando bola para o secretário de educação, o inspetor de rachaduras.

– O que é uma "rachadura"?

– É uma fissura que, normalmente, deveria estar em uma parede, mas que às vezes é encontrada em outros lugares, até nos mais protegidos do sol.

– O que é uma "noiva"?

– É uma biscatinha hipócrita que engana um professor assistente apaixonado por ela.

– O que você faria no lugar do referido professor assistente?

– Eu projetaria meu pé na parte posterior do secretário de educação e daria uns tapas na garota que o levou para inspecionar as rachaduras.

– O que aconteceria em seguida?

– Chegariam outro professor assistente e outra assistente.

A grande Anaïs levanta seu atlas de vez em quando para rir atrás dele. Mas já estou cansada. Quero sair e tentar ver quando *eles* voltam. Vamos usar o método direto:

– Senhorita?

Sem resposta.

– Senhorita, com licença, posso sair?

– Sim. Vá, mas não demore.

Ela disse isso sem entonação, sem pensar. É evidente que toda a alma dela está lá em cima, na sala onde a parede nova poderia se partir. Saio rapidamente, corro em direção aos banheiros "provisórios" (eles também) e fico bem perto da porta com uma abertura em losango, pronta para refugiar-me naquela pequena cabine suja se alguém aparecer. No momento em que decido voltar para a sala, desanimada – pois, infelizmente, já passou da hora! –, vejo Dutertre saindo (sozinho) da escola nova, colocando de volta as luvas com uma expressão satisfeita. Ele não vai até nós e volta diretamente para a cidade. Aimée não está com ele, mas não me importo, já vi o bastante. Viro-me para voltar para a sala, mas recuo assustada: a vinte passos de mim – atrás de uma parede nova, de seis pés de altura, que protegia o pequeno "anexo" dos meninos (semelhante ao nosso e igualmente provisório) – vejo a cabeça de Armand. O pobre Duplessis, pálido e devastado, olha na direção da nossa escola nova. Ele permanece ali por cinco segundos e então desaparece, correndo a todo vapor pelo caminho que leva à floresta. Não acho mais engraçado. Onde vai dar tudo isso? Decido voltar logo, sem perder mais tempo.

A turma ainda está fervilhando: Marie Belhomme desenhou na mesa um quadrado com duas diagonais e duas linhas que se cruzam no centro do quadrado, o "jogo das cinco marias", e brinca dedicadamente com a nova pequena Lanthenay – pobre Luce! –, que deve achar essa escola fantástica. Já a senhorita Sergent continuava olhando pela janela.

Anaïs, que colore com lápis Conté os retratos dos grandes homens mais hediondos da história da França, recebe-me com um "o que você viu?"

– Mulher, você nem vai acreditar! Armand Duplessis estava espionando os dois por cima do muro dos banheiros. Dutertre voltou para a cidade e Richelieu saiu correndo como um louco!

– Ah, aposto que você está inventando tudo isso!

– Não, estou te falando, não é brincadeira, eu vi, palavra de honra! Meu coração está saindo pela boca!

A esperança de um possível drama deixa-nos silenciosas por um instante. Anaïs pergunta:

– Você vai contar para as outras?

– Não, de jeito nenhum, essas idiotas iam espalhar para todo mundo. Só para Marie Belhomme, mesmo.

Conto tudo para Marie, cujos olhos se arregalam ainda mais, e ela profetiza: "Isso tudo vai acabar mal!"

A porta abre-se, viramo-nos de uma só vez: é a senhorita Aimée, uma cara animada, um pouco sem fôlego. A senhorita Sergent corre até ela e interrompe a tempo o gesto de abraço esboçado por ela. A diretora retoma as forças, leva a biscatinha até a janela e a interroga avidamente. (E nossa aula de geografia?)

A criança pródiga, sem emoção excessiva, dispara pequenas frases que não parecem satisfazer a curiosidade da digna superiora. A uma pergunta mais aflitiva, ela responde "Não", balançando a cabeça, com um suspiro malicioso. A ruiva, então, solta um suspiro de alívio. Nós três, na primeira mesa, observamos, imóveis de curiosidade. Tenho um pouco de receio por essa pequena imoral e até diria a ela para tomar cuidado com o Armand, mas a outra, sua déspota, logo alegaria que fui denunciar sua conduta a Richelieu, talvez por meio de cartas anônimas. Logo, desisto.

Elas me irritam com aqueles cochichos! Vamos acabar com isso... Solto um "Zzzz!" a meia-voz para atrair a atenção das colegas e começamos o zunido. O zunido começa como um zumbido contínuo de abelha, mas cresce, aumenta e acaba por entrar à força nos ouvidos das nossas professoras desvairadas, que trocam um olhar inquieto. Então, a senhorita Sergent, corajosa, toma a frente:

– Silêncio! Se eu ouvir mais um zumbido, deixarei a turma toda de castigo até às seis horas! Acham que, enquanto a escola nova não estiver pronta, as aulas serão exatamente como antes? Vocês são grandes o suficiente para saber que devem estudar sozinhas quando uma de nós não puder ajudar vocês como professora. Deem-me um atlas. A aluna que não souber o conteúdo sem erro fará deveres extras por oito dias!

Ela tem uma presença, mesmo sendo essa mulher feia, apaixonada e sedenta. Todas ficam mudas assim que ela eleva a voz. O conteúdo é recitado tim-tim por tim-tim e ninguém quer dar um "passo em falso", pois sentimos soprar um vento ameaçador de punições e castigos. Atualmente, imagino que não me perdoaria se não presenciasse o encontro entre Armand e Aimée. Prefiro ser expulsa (por mais que isso me custe), mas ver o que vai acontecer.

Às quatro e cinco, quando ressoa em nossos ouvidos o clássico: "Fechem os cadernos e formem uma fila", eu saio com grande pesar. É isso, a tragédia inesperada ainda não será hoje! Chegarei cedo à escola amanhã para não perder nada do que vai acontecer.

Na manhã seguinte, como chego bem antes do horário regular, para passar o tempo, começo uma conversa qualquer com a tímida e triste senhorita Griset, sempre pálida e inibida.

– Você gosta daqui, senhorita?

Ela olha ao redor antes de responder:

– Ah! Não muito. Não conheço ninguém. Fico um pouco entediada.

– Mas sua colega é gentil com você, assim como a senhorita Sergent?

– Eu...não sei. Eu realmente não sei se elas são gentis. Elas nem ligam para mim.

– Que coisa!

– Sim...à mesa, elas conversam um pouco comigo, mas assim que os cadernos estão corrigidos, elas vão embora e eu fico sozinha com a mãe da senhorita Sergent, que tira a mesa e se tranca na cozinha.

– E para onde elas vão, as duas?

– Ora, para o quarto.

Será que ela quis dizer *cada uma para o seu quarto* ou *as duas para o mesmo*? Pobrezinha! Ela se esforça por aqueles setenta e cinco francos por mês!

– Você quer alguns livros emprestados, senhorita, caso fique entediada à noite?

(Que alegria! Ela quase fica corada!)

– Ah! Eu gostaria muito...Ah! Você é muito amável. Será que a diretora não ficará irritada com isso?

– A senhorita Sergent? Se você acha que ela vai saber disso é porque ainda tem ilusões sobre o interesse que essa ruiva tem por você!

Ela sorri, quase confiante, e pergunta-me se posso emprestar *Le roman d'un jeune homme pauvre*[39], que ela está ansiosa para ler! Claro, amanhã mesmo ela terá o romance de Feuillet. Sinto pena dela, tão desamparada! Poderia promovê-la ao posto de aliada, mas como contar com essa pobre garota clorótica e medrosa?

Silenciosamente, a irmã da favorita aproxima-se, a pequena Luce Lanthenay, contente e assustada de conversar comigo.

---

39 Romance de grande sucesso de Octave Feuillet (1821-1890), publicado em 1858. Em sua trama, para sobreviver, um aristocrata arruinado aceita, um emprego de mordomo na casa de uma família de "novos ricos". N. da T.

– Bom dia, passarinha! Responda "bom dia, Vossa Alteza", imediatamente. Você dormiu bem?

Eu acaricio os cabelos dela com força, o que não parece desagradá-la, e ela ri para mim com seus olhos verdes exatamente iguais aos de Fanchette, minha linda gata.

– Sim, Vossa Alteza, eu dormi bem.
– Onde você dorme?
– Lá em cima.
– Com sua irmã Aimée, claro?
– Não, ela tem uma cama no quarto da senhorita Sergent.
– Uma cama? Você viu essa cama?
– Não...quero dizer...é um divã. Parece que ele se desdobra em forma de cama, foi o que ela me disse.
– Ela disse isso? Palerma! Imbecil! Lixo infecto! Rejeito da raça humana!

Ela foge apavorada, pois marco meus insultos com golpes da correia de livros (ah! nem são tão fortes) e, quando ela desaparece na escada, lanço o insulto supremo: "Projeto de mulher! Você merece parecer com sua irmã!"

Um divã que se desdobra! Mais fácil eu desdobrar essa parede! Essas criaturas não enxergam nada, minha nossa! Mas aquela lá me parece bastante pervertida, com aqueles olhos virados para as têmporas...A grande Anaïs chega enquanto ainda estou ofegante e me pergunta o que houve.

– Nada, eu apenas bati na pequena Luce para acordá-la um pouco.
– Nenhuma novidade?
– Nada, ninguém desceu ainda. Quer jogar bolinhas de gude?

– Qual jogo? Eu não tenho "nove bolinhas[40]".
– Pois eu tenho os caïens que ganhei de você. Venha, vamos fazer uma perseguição[41].

O jogo está bem animado. Os caïens batem uns nos outros e estalam. Enquanto analiso longamente um lance difícil: "Psiu!" – diz Anaïs –"olha!".

Era Rabastens entrando no pátio. Tão cedo que ficamos surpresas. Além disso, o mais bonito dos Antonin já estava arrumado e reluzente – excessivamente reluzente. O rosto dele ilumina-se ao me ver e ele vem direto até nós.

– Senhoritas! Que a animação do jogo traga a você belas cores, senhorita Claudine!

Esse palerma é bem ridículo! No entanto, para irritar a grande Anaïs, olho para ele com meiguice e arqueio minha cintura, piscando os cílios.

– Senhor, o que o traz tão cedo aqui? As senhoritas ainda estão em seus aposentos.

– Justamente, não sei bem o que venho dizer, a não ser que o noivo da senhorita Aimée não jantou ontem à noite conosco. Disseram ter visto ele com uma cara de doente. O fato é que ele ainda não voltou para casa. Acho que ele não está bem e gostaria de avisar a senhorita Lanthenay sobre o estado preocupante do noivo.

"O estado preocupante do noivo…" Como se expressa bem, esse marselhês! Ele deveria se tornar "anunciante de

---

40 Na nota de rodapé original: *Il faut neuf billes por jouer au "carré"* (são necessárias nove bolinhas de gude para jogar o "quadrado").

41 Na França, há várias formas de se jogar bolinhas de gude. Para jogar o *carré*, um quadrado é desenhado no chão e cada jogador coloca uma bolinha (ou várias) dentro dele. O objetivo é lançar uma bola de gude para remover as bolinhas do quadrado. A *poursuite* (perseguição) é um jogo mais simples: o objetivo é tocar a bolinha do adversário. N. da T.

mortes e acidentes graves". Finalmente, a crise aproxima-se. E eu, que ontem pensava em alertar a responsável por isso, Aimée, agora não quero mais que ele vá avisá-la. Ela que se lasque! Sinto-me maldosa e ávida por emoções naquela manhã. Empenho-me para manter Antonin perto de mim. É bem simples: basta lançar um olhar inocente e inclinar a cabeça para que meus cabelos caiam livremente ao longo do meu rosto. Ele morde a isca imediatamente.

– Senhor, diga-me uma coisa, é verdade que você escreve versos encantadores? Ouvi dizer isso na cidade.

É claro que era mentira. Mas eu inventaria qualquer coisa para impedi-lo de falar com as professoras. Ele fica vermelho e começa a gaguejar, atordoado de alegria e surpresa:

– Quem poderia ter dito isso? Não, certamente eu não mereço. É estranho, não me lembro de ter falado sobre isso a alguém!

– Veja só, a fama traindo a modéstia! (daqui a pouco começo a falar como ele). Seria indiscreto pedir...

– Por favor, senhorita... você me deixa encabulado... Tenho para mostrar apenas alguns pobres versos de amor... mas castos! (Ele gagueja). Eu nunca teria, naturalmente... ousado me permitir...

– Senhor, não é o sinal da sua escola para o início das aulas?

Que ele vá embora, que vá embora logo! Daqui a pouco a Aimée desce, ele fala com ela, ela compreende o que se passa e nós não veremos nada!

– Sim... mas ainda não está na hora, são esses diabinhos que ficam pendurados na corrente, não podem ficar sozinhos por um segundo. E meu colega ainda não chegou. Ah! É penoso estar sozinho para cuidar de tudo!

Não há como negar que ele é íntegro! Essa maneira de "cuidar de tudo", que inclui distribuir galanteios às moças, não o desabona completamente.

– Veja, senhorita, é preciso que eu vá me ocupar das coisas. Mas a senhorita Lanthenay...

– Ah! Você pode avisá-la às onze horas, se seu colega ainda estiver ausente – o que me surpreenderia. Talvez ele volte a qualquer momento.

Vá se ocupar das coisas, vá logo, seu grande paspalho. Você já se mostrou o suficiente, já sorriu o suficiente. Vá, desapareça! Já era hora!

A grande Anaïs, um pouco contrariada pela falta de atenção do professor assistente, garante-me que ele está apaixonado por mim. Dou de ombros: "Vamos logo terminar nossa partida, é melhor do que ficar falando sandices".

A partida termina enquanto as outras chegam, as professoras descem no último momento. Elas nunca se desgrudam! Essa pequena perversa Aimée esbanja gracejos infantis com a ruiva.

Entramos e a senhorita Sergent nos deixa nas mãos de sua favorita, que nos pede as respostas das questões do dia anterior.

– Anaïs, ao quadro. Leia o enunciado.

É um problema bastante complicado, mas a grande Anaïs, que tem o dom da aritmética, move-se entre as letras, os sentidos e as divisões proporcionais com notável facilidade. Ai, é a minha vez.

– Claudine, ao quadro. Extraia a raiz quadrada de dois milhões setenta e três mil seiscentos e vinte.

Eu sofro de uma insuportável aversão a essas pequenas coisas que precisam ser extraídas. Além do mais, como a senhorita Sergent não está presente, de repente decido pregar uma peça em minha ex-amiga. Foi você quem quis assim, traidora! Decido erguer o estandarte da revolta! Diante do quadro negro, digo delicadamente "Não", enquanto balanço a cabeça.

– Como não?

– Não, não quero extrair raízes hoje. Não estou a fim.

– Claudine, você ficou louca?

– Eu não sei, senhorita. Mas sinto que vou ficar doente se extrair essa raiz ou qualquer outra semelhante.

– Você quer uma punição, Claudine?

– Aceito qualquer coisa, menos raízes. Não é por desobediência, é porque não posso extrair raízes. Eu sinto muito, eu juro.

A classe vibra de alegria. A senhorita Aimée fica impaciente e furiosa.

– Então, você não vai me obedecer? Farei um relatório para a senhorita Sergent e veremos.

– Eu garanto que estou desesperada.

Por dentro, eu grito para ela: "Vadia cruel, não tenho consideração nenhuma por você e farei o possível para lhe causar todos os aborrecimentos possíveis".

Ela desce os dois degraus da parte da sala onde fica sua mesa e avança em minha direção, na vaga esperança de intimidar-me. Eu mal consigo conter o riso e mantenho uma expressão respeitosamente desolada...Ela é muito pequena! Chega ao meu queixo, eu juro! A turma diverte-se a valer. Anaïs mastiga um lápis, a madeira e o grafite, em grandes mordidas.

– Senhorita Claudine, você vai obedecer, sim ou não?

Com uma suavidade cortante, volto a falar. Ela está bem perto de mim, então abaixo um pouco o tom:

– Mais uma vez, senhorita, faça o que quiser comigo, dê-me frações para reduzir ao mesmo denominador, triângulos equiláteros para construir...*rachaduras para analisar*...qualquer coisa: mas isso não, oh, não. Nada de raízes quadradas!

As colegas, exceto Anaïs, não entendem, pois soltei minha insolência rapidamente e sem ênfase: elas divertiam-se

apenas com minha resistência. Mas a senhorita Lanthenay levou um choque. Toda vermelha e desorientada, ela grita:
– Isso... já é demais! Vou chamar a senhorita Sergent... Ah! Isso já é demais!

Ela corre em direção à porta. Eu corro atrás dela e alcanço-a no corredor, enquanto as alunas riem alto, gritam de alegria e sobem nos bancos. Seguro Aimée pelo braço, enquanto ela tenta com todas as suas ínfimas forças livrar-se das minhas mãos, sem dizer nada, sem olhar para mim, os dentes cerrados.

– Me escute enquanto eu estiver falando! Vamos parar de *gracinhas*: eu juro que se você me denunciar à senhorita Sergent, conto na mesma hora ao seu noivo sobre a história da rachadura. E aí, você ainda vai lá na sala da diretora?

Ela para de súbito, ainda sem dizer nada, os olhos obstinadamente baixos, a boca contraída.

– Vamos, fale! Você vai voltar para a sala de aula comigo? Se você não voltar agora, eu também não volto. Vou contar tudo ao seu Richelieu. Decida logo.

Por fim, ela move os lábios para murmurar sem olhar para mim: "Eu não direi nada. Me solte, não direi nada".

– Está falando sério? Você sabe que, se contar para a ruiva, ela não será capaz de esconder por mais de cinco minutos e eu vou saber rapidamente. Está falando sério? Promete?

– Eu não direi nada, me solte. Vou voltar agora mesmo para a sala de aula.

Eu solto o braço dela e voltamos sem dizer nada. A algazarra interrompe-se no preciso instante. Minha vítima, sentada à mesa, determina brevemente que devemos passar os problemas a limpo. Anaïs pergunta-me baixinho: "Ela foi contar?".

– Não, eu apresentei minhas sinceras desculpas. Sabe, eu não queria levar uma brincadeira dessas tão longe.

A senhorita Sergent não volta. Sua querida assistente mantém, até o término da aula, a expressão séria e os olhos duros. Às dez e meia, só pensamos no fim da aula. Pego algumas brasas no aquecedor para colocar nos meus tamancos, um excelente meio de aquecê-los, embora seja estritamente proibido, é claro. Mas a senhorita Lanthenay não se importa com as brasas e com os tamancos! Ela rumina em silêncio sua raiva e seus olhos dourados estão como dois topázios frios. Não me importo. Na verdade, isso diverte-me.

O que é isso? Nós aguçamos os ouvidos: gritos, uma voz de homem que xinga, misturada a outra voz que tenta contê-la... serão pedreiros brigando? Acho que não, imagino que seja outra coisa. A pequena Aimée está de pé, completamente pálida, pois ela também pressente que se trata de outra coisa. De repente, a senhorita Sergent entra correndo na sala, a cor de seu rosto desapareceu:

– Senhoritas, saiam imediatamente, não está na hora, mas não importa... Saiam, saiam, não é necessário fazerem fila, estão ouvindo, vão embora!

– O que está acontecendo? – grita a senhorita Lanthenay.

– Nada, nada... Faça com que elas saiam e você fique aqui, é melhor trancar a porta... Vocês ainda não saíram, suas molengas!

Definitivamente, as formalidades foram deixadas de lado. Preferia ser esfolada viva do que sair da escola em um momento como aquele! Saio no meio da confusão das colegas atordoadas... Lá fora, podemos ouvir com clareza a voz que berra... Meu Deus! É o Armand, mais pálido que um afogado, com os olhos fundos e perdidos, todo verde de musgo, com gravetos nos cabelos – ele dormiu na floresta, com certeza... Louco de raiva após uma noite passada remoendo sua dor, ele quer invadir a sala, berrando, com os punhos erguidos:

Rabastens segura-o com todas as forças, com os olhos arregalados. Que situação! Que situação!

Marie Belhomme foge, apavorada, o restante das garotas atrás dela. Luce desaparece, mas tenho tempo de perceber seu sorrisinho maldoso: as irmãs Jaubert correm para a porta do pátio sem olhar para trás. Não consigo ver a Anaïs, mas seria capaz de apostar que, escondida em um canto, ela não perde nada do espetáculo!

A primeira palavra que ouço com clareza é "Vagabundas!". Armand arrastou o colega ofegante até a sala de aula, onde nossas professoras, mudas, abraçavam-se. Ele grita: "Piranhas! Eu não vou sair sem dizer o que vocês são, mesmo que eu perca meu emprego! Vadiazinha! Ah, você se deixa apalpar por dinheiro por esse porco do secretário de educação! Você é pior do que uma mulher da vida e a outra vale ainda menos que você, essa ruiva maldita que quer que você seja igual a ela. Duas vadias, duas vadias, vocês são duas vadias, essa casa é..." Não ouvi o resto. Rabastens, que deve ter músculos duplos como Tartarin, consegue arrastar o infeliz sufocado de injúrias. A senhorita Griset perde a cabeça, empurra as garotas que estavam saindo de volta para a sala menor e eu escapo com o coração aos pulos. Entretanto, estou contente que Duplessis tenha explodido sem esperar, pois Aimée não poderá me acusar de ter contado a ele.

Ao voltarmos à tarde, encontramos apenas a senhorita Griset repetindo a mesma frase para cada uma que chegava: "A senhorita Sergent está doente e a senhorita Lanthenay foi visitar a família. Não precisam comparecer às aulas por uma semana".

Tudo bem, vamos embora. Mas, verdade seja dita, esta escola não é comum!

CAPÍTULO 2

Na inesperada semana de férias que nos foi concedida por causa dessa briga, peguei sarampo, o que me obrigou a ficar três semanas de cama, depois quinze dias de repouso, além de ser mantida em isolamento por mais quinze dias, com o pretexto de "segurança escolar". Se não tivesse os livros e a Fanchette, não sei o que teria sido de mim!

O que estou dizendo não é muito gentil com papai, que, no entanto, cuidou de mim como se eu fosse um caracol raro. Convencido de que é preciso dar à filha doente tudo o que ela pede, ele me trazia marrons-glacês para baixar minha febre! Fanchette lambeu-se da orelha ao rabo em minha cama durante uma semana, brincando com meus pés através do cobertor e ficou aninhada em meu ombro, assim que a febre passou. Voltei para a escola um pouco abatida e pálida, muito ansiosa para reencontrar o extraordinário "corpo docente". Recebi tão poucas notícias enquanto estive doente! Ninguém vinha me ver, nem Anaïs nem Marie Belhomme, por causa do risco de contágio.

São sete e meia quando entro no pátio de recreio, neste fim de fevereiro suave como uma primavera. Elas correm até mim, comemoram meu retorno. As duas Jaubert, com cautela, perguntam se estou completamente recuperada antes de se aproximarem. Fico um pouco tonta com todo aquele barulho. Por fim, deixam-me respirar e logo pergunto à grande Anaïs sobre as últimas novidades.

– Então, Armand Duplessis foi embora, para começar.

– Demitido ou transferido, o pobre Richelieu?

– Apenas transferido. Dutertre encarregou-se de encontrar outro posto para ele.

– Dutertre?

– Ele mesmo. Se Richelieu falasse alguma coisa, isso impediria o secretário de educação de se tornar deputado algum dia. Dutertre disse para a cidade inteira que o pobre jovem teve um acesso muito perigoso de febre alta, mas que ele, o médico das escolas, foi chamado a tempo.

– Ah! Chamado a tempo? A Providência colocou o remédio bem ao lado do mal...E a senhorita Aimée, também foi transferida?

– Claro que não! Ah, sem chance! Depois de oito dias parecia que nada tinha acontecido. Ela já estava rindo com a senhorita Sergent como antes.

Inacreditável! Essa criaturinha estranha, que não tem coração nem cérebro, que vive sem memória, sem remorsos e que vai seduzir outro professor assistente, e novamente se engraçar com o secretário de educação, até que tudo desmorone de novo, e que viverá feliz com essa mulher ciumenta e violenta que enlouquece com essas aventuras. Não presto atenção quando Anaïs me informa que Rabastens ainda está por aí e que, frequentemente, pergunta por mim. Eu tinha me esquecido do coitado do grande Antonin!

Toca o sinal, mas agora entramos na nova escola. O edifício central, que conecta as duas alas, está quase pronto.

A senhorita Sergent acomoda-se na nova mesa, toda reluzente. Adeus às velhas mesas bambas, cheias de marcas, desconfortáveis. Agora temos belas mesas inclinadas e uma tampa que se abre, sentamo-nos em bancos com encosto e somos apenas duas em cada banco: em vez da grande Anaïs, agora tenho como vizinha...a pequena Luce Lanthenay. Felizmente, as mesas estão bem próximas e

Anaïs está perto, em uma mesa paralela à minha, de modo que poderemos conversar à vontade, como antes. Marie Belhomme foi colocada ao lado dela, pois a senhorita Sergent posicionou intencionalmente duas "engenhosas" (Anaïs e eu) ao lado de duas "desengenhosas" (Luce e Marie), para que pudéssemos sacudí-las um pouco. Com certeza vamos sacudi-las! Eu, pelo menos, pois sinto fervendo em mim desatinos reprimidos durante a minha doença. Examino o novo ambiente, organizo meus livros e cadernos, enquanto Luce se senta e me olha de canto de olho, com timidez. Mas ainda não me dirijo a ela, apenas troco reflexões sobre a nova escola com Anaïs, que morde avidamente não sei o quê, parecem uns brotos verdes.

– O que você está comendo aí? Umas maçãs velhas?

– Brotos de tília, mulher. Não tem nada melhor, é a época, perto de março.

– Me dá um pouco? Verdade, é bom demais, pegajoso como o "coucou"[42]. Vou pegar alguns no pátio. E quais outras coisas estranhas você anda devorando?

– Ah! Nada de mais. Nem posso mais comer os lápis Conté, os deste ano estão esfarelando, muito ruins, uma porcaria. Por outro lado, o papel mata-borrão está excelente. Há também uma coisa boa de mastigar, mas não pode engolir: as

---

[42] Referência à primula veris, uma planta da família das primuláceas, nativa da Europa. Dependendo da região da França, é popularmente conhecida como *coucou*, *brérelle*, *coqueluchon*, *primerolle*, erva da paralisia ou erva de São Pedro. N. da T.

amostras de tecido para lenços enviadas pelo *Bon Marché*[43] e pelo *Louvre*[44].

– Eca! Não quero não...Escute, jovem Luce, trate de ser obediente e comportada ao meu lado! Senão, prometo beliscões e puxões de orelha. Fique esperta!

– Sim, senhorita – responde a pequena, não muito segura, com os olhos baixos.

– Você não precisa me chamar de senhorita. Olhe para mim, deixa eu ver seus olhos. Muito bem. Além do mais, você sabe que sou louca, com certeza já te disseram isso. Pois bem, quando me contrariam, fico furiosa, mordo e arranho, ainda mais depois que fiquei doente. Dê aqui sua mão: olha, é assim que eu faço.

Cravo minhas unhas na mão dela, que não grita e aperta os lábios.

– Você não gritou, muito bem. Vou te fazer umas perguntas no recreio.

Na segunda sala, cuja porta permanece aberta, vejo entrar a senhorita Aimée, leve, emperiquitada e corada, com os olhos mais aveludados e dourados do que nunca, com seu ar malicioso e açucarado. Meretriz ordinária! Ela lança um sorriso radiante para a senhorita Sergent, que se esquece de si mesma por um minuto para contemplá-la e sai de seu êxtase para nos dizer abruptamente:

---

43 *Le Bon Marché* é uma loja de departamentos francesa, localizada no 7º arrondissement de Paris. Foi fundada em 1838 com o nome de *Au Bon Marché*, que foi mantido até 1989. N. da T.

44 *Les Grands Magasins du Louvre* é uma antiga loja de departamentos parisiense cujas origens remontam à abertura das *Galeries du Louvre* em 1855, localizada no térreo do *Grand Hôtel du Louvre*. O estabelecimento fechou definitivamente as portas em 1974. N. da T.

– Seus cadernos. Redação de história: *A guerra de 70.* Claudine – ela diz mais suavemente – você vai conseguir fazer a redação, mesmo não tendo assistido às aulas dos últimos dois meses?

– Vou tentar, senhorita. Mas não será uma redação muito extensa, só isso.

Na verdade, faço uma redação breve, excessivamente curta, e, quando estou chegando ao fim, demoro, empenho-me para fazer durar as últimas quinze linhas e, assim, poder observar e vasculhar ao meu redor à vontade. A diretora, sempre igual, mantém o ar de paixão concentrada e bravura sedenta. Sua Aimée, que dita problemas com desinteresse na outra sala, anda de um lado para o outro e aproxima-se enquanto fala. De qualquer forma, ela não tinha essa atitude segura e pomposa de gata vaidosa no inverno passado! Agora, ela é um bichinho adorável, tratado com excessivo zelo e que se torna tirânico, pois percebo olhares da senhorita Sergent implorando que ela encontre um pretexto para se aproximar, aos quais a desmiolada responde com lascivos movimentos de cabeça e olhos distraídos que dizem não. A ruiva, decididamente reduzida à escrava, não se contém e vai até ela, perguntando bem alto: "Senhorita Lanthenay, você não teria o registro de presenças em casa?". Pronto, começaram. Elas cochicham baixinho. Aproveito que nos deixaram sozinhas para interrogar abertamente a pobre Luce.

– Escuta! Deixa esse caderno um pouco e responde para mim. Há um dormitório lá em cima?

– Claro, nós dormimos lá agora, as internas e eu.

– Muito bem, você é uma idiota.

– Por quê?

– Isso não é da sua conta. Vocês ainda têm aulas de canto às quintas e aos domingos?

– Ah! Tentamos ter uma sem a senhorita...quero dizer, sem você, mas não deu certo. O senhor Rabastens não sabe nos ensinar.

– Certo. O pervertido veio enquanto eu estava doente?

– Quem?

– Dutertre.

– Não me lembro...Sim, ele veio uma vez, mas não entrou nas salas de aula, ficou apenas alguns minutos conversando no pátio com minha irmã e com a senhorita Sergent.

– Ela é legal com você, a ruiva?

Os olhos oblíquos dela escurecem:

– Não...ela diz que não sou inteligente, que sou preguiçosa...que minha irmã pegou toda a inteligência da família, assim como a beleza...Aliás, sempre foi a mesma história em todos os lugares onde estive com Aimée. Só prestam atenção nela e deixam-me de lado.

Luce está prestes a chorar, furiosa com essa irmã "dileta", como dizem por aqui, que a relega e a apaga. Eu também não a considero melhor que Aimée, apenas mais medrosa e introvertida, pois está acostumada a ficar sozinha e em silêncio.

– Pobrezinha! Você deixou amigas lá onde morava?

– Não, eu não tinha amigas. Elas eram muito cruéis e riam de mim.

– Muito cruéis? Então, te incomoda quando eu te bato, quando te empurro?

Ela ri sem levantar os olhos:

– Não, porque eu vejo que você é boa...que não faz isso por maldade, por crueldade...enfim, que é um ardil, não é para valer. Quando me chama de "idiota", eu sei que é uma piada. Na verdade, gosto de sentir um pouco de medo, quando não há perigo algum.

Lero-lero! Iguaizinhas essas duas Lanthenay miseráveis, desprezíveis, naturalmente perversas, egoístas e tão desprovidas de qualquer senso moral, que chega a ser divertido observar. São iguais, essa aqui odeia a irmã e acredito que poderei arrancar dela um monte de revelações sobre Aimée, se der atenção a ela, enchê-la de doces e bater nela.

– Você terminou seu dever?

– Sim, terminei...mas não sabia nada, com certeza minha nota não vai ser boa...

– Dê-me seu caderno.

Leio o dever dela, bem medíocre, e dito algumas coisas que ela esqueceu. Dou uma melhorada nas frases. Ela fica surpresa e radiante de alegria. Furtivamente, olha-me espantada e fascinada.

– Olha, assim está melhor...Diga uma coisa, o dormitório dos internos é em frente ao de vocês?

Os olhos dela brilham de malícia:

– Sim, à noite eles vão se deitar na mesma hora que nós, de propósito. Você sabe que as janelas são de vidro, então, os rapazes tentam nos ver de camisola. Nós levantamos os cantos das cortinas para olhar para eles e, por mais que a senhorita Griset se esforce para nos vigiar até que a luz se apague, sempre encontramos um jeito de levantar a cortina, de repente, o que faz com que os rapazes voltem todas as noites para espiar.

– Veja só! Parece que a troca de roupas é bem divertida lá em cima!

– Virgem Maria!

Ela fica animada e mais à vontade. A senhorita Sergent e a senhorita Lanthenay continuam juntas na segunda sala. Aimée mostra uma carta para a ruiva e elas riem muito, mas discretamente.

– Sabe para onde o Armand, ex da sua irmã, foi afogar as mágoas, Lucinha?

– Não sei. Aimée não me fala nada sobre as coisas dela.

– Eu já imaginava. Ela também tem um quarto lá em cima?

– Sim: o mais confortável e agradável dos quartos das professoras assistentes, bem mais bonito e quente que o da senhorita Griset. A senhorita Sergent mandou colocar cortinas de flores rosas e linóleo no chão, minha filha, e um tapete de pele de cabra, e mandou pintar a cama de branco. Aimée até tentou convencer-me de que tinha comprado essas coisas bonitas com suas economias. Eu respondi: "Vou perguntar à mamãe se é verdade". Então, ela me disse: "Se você falar para a mamãe, vou mandá-la de volta para casa sob o pretexto de que não estuda". Então, como você deve imaginar, não tive outra escolha a não ser ficar calada.

– Shh! A senhorita está voltando.

De fato, a senhorita Sergent aproxima-se de nós, abandona o ar terno e risonho para assumir a expressão de professora:

– Vocês terminaram, senhoritas? Vou ditar um problema de geometria.

Protestos dolorosos são ouvidos, pedindo mais cinco minutos. Mas a senhorita Sergent não se comove com essa súplica, que se repete três vezes ao dia, e começa tranquilamente a ditar o problema. Para o inferno, esses triângulos equiláteros!

Tenho o cuidado de sempre trazer doces com o objetivo de conquistar completamente a jovem Luce. Ela aceita quase sem agradecer, enche suas pequenas mãos e esconde-os em um antigo porta-terço de madrepérola. Por dez trocados de pastilhas de menta, bem refrescantes, ela venderia a irmã mais velha e ainda daria um dos irmãos de brinde. Ela abre a boca, aspira o ar para sentir o frescor da menta e diz: "Minha língua está congelando, minha língua está congelando", com olhos extasiados. Anaïs, atrevida, implora descaradamente por algumas pastilhas, enfia tudo na boca e, rapidamente, pede mais, com uma irresistível careta de pretensa repulsa:

– Rápido, rápido, me dê mais para tirar o gosto, essas últimas estavam "floggando"[45]!

Como por acaso, enquanto brincamos faceiras, Rabastens entra no pátio, carregando uns cadernos como pretexto. Ele finge uma agradável surpresa ao me ver e aproveita a oportunidade para mostrar-me uma canção romântica, lendo as palavras apaixonadas com uma voz lasciva. Antonin, pobre idiota, você não me serve para mais nada e nunca me serviu para muita coisa. No máximo, ainda pode me divertir por algum tempo e, principalmente, provocar o ciúme das minhas colegas. Se você fosse embora...

– Senhor, você encontrará as senhoritas na última sala. Acho que as vi descendo, não é, Anaïs?

Ele pensa que estou mandando ele embora por causa dos olhares maliciosos das minhas companheiras, lança-me um olhar eloquente e afasta-se. Dou de ombros aos "Huuum!" emitidos por Anaïs e Marie Belhomme e retomamos uma emocionante partida de "finca", durante a qual a novata Luce era o tempo inteiro. Ela é jovem, não sabe nada! Tocam o sinal de retorno às aulas.

Aula de costura, treino para o exame. Isso quer dizer que nos fazem executar as amostras de costura exigidas no exame, em uma hora. São distribuídos pequenos quadrados de tecido e a senhorita Sergent escreve no quadro, com sua caligrafia perfeita e cheia de traços em forma de bastão:

Casa de botão. Dez centímetros de overlock. Inicial G em ponto-cruz. Dez centímetros de bainha com pontos à frente.

---

45 No original, a autora utiliza "flogres", um anglicismo do verbo *to flog*, que significa bater, açoitar, castigar. N. da T.

Resmungo diante dessa orientação, pois casa de botão e overlock ainda consigo fazer, mas bainha com pontos à frente e inicial em ponto-cruz eu não "domino", como constata com tristeza a senhorita Aimée.

Felizmente, recorro a um método engenhoso e simples: dou pastilhas para a Lucinha, que costura divinamente, e ela faz para mim um "G" supimpa. "Devemos ajudar umas às outras". (Ontem mesmo mencionamos este aforismo caridoso.)

Marie Belhomme confecciona uma letra "G" que parece um macaco agachado e, como é meio desmiolada, ri às gargalhadas diante da própria obra. As internas, de cabeças abaixadas e cotovelos junto ao corpo, costuram enquanto conversam baixinho e, assim como Luce, olham atentamente em direção à escola dos meninos de vez em quando. Suspeito que, à noite, elas vivenciam espetáculos divertidos lá no alto, no tranquilo dormitório branco.

A senhorita Lanthenay e a senhorita Sergent trocaram de sala. Aqui, é Aimée quem supervisiona a aula de costura, enquanto a diretora faz as alunas da segunda classe lerem. A favorita está ocupada escrevendo em uma bela caligrafia redonda o título de um registro de frequência, quando a ruiva a chama de longe:

– Senhorita Lanthenay!

– *O que foi?* – grita Aimée, distraída.

Silêncio estupefato. Nós olhamos umas para as outras: a grande Anaïs começa a apertar as costelas para disfarçar o riso. As duas Jaubert inclinam a cabeça sobre suas costuras. As internas trocam cotoveladas, sorrateiras. Marie Belhomme solta uma risada reprimida que soa como um espirro. Eu, diante da expressão consternada de Aimée, exclamo bem alto:

– Ah, essa foi boa!

A pobre Luce ri disfarçadamente. Dá para ver que ela já presenciou essa falta de formalidade antes, então lança para a irmã um olhar zombeteiro.

A senhorita Aimée vira-se furiosa para mim:
– Qualquer um pode se enganar, senhorita Claudine! Apresento minhas desculpas à senhorita Sergent pela distração.

Mas, recuperada do choque, percebe bem que não engolimos a explicação e dá de ombros em sinal de desalento diante da gafe irreparável. Assim termina de forma divertida a enfadonha aula de costura. Eu precisava desse incidente absurdo.

Ao fim das aulas, às quatro horas, em vez de ir embora, esqueço de propósito um caderno e volto à escola. Sei que na hora da limpeza, as internas revezam-se para subir com a água para o dormitório. Ainda não conheço o dormitório e quero visitá-lo, então Luce me disse: "Hoje, *eu sou da água*". Como um gato, subo as escadas carregando um balde cheio, no caso de um encontro inesperado. O dormitório tem as paredes e o teto brancos, com oito camas brancas. Luce mostra-me a dela, mas eu não estou nem aí! Vou direto para as janelas que, de fato, permitem ver o dormitório dos rapazes. Há dois ou três, de uns quatorze ou quinze anos, vagando por lá e olhando para o nosso lado. Assim que nos veem, riem, fazem gestos e apontam para as camas deles. Bando de vagabundos! Como se fossem irresistíveis! Luce, assustada ou fingindo estar, fecha a janela rapidamente, mas imagino que à noite, na hora de dormir, ela não seja tão puritana. A nona cama, no fundo do dormitório, tem uma espécie de dossel com cortinas brancas.

– Aquela ali – explica Luce – é a cama da disciplinária. As professoras assistentes da semana devem se revezar para passar a noite no nosso dormitório.

– Ah! Então, às vezes é sua irmã Aimée, às vezes a senhorita Griset?
– Bom...deveria ser assim...mas até agora...é sempre a senhorita Griset...não sei porquê.
– Ah! Você não sabe por quê? Cínica!
Dou-lhe um murro no ombro e ela reclama sem convicção. Pobre senhorita Griset!
Luce continua a me atualizar:
– À noite, Claudine, você não pode imaginar como nos divertimos na hora de dormir. Rimos, corremos de camisola, fazemos guerras de travesseiros. Tem algumas que se escondem atrás das cortinas para se trocar porque dizem que ficam constrangidas. A mais velha, Rose Raquenot, não se lava direito e os lençóis dela ficam cinza depois de três dias de uso. Ontem, esconderam minha camisola e eu quase tive de ficar nua no banheiro. Felizmente, a senhorita Griset apareceu! Tem também uma garota de quem tiramos sarro porque é tão gorda que precisa se polvilhar com amido para não assar. E eu já ia me esquecendo da Poisson, que usa uma touca e fica parecendo uma velha e que só se troca no banheiro, depois que nós saímos. Ah! A gente se diverte muito, pode acreditar!
A sala de toalete é bem simples, com uma grande mesa coberta de zinco e oito bacias alinhadas, oito sabonetes, oito pares de toalhas, oito esponjas, tudo igual. As toalhas são identificadas com tinta permanente. Tudo é mantido bem limpo.
Eu pergunto:
– E vocês também tomam banho?
– Sim, e isso é outra coisa engraçada, pode acreditar! Na nova lavanderia, aquecemos bastante água e enchemos um grande tanque de vinho, do tamanho de um quarto.

Nós todas tiramos a roupa e enfiamo-nos lá dentro, para nos ensaboar.

– Todas nuas?

– Claro! Como a gente vai se ensaboar? Rose Raquenot não participa, é claro, porque ela é muito magra. Se você a visse – adiciona Luce baixando a voz – ela não tem quase nenhuma carne e o peito dela é reto, igual ao de um menino! Jousse, ao contrário, parece uma ama de leite, são grandes assim ó! E aquela que usa uma touca de velha, sabe? A Poisson? Ela é toda peluda, parece um urso, e tem as coxas azuis.

– Como assim azuis?

– Sim, azuis. Sabe quando está frio e a pele fica azulada?

– Deve ser encantador!

– Nem me fale! Com certeza, se eu fosse um menino, não ficaria muito animado para tomar banho com ela!

– Será que ela não ficaria mais animada de tomar banho com um menino?

Enquanto fazemos troça, tenho um sobressalto ao ouvir os passos e a voz da senhorita Sergent no corredor. Para não ser pega, escondo-me debaixo do dossel reservado exclusivamente para a senhorita Griset. Depois que passa o perigo, fujo e desço as escadas correndo, sussurrando "Até logo".

Como esta manhã está agradável! Em minha linda Montigny, há um calor ameno nesta primavera precoce e quente! No domingo passado e na quinta-feira, já pude correr pelos deliciosos bosques, cheios de violetas, com minha irmã de primeira comunhão, minha doce Claire, que me contava sobre suas paixonites...Ela encontra-se com seu "admirador" no canto do bosque de abetos, à noite, desde que o tempo ficou ameno. É possível que ela acabe fazendo besteiras! Mas não é disso que ela gosta: desde que usem as palavras certas, que ela nem entende muito bem, desde que a beijem, que se ajoelhem diante dela, que tudo aconteça *como nos livros*, enfim, isso é o suficiente para ela.

Na sala de aula, encontro a pequena Luce desabada sobre uma mesa, soluçando até se sufocar. Levanto a cabeça dela com força e vejo os olhos inchados como ovos, de tanto que ela os esfregou.

– Oh! De verdade! Você não está nada bonita assim! O que houve, pequena? Por que está *choramingando*?

– Ela... me... ela... me bateu!

– Sua irmã?

– Siiim!

– O que você fez para ela?

Ela seca um pouco o rosto e conta:

– Então, eu não tinha entendido os exercícios de matemática, então não fiz o dever e isso a deixou furiosa. Ela me disse que eu sou burra, que é um desperdício nossa família pagar meu internato, que tem vergonha de mim e tudo mais...Então, respondi: "Você só sabe me aborrecer". Aí ela me bateu, estapeou minha cara. Ela é uma peste! Eu a odeio.

Novo dilúvio de lágrimas.

– Minha pobre Luce, você é uma tola. Não devia deixar ela te bater, devia ter jogado na cara dela a história do ex, o Armand...

Os olhos subitamente assustados da pobrezinha fazem com que eu olhe atrás de mim. Vejo a senhorita Sergent escutando-nos da porta. Eita! O que será que ela vai dizer?

– Meus parabéns, senhorita Claudine, você dá a esta criança belos conselhos.

– E a senhorita, belos exemplos!

Luce fica aterrorizada com minha resposta. Eu nem ligo para os olhos flamejantes da diretora, que brilham de raiva e emoção! Mas desta vez, muito esperta para exaltar-se, ela simplesmente balança a cabeça e diz:

– É uma sorte que o mês de julho esteja próximo, senhorita Claudine. Você já sabe, não é mesmo, que está cada vez mais impossível mantê-la aqui?

– Acho que sim. Mas é porque a gente nunca se deu bem, não é? Nosso relacionamento já começou mal.

– Vá para o recreio, Luce – diz ela, sem me responder.

A pobrezinha não precisa ouvir duas vezes, sai correndo e assoando o nariz. A senhorita Sergent continua:

– Isso é culpa sua, posso garantir. Você demonstrou uma total falta de boa vontade desde que cheguei aqui. Rejeitou todas as minhas tentativas de aproximação, e eu tentei, apesar de não ter nenhuma obrigação. Ainda assim, sempre achei você inteligente e muito bonita, eu que não tenho nem irmã, nem filha.

Diabos! Eu jamais teria imaginado isso...Ficou bem claro que eu teria sido "sua querida Aimée" se quisesse. Pois bem, não, isso não me interessa de forma alguma. Pois seria de mim que a senhorita Lanthenay estaria com ciúmes a essa altura...Isso é hilário!

– É verdade, senhorita. Mas, inevitavelmente, teria dado errado de qualquer maneira, por causa da senhorita Aimée Lanthenay. Você colocou tanta energia para conquistar...a amizade dela e para destruir a amizade que ela poderia ter por mim!

Ela desvia os olhos:

– Eu não queria, como você diz, destruir...A senhorita Aimée poderia ter continuado a dar aulas de inglês para você e eu não teria como impedir...

– Não diga uma coisa dessas! Eu não sou idiota e só estamos nós duas aqui! Fiquei furiosa por muito tempo, inconsolável, porque sou quase tão ciumenta quanto a senhorita... Por que você a escolheu? Eu sofri tanto, sim, isso mesmo, pode ficar satisfeita, eu sofri demais! Mas percebi que ela não se importava comigo. E com quem ela se importa? Também percebi que ela, na verdade, não valia nada: isso me bastou. Achei que faria muitas coisas estúpidas se quisesse levar a melhor sobre você. Isso mesmo. Agora, tudo o que desejo é que ela não se torne a pequena soberana desta escola e que ela não atormente exageradamente a pobre da irmã, que, no fundo, não vale muito mais que ela, posso garantir...Eu nunca conto em casa nada do que vejo aqui. Eu não voltarei depois das férias, vou me inscrever para o exame porque papai acha que é importante e porque Anaïs ficaria muito feliz se eu não fizesse a prova...Pode me deixar em paz até lá, eu não vou mais incomodá-la...

Poderia falar por muito tempo, mas ela não me ouvia mais. Não ia disputar a queridinha dela, foi a única coisa que ela ouviu. Ela ficou distante, perdida nos próprios pensamentos, mas despertou para me dizer, subitamente, voltando a ser a diretora e saindo dessa conversa em pé de igualdade:

– Vá logo para o pátio, Claudine, já são mais de oito horas. Você precisa se juntar à fila.

– O que você tanto conversava com a senhorita lá dentro? – pergunta-me a grande Anaïs. – Você está bem com ela agora?

– Como duas amigas, minha cara!

Na sala de aula, a jovem Luce encosta-se em mim, lança-me olhares afetuosos e segura minhas mãos, mas suas carícias irritam-me. Gosto apenas de bater nela, atormentá-la e protegê-la quando as outras a incomodam.

A senhorita Aimée entra correndo na sala de aula, sussurrando: "O inspetor! O inspetor!". Murmúrios. Tudo aqui é motivo para desordem. Com a desculpa de arrumar nossos livros impecavelmente, todas nós abrimos nossas carteiras e conversamos rapidamente atrás das tampas. A grande

Anaïs joga para o alto os cadernos da Marie Belhomme, que fica toda desconcertada, e depois, sorrateira, enfia em seu bolso um *Gil Blas Illustré*[46], escondido entre duas folhas do livro *História da França*. Eu escondo histórias de animais maravilhosamente contadas por Rudyard Kipling (esse sim conhece os animais!) – que nem são leituras tão represensíveis. Zunimos, levantamos, recolhemos os papéis, retiramos os doces escondidos nas carteiras, pois o mestre Blanchot, o inspetor, é vesgo, mas fareja tudo.

A senhorita Lanthenay, na outra sala, tromba com as meninas, arruma sua mesa, grita e corre de um lado para o outro. Já da terceira sala, a pobre Griset, apavorada, sai pedindo ajuda e proteção: "Senhorita Sergent, será que o senhor Inspetor vai pedir os cadernos das pequenas? Eles estão bem sujos, as menorzinhas só fazem rabiscos...". A malvada da Aimée ri na cara dela. A diretora responde, dando de ombros: "Você vai mostrar o que ele pedir. Mas você acha mesmo que ele vai se importar com os cadernos das suas menininhas?". A pobrezinha volta atônita para a sala, onde seus animaizinhos fazem uma barulheira terrível, pois ela não tem um pingo de autoridade!

Estamos prontas, ou quase isso. A senhorita Sergent grita: "Rápido, peguem os trechos escolhidos! Anaïs, cuspa imediatamente o giz que você está mastigando! Dou minha palavra de honra que eu a coloco para fora na frente do senhor Blanchot se você continuar mastigando essas coisas! Claudine, você poderia parar de beliscar a Luce Lanthenay

---

[46] *Gil Blas* foi um periódico literário parisiense nomeado em homenagem ao romance *Gil Blas*, de Alain-René Lesage, e que publicou romances de escritores famosos na forma de folhetim, antes de serem lançados em formato de livro. N. da T.

por um instante? Marie Belhomme, tire imediatamente esses três lenços que estão na sua cabeça e no seu pescoço. Tire também essa expressão idiota da cara. Vocês são piores que as pequenas da terceira classe. Não valem nem a corda para se enforcar!".

Ela precisa mesmo extravasar o nervosismo. As visitas do inspetor sempre a deixam inquieta, pois Blanchot tem conchavos com o deputado, que detesta de verdade seu possível substituto, Dutertre, que por sua vez protege a senhorita Sergent. (Deus, como a vida é complicada!) Finalmente, tudo está mais ou menos em ordem. A grande Anaïs levanta-se, com sua altura impressionante, a boca ainda suja do giz acinzentado que estava mastigando, e começa a recitar *La robe*, do lamuriante Manuel[47]:

Na estreita alcova de onde deslizava um dia nebuloso
Brigavam um com o outro a mulher e o esposo...[48]

Finalmente! Uma grande sombra passa pelas janelas do corredor, toda a classe estremece e levanta-se – por respeito – no momento em que a porta se abre para o mestre Blanchot. Ele tem uma expressão solene entre duas grandes costeletas

---

[47] *La robe* (O vestido) é um poema de Eugène Manuel (1823-1901), poeta, professor e político francês. Sua obra poética retoma os temas clássicos da época: família, amor e compaixão pelos desfavorecidos, assemelhando-se a uma estética naturalista, misturada com lirismo e uma certa sensibilidade de estilo. N. da T.

[48] No original:
Dans l'étroite mansarde où glisse un jour douteux
La femme et le mari se disputaient tous deux...
N. da T.

grisalhas e um terrível sotaque franc-comtois[49]. Ele é cerimonioso, pronuncia as palavras com entusiasmo, assim como Anaïs mastiga suas borrachas, e está sempre vestido com um rigor rígido e ultrapassado. Que velho chato! Isso vai durar pelo menos uma hora! Ele vai nos fazer perguntas idiotas e demonstrar que deveríamos todas "abraçar a carreira do magistério". Eu prefiro abraçar a carreira do que ele.

– Senhoritas! Minhas filhas, sentem-se.

"As filhas dele" sentam-se, modestas e comportadas. Eu queria mesmo era ir embora. A senhorita Sergent vai imediatamente recebê-lo, com um ar respeitoso e dissimulado, enquanto sua assistente, a virtuosa Lanthenay, está trancada em sua sala de aula.

O senhor Blanchot encosta em um canto sua bengala com cabo de prata e começa aterrorizando primeiro a diretora (bem feito!), ao levá-la para perto da janela para falar sobre os programas do exame, sobre zelo, assiduidade e por aí vai! Ela escuta e responde: "Sim, senhor inspetor". Os olhos dela vacilam e afligem-se. Com certeza está com vontade de bater nele. Quando termina de importuná-la, é nossa vez.

– O que esta moça estava lendo quando eu entrei?

A moça, Anaïs, esconde o papel mata-borrão rosa que estava mastigando e interrompe o relato, obviamente indecente, que despejava nos ouvidos de Marie Belhomme, que, chocada e ruborizada, embora atenta, revira os olhos de pássaro com um espanto pudico. Anaïs miserável! O que será que ela estava falando?

---

49 Franc-comtois designa a variante regional do francês falado em Franche-Comté, região cultural e histórica no nordeste da França que corresponde aproximadamente à antiga Séquanie, antigo condado da Borgonha (também chamado de Franche Comté de Bourgogne). N. da T.

– Vamos lá, minha filha, *môstre* o que você estava lendo.
– *La robe*, senhor inspetor.
– Por favor, continue.

Ela retoma, com uma expressão falsamente intimidada, enquanto Blanchot examina-nos com seus olhos verde-sujo. Ele reprova qualquer tipo de exibicionismo e suas sobrancelhas franzem-se quando vê um veludo preto em um pescoço branco ou cachinhos livres na testa e nas têmporas. Eu, por exemplo, sou repreendida em todas as visitas por causa dos meus cabelos sempre soltos e cacheados, também em razão das grandes golas brancas e plissadas que uso sobre meus vestidos escuros. Entretanto, elas são de uma simplicidade que eu adoro, mas graciosas o suficiente para que ele ache meus trajes terrivelmente repreensíveis. A grande Anaïs termina *La robe* e ele a pede para analisar, obviamente, (Oh! lá! lá!) cinco ou seis versos. Então, ele pergunta:

– Minha filha, por que você amarrou esse veludo "pretu" em seguida (sic) do seu pescoço?

Eu sabia! O que eu disse? Anaïs, desorientada, responde estupidamente que "é para se manter aquecida". Palerma medrosa!

– Para manter-se aquecida, você diz? Mas a senhorita não acredita que um lenço cumpriria melhor essa função?

Um lenço! Por que não uma balaclava, maçante ancião? Não consigo deixar de rir, o que atrai a atenção dele para mim.

– E você, minha filha, por que está assim "discabelada", com os cabelos soltos, em vez de prendê-los no alto da cabeça com grampos?

– Senhor inspetor, isso causa-me enxaqueca.

– Mas a senhorita poderia pelo menos trançá-los, não é mesmo?

– Sim, eu poderia, mas meu pai é contra.

Ele esgota-me, eu juro! Depois de um pequeno estalo desaprovador com os lábios, ele senta-se e atormenta Marie com perguntas sobre a Guerra de Secessão, depois uma das Jaubert com o litoral da Espanha e a outra com triângulos retângulos. Então, ele me manda ir ao quadro-negro e ordena que eu desenhe um círculo. Eu obedeço. É um círculo... se olharmos com um pouco de boa vontade.

— Inscreva dentro dele uma roseta de cinco folhas. Suponha que ela está sendo iluminada pela esquerda e indique com traços fortes as sombras projetadas pelas folhas.

Isso é bem tranquilo para mim. Se ele tivesse me pedido para fazer contas, não teria conseguido, mas de rosetas e sombras eu entendo bem. Faço um bom trabalho, para o grande desgosto das Jaubert, que esperavam sorrateiramente me ver repreendida.

— Está... bom. Sim, está muito bom. A senhorita vai se apresentar para o exame do diploma este ano?

— Sim, senhor inspetor, em julho.

— E em seguida, realmente não quer frequentar a Escola Normal?

— Não, senhor inspetor, eu vou ficar com a minha família.

— É mesmo? Creio, de fato, que a senhorita não tem pendor para o magistério. É lamentável.

Ele diz-me isso como se dissesse: "Acho que você é uma infanticida". Pobre homem, deixe-o com suas ilusões! Eu só queria que ele tivesse visto a cena do Armand Duplessis ou então o abandono em que ficamos por horas, quando nossas duas professoras estão lá em cima se pegando...

— Mostre-me a segunda classe, por obséquio, senhorita.

A senhorita Sergent leva-o para a segunda classe, onde permanece com ele para proteger sua queridinha das severidades do inspetor. Aproveitando a ausência dela, esboço no quadro-negro uma caricatura do mestre Blanchot e de suas grandes costeletas, o que diverte as meninas. Adiciono ao desenho orelhas de burro, depois apago rapidamente e volto para o meu lugar, onde a pequena Luce passa o braço pelo meu, carinhosamente, e tenta me dar um beijo. Eu afasto-a com um tapinha na cabeça e ela diz que eu sou "muito má"!

– Muito má? Vou te ensinar a não ter essas liberdades comigo! Controle seus sentimentos e diga-me se é sempre a senhorita Griset quem passa a noite no dormitório.

– Não, Aimée dormiu lá duas vezes dois dias seguidos.

– Isso dá quatro vezes. Você é uma idiota. Uma idiota não, um traste! As pensionistas ficam mais quietas quando é a sua casta irmã que dorme no dossel?

– Que nada. Teve até uma noite que uma aluna passou mal. Nós levantamos, abrimos uma janela e eu até chamei minha irmã para que ela me desse fósforos, porque a gente não estava encontrando, mas ela nem se mexeu, como se não tivesse ninguém na cama! Será que ela tem o sono muito pesado?

– Sono pesado! Sono pesado! Que idiota! Meu Deus, por que permitiste que existam neste mundo seres tão desprovidos de qualquer inteligência? Eu choro lágrimas de sangue!

– O que foi que eu fiz agora?

– Nada! Oh! Nada não! Estas são apenas porradas que a vida te dá para formar seu coração, sua mente e te ensinar a não acreditar nos pretextos da virtuosa Aimée.

Luce lança-se sobre a mesa com um fingido desespero, satisfeita por ser maltratada e instigada. Então me lembro:

– Anaïs, o que você estava falando com a Marie Belhomme que a deixou tão vermelha? Até os tijolos da Bastilha ficariam pálidos ao lado dela!

– Que Bastilha?

– Não importa. Fale logo.

– Chegue mais perto.

Seu rosto malicioso está brilhando: deve ser algo muito sem-vergonha.

– Bem, é o seguinte. Você não está sabendo? Na última passagem de ano, o prefeito estava em casa com a amante, a bela Julotte, e o secretário dele tinha trazido uma mulher de Paris. Na hora da sobremesa, pediram que elas tirassem toda a roupa, eles fizeram o mesmo e começaram a dançar uma quadrilha dessa forma, minha cara!

– Nada mal! Quem te contou isso?

– Meu pai contou para minha mãe. Eu já estava deitada, mas sempre deixam a porta do quarto aberta, porque eu digo que fico com medo, e assim eu ouço tudo.

– Você deve aproveitar! Seu pai conta coisas assim com frequência?

– Não, nem sempre tão boas, mas às vezes eu reviro-me de rir na cama.

Ela também me conta outros boatos chocantes do vilarejo. O pai dela, que trabalha na prefeitura, conhece a fundo as fofocas escandalosas da região. Eu fico ouvindo e o tempo passa.

A senhorita Sergent volta à sala. Temos tempo apenas de abrir nossos livros ao acaso, mas ela vem direto até mim, sem prestar atenção no que estamos fazendo:

– Claudine, você poderia cantar com suas colegas para o senhor Blanchot? Elas já aprenderam aquele lindo coro de duas vozes: *Dans ce doux asile*.[50]

---

[50] *Dans ce doux asile* (Neste agradável refúgio) é um coro para voz e piano composto por Jean-Philippe Rameau (1683-1764), compositor francês considerado o primeiro teórico da harmonia clássica. N. da T.

– Por mim, tudo bem. Só que o inspetor fica tão contrariado de me ver com os cabelos desarrumados que nem vai prestar atenção!

– Não diga bobagens, hoje não é dia. Vamos! Coloque todas elas para cantar. O senhor Blanchot parece estar bastante descontente com a segunda classe. Conto com a música para mudar a atenção dele.

Não é difícil compreender porque ele está tão descontente com a segunda classe: a senhorita Aimée Lanthenay só se dedica a ela quando não tem outra coisa para fazer. Ela entope as crianças de deveres escritos, para poder, enquanto elas enchem o papel de tinta, conversar tranquilamente com sua querida diretora. Gosto da ideia de colocar as outras alunas para cantar, por mais que seja difícil!

A senhorita Sergent traz o odioso Blanchot de volta. Eu disponho em semicírculo as alunas da nossa classe e as mais velhas da segunda classe. Atribuo a primeira voz a Anaïs e a segunda a Marie Belhomme (infelizes segundas!). Eu cantarei as duas ao mesmo tempo, ou melhor, mudarei rapidamente quando sentir um dos lados enfraquecer. Vamos lá! Uma marcação inútil: um, dois, três.

Neste agradável refúgio
Os sábios são coroados,
Venham!
Aos prazeres tranquilos
Esses lugares encantadores são destinados...[51]

---

51 No original: *Dans ce doux asile*
Les sages sont couronnés,
Venez !
Aux plaisirs tranquilles
Ces lieux charmants sont destinés... N. da T.

Que sorte! O velho normalista enrugado marca o ritmo da música de Rameau com a cabeça (descompassado, aliás) e parece encantado. Sempre a mesma história: um compositor pomposo acalma as feras.

– Foi bem executado. De quem é? De Gounod, eu acho? (Por que ele pronuncia *Gunode*?)

– Isso mesmo, senhor. (Não vamos contrariá-lo.)

– Foi o que me pareceu. Belo coro. (E você é um belo imbecil!)

Ao ouvir essa inesperada atribuição de uma peça de Rameau ao autor de *Fausto*, a senhorita Sergent aperta os lábios para não rir. Já Blanchot, agora mais tranquilo, solta algumas palavras amáveis e vai embora, depois de nos ditar – a flecha dos Partas! – esse esboço de tema de redação:

"Explicar e comentar este pensamento de Franklin: *A preguiça, assim como a ferrugem, desgasta mais do que o trabalho*".

Vamos lá! À chave brilhante e de contornos arredondados, que a mão lustra e gira na fechadura vinte vezes ao dia, comparemos a chave corroída pela ferrugem avermelhada. O bom operário que trabalha alegremente, levantando-se ao amanhecer, com músculos sólidos e blá-blá-blá...deixemos de lado o preguiçoso que, languidamente deitado em divãs orientais, observa desfilar em sua mesa suntuosa...e blá-blá-blá...refeições raras...blá-blá-blá. Oh! Embora malfeito, está quase pronto.

Como se não fosse bom ficar de preguiça em uma poltrona! Como se os operários que trabalham a vida toda não morressem jovens e exaustos! Mas isso não deve ser dito. No "programa dos exames" as coisas não são como na vida.

A pobre Luce está sem ideias e pede baixinho para que eu lhe dê algumas. Generosamente, permito-lhe que leia o que escrevi, sei que ela não vai entender muita coisa.

Enfim, quatro horas. Vamos embora. As internas sobem para tomar o lanche que a mãe da senhorita Sergent prepara. Eu saio com Anaïs e Marie Belhomme, depois de me olhar nas vidraças para ver se meu chapéu não está ao contrário.

No caminho, detonamos o senhor Blanchot. Aquele velho irrita-me, querendo que a gente esteja sempre vestida de chita e com os cabelos presos!

– Eu acho que ele não está nada contente com a segunda classe – comenta Marie Belhomme. – Ainda bem que você conseguiu embromar ele com aquela música!

– Nossa – fez Anaïs – a senhorita Lanthenay cuida dessa turma...pelas coxas.

– Você fala cada coisa! Ela não pode fazer tudo, coitadinha! A senhorita Sergent grudou nela, cuida até da higiene pessoal de manhã.

– Essa foi boa! – exclamam ao mesmo tempo Anaïs e Marie Belhomme.

– Não estou brincando! Se vocês forem ao dormitório ou aos quartos das professoras assistentes (é muito fácil, é só ajudar as pensionistas a subir com a água), podem passar a mão no fundo da bacia da senhorita Aimée sem medo de se molhar, lá só tem poeira.

– Não, isso não é possível! – declara Marie Belhomme.

A grande Anaïs não diz nada e vai embora pensativa. Sem dúvida, vai contar esses detalhes agradáveis ao grandalhão com quem ela está flertando esta semana. Sei muito pouco sobre suas façanhas. Ela mantém-se fechada e sarcástica quando eu tento meter o bedelho.

Estou ficando entediada na escola, um sintoma preocupante e completamente novo. No entanto, não estou apaixonada por ninguém. (Na verdade, talvez seja por isso.) Faço meus deveres com descaso, tamanho o meu desânimo, e observo pacificamente nossas professoras acariciando-se, beijando-se, brigando apenas pelo prazer de se amarem ainda mais depois. Elas são tão espontâneas uma com a outra nos gestos e nas palavras atualmente que Rabastens, apesar da discrição, fica desconcertado e gagueja exaltado. Nesses momentos, os olhos de Aimée ficam flamejantes de alegria, como os de uma gata travessa, e a senhorita Sergent ri ao vê-la rir. Elas são inacreditáveis, eu juro! Não dá para acreditar em como a mocinha virou uma "arrebitada"[52]! A outra muda de expressão com um simples gesto, com um franzir de suas sobrancelhas de veludo.

Atenta a essa intimidade terna, a pequena Luce observa, fareja, aprende. Aprende mesmo, pois aproveita qualquer oportunidade para ficar sozinha comigo, encosta-se, acaricia-me, deixa os olhos verdes entreabertos, assim como sua boquinha macia. Não, não me sinto tentada. Ela que vá atrás da grande Anaïs, que também se interessa pelo espetáculo das duas pombinhas que nos servem de professoras quando têm tempo, e que fica muito impressionada, pois tem uns traços de ingenuidade bastante inesperados!

Esta manhã, eu desci o cacete na pequena Luce, porque ela queria me beijar dentro do galpão onde guardamos os regadores. Ela não gritou e começou a chorar, até que eu a consolei acariciando seus cabelos. Eu disse a ela:

– Boba, você terá bastante tempo para extravasar seu excesso de ternura mais tarde, quando entrar na Escola Normal!

– Sim, mas você não vai entrar, né?

– Nem pensar! Mas não vai demorar dois dias para duas "terceiranistas" desentenderem-se por sua causa, animalzinho nojento!

---

52 Na nota de rodapé original: *Exigeante* (exigente).

Ela deixa-se xingar voluptuosamente e lança-me olhares de gratidão.

Será que é porque mudaram minha velha escola que me sinto entediada nesta aqui? Não tenho mais os "cantinhos" onde nos escondíamos em meio à poeira, nem os corredores daquele velho prédio complicado, onde nunca sabíamos se estávamos no andar dos aposentos dos professores ou no andar das nossas salas e acabávamos entrando no quarto de um professor assistente tão sem querer que mal precisávamos nos desculpar ao voltar para a sala de aula.

Talvez eu esteja envelhecendo. Será que estou sentindo o peso dos dezesseis anos que vou completar? Na verdade, tudo isso é bem idiota.

Será que é por causa da primavera? Os dias também estão muito bonitos, chega a ser inconveniente! Nas quintas e domingos, eu fujo sozinha para encontrar minha irmã de comunhão, minha querida Claire, que está metida em uma aventura idiota com o secretário da prefeitura, que não quer se casar com ela. Coitadinho, ele é mesmo impossibilitado. Parece que, ainda no colégio, passou por uma cirurgia para uma doença estranha, uma daquelas cujo "local" nunca é mencionado. Dizem que, embora ainda sinta desejo pelas garotas, ele não é mais capaz de "satisfazer seus desejos". Eu não entendo muito bem, na verdade não entendo nada, mas me esforço para repetir para a Claire o que entendi vagamente. Ela revira os olhos, sacode a cabeça e responde, com ar deslumbrado: "Ah, mas o que importa? O que importa? Ele é tão bonito, tem um bigode tão fino e as coisas que ele me diz me deixam tão feliz! Além disso, ele beija meu pescoço, recita poesias, fala sobre o pôr do sol... O que mais eu poderia querer?". Bem, se isso é suficiente para ela...

Quando já estou cansada de suas divagações, para que me deixe sozinha, digo a ela que já vou voltar para casa de papai, mas não volto. Fico no bosque, procuro o canto mais delicioso que os outros e deito-me lá. Exércitos de bichinhos correm pelo chão, debaixo do meu nariz (às vezes se comportam muito mal, mas são tão pequenos!) e há uma infinidade de cheiros bons, de plantas frescas esquentando-se...Ah, meus bosques queridos!

Na escola, onde chego atrasada (estou com dificuldade para dormir, minhas ideias dançam diante de mim assim que apago o lampião), encontro a senhorita Sergent em sua mesa, digna e carrancuda, e todas as meninas exibem semblantes adequados, tensos e cerimoniosos. O que será que está acontecendo? Eita! A grande Anaïs, abatida sobre a mesa, chora aos prantos, com uma intensidade que está deixando suas orelhas azuis. Isso vai ser divertido! Eu aproximo-me da pequena Luce, que sussurra em meu ouvido: "Minha cara, encontraram na mesa de um rapaz várias cartas da Anaïs. O professor acabou de trazê-las para a diretora ler".

Efetivamente, ela está lendo as cartas, mas em voz baixa. Que tristeza, meu Deus, que tristeza! Eu daria três anos da vida de Rabastens (Antonin) para poder dar uma olhada nessa correspondência. Ah, tomara que a ruiva se inspire a ler em voz alta dois ou três trechos bem escolhidos! Puxa! Que pena! A senhorita Sergent terminou...Sem dizer nada a Anaïs, que ainda estava largada sobre a mesa, ela levanta-se solenemente, caminha a passos lentos até o aquecedor ao meu lado, abre o compartimento, coloca lá dentro os papéis escandalosos dobrados em quatro, risca um fósforo, acende o fogo e depois fecha a portinha. Ao se levantar, ela diz à infratora:

– Meus parabéns, Anaïs, você sabe de mais coisas do que muitas pessoas adultas. Vou mantê-la aqui até o exame porque está inscrita, mas vou informar seus pais que não me responsabilizo mais por você. Copiem seus exercícios, senhoritas, e não se preocupem mais com essa pessoa que não merece.

Incapaz de suportar o tormento de ouvir queimarem os escritos de Anaïs, enquanto a diretora fala com imponência, pego a régua plana que uso para desenhar: passo a régua por baixo da minha mesa e, correndo o risco de ser pega, empurro a pequena alavanca que fecha a roseta de ventilação. Ninguém percebe. Se as chamas, abafadas dessa forma, não queimarem tudo, vou descobrir depois da aula. Presto atenção: o aquecedor interrompe seu ruído em poucos segundos. Ainda falta muito tempo para onze horas? Estou pouco interessada no que estou copiando, nas "duas peças de tecido que, depois de lavadas, encolhem 1/19 no comprimento e 1/22 na largura". Elas poderiam encolher muito mais do que isso, mesmo assim não estaria interessada.

A senhorita Sergent deixa-nos em nossa sala e vai até a sala de Aimée, provavelmente para contar essa história e rirem juntas. Assim que ela desaparece, Anaïs levanta a cabeça, ávidas, todas nós a observamos. As bochechas estão manchadas, os olhos inchados de tanto esfregar e ela olha fixamente para o caderno. Marie Belhomme inclina para ela e diz, com uma simpatia tumultuosa: "Eh, mulher, acho que vão te dar uma bronca em casa. Tinha muitas coisas nas cartas?". Ela não levanta os olhos e responde em voz alta para que todas ouçam: "Não me importa, as cartas não são minhas". As meninas trocam olhares indignados: "Você acredita nisso? Que mentirosa!".

Finalmente onze horas. O término da aula nunca demorou tanto! Eu faço hora para arrumar minha carteira para ser a última a sair. Lá fora, depois de caminhar uns cinquenta metros, finjo ter esquecido meu atlas e deixo Anaïs para voltar correndo à escola: "Espere por mim, tá?".

Lanço-me em silêncio dentro da sala vazia e abro o aquecedor: encontro um punhado de papéis semi-queimados, que retiro com cuidados maternais. Que sorte! A parte de cima e a parte de baixo estão destruídas, mas a parte do meio está quase intacta. Com certeza, é a letra de Anaïs. Coloco o pacote na minha bolsa para ler em casa com calma e vou serenamente me encontrar com Anaïs, perdida em pensamentos enquanto espera por mim. Vamos embora juntas. Ela olha com insistência para mim. De repente, para abruptamente e suspira de angústia...Vejo seus olhos aflitos fixos em minhas mãos, então percebo que estão pretas por causa dos papéis queimados que toquei. Claro que não vou mentir para ela. Tomo a ofensiva:
– O que foi?
– Você foi lá, não foi, procurar no aquecedor?
– Claro que fui! Nem pensar que eu ia deixar passar uma oportunidade dessas de ler suas cartas!
– Elas estão queimadas?
– Felizmente, não. Olha aqui dentro.
Mostro-lhe os papéis, segurando-os com força. Ela lança-me um olhar verdadeiramente assassino, mas não ousa pular na minha bolsa, muito certa de que eu daria uma surra nela! Decido consolá-la um pouco, ela quase me dá pena.
– Escuta, vou ler o que não está queimado porque estou muito curiosa. Depois te entrego tudo hoje à noite. Não sou tão má assim, não é?
Ela está muito desconfiada.
– Palavra de honra! Eu te devolvo na hora do recreio, antes de irmos embora.
Ela vai embora apreensiva, inquieta, mais amarela e mais comprida do que de costume.
Em casa, finalmente examino as cartas. Grande decepção! Não são o que eu esperava. Uma mistura de sentimentalismos

bobos e declarações práticas: "Eu penso em você sempre que a lua está clara...Não se esqueça, na quinta-feira, de levar ao campo de Vrimes o saco de trigo que você levou da última vez. Se mamãe vir meu vestido esverdeado, ela vai fazer um escândalo!". E depois algumas alusões pouco claras, que devem lembrar ao jovem Gangneau episódios travessos...Em suma, sim, uma decepção. Vou devolver as cartas, bem menos divertidas do que ela, que é astuta, impiedosa e engraçada.

Quando devolvi, ela não conseguia acreditar nos próprios olhos. Estava tão feliz de pegar as cartas de volta, que nem se importou que eu tivesse lido todas elas. Correu para jogá-las no banheiro e então retomou sua expressão fechada e impenetrável, sem nenhuma humilhação. Que temperamento afortunado!

Poxa, arrumei um resfriado! Fico na biblioteca de papai, lendo a louca *História da França*, de Michelet, escrita em alexandrinos. (Estou exagerando um pouco?) Não me sinto nem um pouco entediada, bem confortável nesta grande poltrona, cercada por livros, com minha bela Fanchette, essa gata inteligentíssima, que me ama tão desinteressadamente, apesar das maldades que faço com ela, das mordidas em suas orelhas rosadas e do adestramento complicado que lhe imponho.

Ela me ama a ponto de compreender o que digo e vir acariciar minha boca quando ouve o som da minha voz. Ela também gosta de livros como um velho sábio, essa Fanchette, e atormenta-me toda noite após o jantar para que eu retire da estante dois ou três grandes Larousse do papai, pois o espaço que eles deixam forma uma espécie de quartinho quadrado onde Fanchette instala-se e limpa-se. Eu fecho a porta de vidro com ela lá dentro e seu ronronar preso vibra como um tambor abafado, incessante. De vez em quando, observo-a, então ela me faz um sinal com as sobrancelhas, que levanta como se fosse uma pessoa. Bela Fanchette, como você é interessante e compreensiva! (Bem mais que Luce Lanthenay, essa gata desprezível.) Você diverte-me desde que veio ao mundo, quando ainda tinha apenas um olho aberto, mas já tentava dar passos revoltosos em sua cesta, ainda incapaz de manter-se de pé sobre suas quatro varetas. Desde então, você vive alegremente e me faz rir com suas danças do ventre em homenagem aos besouros e às borboletas, com seus chamados desajeitados aos pássaros que espia, com seu jeito de brigar comigo e dar-me tapas secos que ressoam forte em minhas mãos. Você leva a vida mais indigna de todas. Duas ou três vezes por ano, te encontro no jardim, em cima dos muros, com um ar louco, ridículo, cercada por um bando de bichanos vadios. Eu até sei qual é o seu favorito, perversa Fanchette, é um pilantra cinza-sujo, comprido, magrelo, despelado, com orelhas de coelho e ar de malandro. Como você pode se envolver com esse animal de tão baixa estirpe e com tanta frequência? Mas mesmo nesses momentos de demência, quando você me vê, recupera por um instante sua expressão natural, miando amigavelmente algo como: "Está vendo, estou aqui. Não me despreze demais, a natureza tem suas exigências. Logo volto para casa e vou me lamber bastante para me purificar dessa vida devassa". Ó bela e branca Fanchette, você faz bem de não se obrigar a uma boa conduta!

 Quando meu resfriado passa, percebo que a Escola começa a se agitar bastante por causa dos exames que se aproximam. Já estamos no fim de maio e "prestamos" no dia 5 de julho! Lamento não estar mais animada, mas as outras já estão o suficiente, em especial a pobre Luce Lanthenay, que tem crises de choro quando recebe uma nota ruim. Quanto à senhorita Sergent, ela ocupa-se de tudo, mas, particularmente, da pequena de belos olhos que a fez "perder a cabeça". Aimée amadureceu de uma maneira surpreendente! A tez maravilhosa, a pele de veludo e os olhos – "bonita como uma imagem!", como diz a Anaïs – fazem dela uma criaturinha maligna e triunfante. Ela está tão mais bonita do que no ano passado! Agora, ninguém mais prestaria atenção ao leve achatamento de seu rosto, ao pequeno entalhe em seu lábio esquerdo quando sorri, embora ela ainda tenha dentes muito brancos e pontudos! Sua amante ruiva quase desmaia só de olhar para ela e mal consegue resistir às violentas vontades que a invadem de beijar sua queridinha a cada três minutos...

Nesta tarde quente, a classe murmura um "trecho escolhido" que deve ser recitado às três horas. Eu quase adormeço, dominada por uma preguiça nervosa. Não aguento mais e, de repente, tenho vontade de arranhar, de esticar-me violentamente e de esmagar as mãos de alguém: esse alguém é Luce, que está ao meu lado. Agarro a nuca dela e afundo minhas unhas. Felizmente, ela não diz nada. Caio novamente em meu tédio impaciente...

A porta abre-se sem ninguém ter batido: é Dutertre, de gravata clara, cabelos ao vento, viçoso e aguerrido. A senhorita Sergent, de pé, mal o cumprimenta e admira-o apaixonadamente, a tapeçaria "jogada" no chão. (Ela o ama mais do que a Aimée? Ou Aimée mais do que ele? Mulher estranha!) A classe levanta-se. Por maldade, permaneço sentada, de modo que Dutertre, quando se vira para nós, nota-me imediatamente.

– Boa tarde, senhorita. Boa tarde, meninas. Como você está abatida, hein!

– Estou meio blé. Como se não tivesse mais ossos.

– Você está doente?

– Não, acho que não. É o tempo, o desânimo.

– Venha aqui, vamos ver.

Já vão começar esses pretextos médicos para exames prolongados? A diretora lança-me olhares inflamados de indignação, por causa da maneira como me comporto e como falo com seu querido secretário de educação. Como se eu fosse me importar! Além disso, ele adora esses modos inadequados. Vou arrastando-me preguiçosamente até a janela.

– Não dá para ver nada aqui, por causa da sombra verde das árvores. Venha para o corredor, lá tem sol. Você está com uma aparência péssima, minha pequena.

Quanta baboseira! Estou com uma cara ótima, eu me conheço. Se ele acha que estou doente por causa dos olhos fundos, está enganado, isso é um bom sinal, sinto-me bem quando está escuro em torno dos meus olhos. Felizmente são três horas da tarde, caso contrário, eu não estaria tão tranquila em acompanhar esse indivíduo, de quem desconfio como do fogo, mesmo em um corredor envidraçado.

Quando ele fecha a porta atrás de nós, viro para ele e digo:

– Veja só, não pareço estar doente. Por que o senhor está dizendo isso?

– Não? E essas olheiras que vão até os lábios?

– Bem, essa é a cor da minha pele. Só isso.

Ele senta-se no banco e segura-me na frente dele, encostada em seus joelhos.

– Fique quieta, você está falando bobagem. Por que você sempre parece brava comigo?

– ...?

– Sim, você entendeu muito bem. Sempre que te vejo, você está com uma cara amarrada!

Dou uma risada exagerada. Ó Pai Eterno, dê-me ânimo e respostas afiadas, pois sinto-me terrivelmente desprovida!

– É verdade que você sempre passeia sozinha no bosque?

– Sim, é verdade. Por quê?
– Danadinha! Será que vai se encontrar com algum pretendente? Você é tão criteriosa!

Eu dou de ombros:
– O senhor conhece tão bem quanto eu as pessoas daqui. Consegue pensar em alguém que poderia ser meu pretendente?
– É verdade. Mas você seria persuasiva o suficiente...

Ele aperta meus braços, seus olhos e seus dentes estão brilhando. Está muito quente aqui! Eu preferia que ele me deixasse voltar para a sala.
– Se você não está se sentindo bem, por que não vai se consultar comigo?

Respondo rapidamente: "Não! Eu não vou..." e tento soltar meus braços, mas ele segura-me firmemente e levanta em minha direção os olhos ardentes, maliciosos – e bonitos, é verdade.
– Ah pequena, pequena encantadora, por que você está com medo? Você não precisa ter medo de mim! Você acha que sou um cafajeste? Você não precisa ter medo de nada, nada. Ah, minha querida Claudine, você me encanta tanto, com esses olhos de um marrom quente e esses cachos revoltos! Eu te asseguro, você parece uma pequena estátua fascinante...

Ele levanta-se abruptamente, envolve-me em seus braços e beija-me. Não tenho tempo de escapar, ele é muito forte e enfático, e as ideias estão confusas em minha cabeça... Isso sim é uma aventura! Não sei mais o que dizer, minha cabeça está girando...Não posso voltar para a sala, vermelha e agitada como estou, mas sinto que ele está atrás de mim e que vai querer me beijar novamente, com certeza...Abro a porta da varanda que dá para o pátio e corro até a bomba d'água para me refrescar. Ufa!...Preciso voltar...Mas ele deve estar me esperando no corredor. Ah! Que se dane! Se ele tentar me pegar de novo, eu grito...Ele beijou-me no canto da boca, pois não conseguiu mais que isso, aquele animal!

Não, ele não está mais no corredor, que sorte! Quando entro na sala de aula, vejo-o de pé, perto da mesa da senhorita Sergent, conversando tranquilamente. Vou para o meu lugar, então ele me olha e pergunta:

– Você não bebeu muita água, não é? Essas crianças tomam água fria e isso é péssimo para a saúde.

Fico mais corajosa na frente de todos.

– Não, bebi só um gole. Foi o suficiente, não quero mais.

Ele ri com ar satisfeito:

– Você é engraçada, mas não é boba.

A senhorita Sergent não entende, mas a preocupação que franzia as sobrancelhas dela desaparece pouco a pouco. Ela sente apenas desprezo pela maneira deplorável como comporto-me com seu ídolo.

Estou com calor. Como ele é estúpido! A grande Anaïs pressente algo suspeito e não resiste em me perguntar: "Ele te examinou de tão perto assim para você ficar tão emocionada?". Não será ela que vai tirar alguma coisa de mim: "Não seja boba! Eu disse que fui beber água". A pequena Luce, por sua vez, esfrega-se em mim como uma gata nervosa e se arrisca a perguntar: "Diga, minha Claudine, o que te deixou assim?".

– Em primeiro lugar, eu não sou "sua" Claudine. Além do mais, isso não é da sua conta, pequeno *troço*. Ele precisava me consultar sobre a unificação das aposentadorias. Nada além disso.

– Você nunca me conta nada e eu conto tudo para você!

– Tudo o quê? Do que me adianta saber que sua irmã não paga a pensão dela, nem a sua, que a senhorita Olimpo cobre ela de presentes, que ela usa anáguas de seda, e que...

– Shii! Cala a boca! Por favor! Eu estou perdida se descobrem que te contei tudo isso!

– Então, não me pergunte nada. Se você for boazinha, vou te dar minha bela régua de ébano com filetes de cobre.

– Oh! Você é tão gentil. Eu te daria um beijo agora, mas sei que você não gosta...

– Já chega. Vou trazer a régua para você amanhã – se eu quiser!

Pois a paixão pelos "artigos de papelaria" está diminuindo em mim, o que também é um sintoma muito ruim. Todas as minhas colegas (e até pouco tempo atrás, eu era como elas) são loucas por "materiais escolares". Gastamos todo nosso dinheiro comprando cadernos de papel vergê, com capas em "moiré metálico", lápis de pau-rosa, estojos laqueados, tão brilhantes que era possível nos ver refletidas neles, canetas bico de pena feitas de madeira de oliveira, réguas de mogno e ébano como a minha, com as quatro bordas de cobre. Diante dela, as internas mais pobres ficam pálidas de inveja por não poderem comprar coisas semelhantes. Temos grandes pastas de advogado em couro marroquino, que vem lá dos lados do Levante, mais ou menos gastas. E se, como presente de Natal, as garotas não mandam encapar seus livros de classe com encadernações chamativas, e se eu também não faço isso, é unicamente porque eles não são nossa propriedade. Eles pertencem à prefeitura, que nos empresta generosamente, mas nos obriga a devolvê-los à escola quando saímos para não mais voltar. Por isso odiamos esses livros burocráticos, não sentimos que são nossos e fazemos coisas horríveis com eles. Acidentes imprevistos e bizarros acontecem às vezes. Já vimos livros pegarem fogo no aquecedor durante o inverno, os tinteiros tinham uma rara propensão a tombar sobre eles, eles até atraem raios! E todas as avarias que acontecem aos tristes "livros da prefeitura" são assunto de longas lamentações da senhorita Lanthenay e terríveis sermões da senhorita Sergent.

Deus, como as mulheres são tolas! (As menores, as maiores, todas elas). Quem diria que depois das "condenáveis investidas" do intenso Dutertre, fosse sentir um certo orgulho? Essa constatação é bem humilhante, mas, no fundo, eu sei o porquê e digo a mim mesma: "Como aquele cara, que conheceu muitas mulheres, em Paris e em vários lugares, julga-me atraente, realmente eu não sou muito feia!" É isso. O prazer da vaidade. Eu já suspeitava que não sou de se jogar fora, mas é bom ter certeza disso. Além do mais, fico feliz de ter um segredo que a grande Anaïs, a Marie Belhomme, a Luce Lanthenay e as outras nem suspeitam.

A classe está bem prevenida agora. Todas as meninas, inclusive as da terceira divisão, sabem que nunca devem entrar durante o recreio em uma sala de aula onde as professoras estejam juntas. Nossa, a educação não se faz em um dia! Foram mais de cinquenta vezes que alguém entrou na sala onde o casal apaixonado estava escondido e encontrou as duas abraçadas de forma tão envolvente, ou tão absortas em sussurros, ou ainda a senhorita Sergent segurando sua pequena Aimée no colo com tanto desejo, que até as mais ingênuas ficavam perplexas e fugiam rapidamente ao som de um "O que vocês querem agora?" da ruiva, assustadas com franzir feroz de suas sobrancelhas espessas. Eu, como as outras, fiz isso muitas vezes, até sem intenção: nas primeiras ocasiões, quando era eu e elas estavam muito próximas, levantavam-se rapidamente ou uma fingia arrumar o coque desfeito da outra – depois, elas acabaram por não se incomodar mais comigo. Então, isso deixou de me divertir.

Rabastens não vem mais aqui. Declarou várias vezes estar "demasiado intimidado por essa intimidade", e ele tinha a impressão de que essa forma de falar parecia uma espécie de jogo de palavras, do qual se sentia bastante orgulhoso. As senhoritas não pensam em mais nada além delas mesmas. Uma vive grudada na outra, caminha na sombra da outra, elas se amam tão intensamente que eu nem penso mais em atormentá-las, quase invejo o delicioso esquecimento de todo o resto que elas experimentam.

Bom! Finalmente. Mais cedo ou mais tarde, ia acontecer! Carta da pobre Luce que encontro ao chegar em casa, em um bolso da minha pasta.

Minha Claudine querida,
Eu te amo muito e você sempre finge que não sabe. Isso me faz definhar de tristeza. Você é boa e má comigo, não quer me levar a sério, trata-me como se eu fosse um cachorrinho. Sinto uma dor que você não pode imaginar. Mas saiba que poderíamos ser muito felizes juntas. Veja minha irmã Aimée e a senhorita, elas estão tão felizes que não pensam em mais nada. Eu te peço, se não estiver zangada por causa desta carta, para não dizer nada amanhã de manhã na escola, eu ficaria muito envergonhada na hora. Eu vou entender apenas pela forma como você falar comigo durante o dia se você quer ou não ser minha melhor amiga.
Um beijo de todo meu coração, minha querida Claudine. Conto com você para queimar esta carta, pois sei que você não iria querer mostrá-la para me causar problemas, isso não é do seu feitio. Mais um beijo, com muito carinho. Mal posso esperar por amanhã!
Sua pequena LUCE.

Eu te garanto que não, eu não quero! Se quisesse, seria com alguém melhor e mais inteligente que eu, que me contrariasse um pouco, a quem eu obedeceria, e não com uma pequena criatura medíocre, que talvez não seja totalmente desprovida de charme – arranhando e miando apenas por um carinho –, mas muito inferior. Eu não gosto de pessoas que eu domino. Rasguei imediatamente a carta, gentil e desinteressante, e coloquei os pedaços em um envelope para devolvê-los a ela.

Na manhã seguinte, vejo um rostinho preocupado esperando-me colado à janela. A pobre Luce tem os olhos verdes pálidos de ansiedade! Paciência, não posso fazer algo só para agradá-la...

Quando entro, por sorte, ela está sozinha.

– Aqui estão, Lucinha, os pedaços da sua carta. Não fiquei muito tempo com ela, está vendo?

Ela não responde nada e pega o envelope mecanicamente.

– Tonta! Como você foi se meter nessa enrascada – quero dizer, ir a essa parte do primeiro andar –, ficar olhando atrás das fechaduras do apartamento da senhorita Sergent? Olha aonde isso te levou! Só que eu não posso fazer nada por você.

– Oh! – ela diz, atônita.

– Mas sim, minha pobre pequena. Não é por virtude, você bem sabe. Minha virtude ainda é tão pequena, que não a exibo. Mas, veja bem, na minha tenra juventude, um grande amor incendiou-me. Eu fui apaixonada por um homem que faleceu e que me fez jurar em seu leito de morte que nunca...

Ela interrompe-me gemendo:

– Pronto, pronto, você já está zombando de mim de novo. Eu não deveria te escrever, você não tem coração. Oh! Como sou infeliz! Oh! Como você é má!

– E você ainda me atormenta, no fim das contas! Que baboseira! Duvida que eu te dou uns tapas para te trazer de volta à realidade?

– Ah! Eu nem ligo! Ah! Acho até engraçado...

– Então toma, projeto de mulher! Uma amostra.

Ela recebeu um tapa bem dado que fez com que se calasse imediatamente, então me dirigiu um olhar suave e começou a chorar, já conformada, esfregando a cabeça. Como ela gosta de apanhar, é incrível.

– Lá vem a Anaïs e um monte de outras garotas. Tente parecer mais ou menos decente. A aula já vai começar, daqui a pouco as duas pombinhas vão descer.

Faltam apenas quinze dias para o exame! Junho acaba com a gente. Ficamos com muito calor e sonolentas durante as aulas. Permanecemos em silêncio por preguiça e eu até largo meu jornal! E nesse calor de incêndio, ainda temos de analisar a conduta de Luís XV, falar sobre o papel do suco gástrico na digestão, fazer esboços de folhas de acanthus e dividir o aparelho auditivo em ouvido interno, ouvido médio e ouvido externo. Não há justiça na terra! Luís XV fez o que quis, isso não me diz respeito. Oh! Deus! Não diz respeito a mim nem a ninguém!

O calor é tanto que perdemos o senso de vaidade, ou melhor, a vaidade modifica-se sensivelmente, pois agora mostramos um pouco de pele. Eu inauguro os vestidos de decote quadrado, algo meio medieval, com mangas até os cotovelos. Meus braços ainda são um pouco finos, mas bonitos mesmo assim, e quanto ao pescoço, não temo comparação! As outras me imitam: Anaïs não usa mangas curtas, mas aproveita para levantá-las até o ombro. Marie Belhomme mostra os braços inesperadamente rechonchudos acima das mãos magras, um pescoço delicado e destinado a engordar. Ah! Senhor, como não se mostrar com uma temperatura dessas! Em absoluto segredo, troco minhas meias compridas por meias curtas. Após três dias, todas já sabem, comentam entre elas e pedem-me em voz baixa para levantar a saia.

– Mostre suas meias curtas, se for verdade?

– Aqui!
– Sortuda! Mas eu não teria coragem.
– Por quê? Por causa das convenções?
– Claro...
– Deixa para lá, eu sei por quê, você tem pelos nas pernas!
– Oh! Mentirosa! Pode olhar, não tenho mais que você. Mas me sentiria envergonhada em sentir minhas pernas todas nuas debaixo do vestido!

A pequena Luce mostra a pele timidamente, uma pele branca e boa de admirar. Já a grande Anaïs inveja tanto essa brancura que lhe dá agulhadas nos braços nos dias de costura.

Adeus descanso! A proximidade dos exames e a honra de possíveis sucessos que podem recair sobre esta bela escola nova finalmente tiram nossas professoras do doce isolamento em que se encontravam. Elas trancam nós seis, as candidatas, atormentam-nos repetindo a mesma coisa, forçam-nos a ouvir, decorar, compreender tudo. Obrigam-nos a chegar uma hora antes das outras e sair uma hora depois! – Quase todas nós estamos ficando pálidas, cansadas e burras. Algumas perdem o apetite e o sono de tanto trabalho e de tanta preocupação. Eu não fiquei tão pálida, pois não me preocupo muito e não tenho a pele tão clara. A pequena Luce Lanthenay também não, pois, assim como a irmã Aimée, foi agraciada com uma dessas peles brancas e rosadas inabaláveis...

Sabemos que a senhorita Sergent levará todas nós para a capital, ficaremos hospedadas com ela no hotel, que se encarregará de todas as despesas e os acertos serão feitos na volta. Se não fosse por esse maldito exame, essa pequena viagem seria muito agradável.

Esses últimos dias estão horríveis. As professoras e as alunas estão terrivelmente nervosas, explodindo o tempo todo. Aimée jogou o caderno no rosto de uma pensionista, que cometeu pela terceira vez a mesma estupidez em um problema de aritmética, depois fugiu para o quarto. A pobre Luce levou bofetadas da irmã e veio se jogar em meus braços para ser consolada. Eu bati em Anaïs que me provocou fora de hora. Uma Jaubert acabou de ter uma crise vertiginosa de choro, seguida de um ataque de nervos não menos desequilibrado, gritando que "nunca conseguiria ser aprovada..." (toalhas molhadas, flor de laranjeira, encorajamentos). A senhorita Sergent, também exasperada, torturou a pobre Marie Belhomme – que tem esquecido regularmente no dia seguinte o que aprendeu no dia anterior – em frente ao quadro negro.

À noite, só descanso bem no topo da grande nogueira, em um longo galho que o vento balança...o vento, a noite, as folhas...Fanchette vai me encontrar lá em cima. Todas as vezes, ouço suas garras firmes subindo com tanta segurança! Ela mia com espanto: "O que você está fazendo nesta árvore? Eu fui feita para isso, mas você aqui em cima sempre me surpreende um pouco!". Depois, ela perambula pelos galhos pequenos, toda branca no meio da noite, e conversa com os pássaros adormecidos, com simplicidade, na esperança de que eles venham ser comidos complacentemente. Não é possível!

No dia anterior à viagem, não temos aula. Levamos nossas malas para a escola (um vestido e algumas roupas íntimas, pois ficamos apenas dois dias). Amanhã de manhã, encontraremo-nos às nove e meia e partiremos no ônibus malcheiroso do mestre Racalin, que nos levará até a estação.

Pronto, voltamos da capital ontem, triunfantes, exceto (naturalmente) a pobre Marie Belhomme, que foi reprovada. A senhorita Sergent está inflada de tanto orgulho. Preciso contar tudo.

Na manhã da viagem, somos empilhadas dentro do ônibus do mestre Racalin que, bêbado como sempre, dirige como um louco, ziguezagueando de um buraco ao outro, perguntando se estamos todas indo nos casar e parabenizando-se pela destreza com que nos sacoleja: "Cês tão braba[53], não é?", pois Marie solta gritos agudos e está azul de medo. Na estação, somos levadas até a sala de espera, a senhorita Sergent compra nossos bilhetes e despede-se afetuosamente de sua querida que veio acompanhá-la até ali. A querida, com um vestido de linho bege, um lamentável chapéu enorme, com o qual está mais delicada que uma flor (a pequena rosa Aimée!), desperta o interesse de três caixeiros-viajantes que fumam charutos e que, admirados com a viagem de um internato, entram na sala de espera para nos impressionar com seus anéis e com suas piadas, pois acham encantadoras todas essas inconveniências. Bato com o cotovelo em Marie Belhomme para que preste atenção. Ela fica atenta, mas não entende e eu não posso desenhar para ela! A grande Anaïs entende bem e esforça-se para fazer poses graciosas, tentando inutilmente ficar corada.

O trem solta sua fumaça e assobia. Pegamos nossas malas e entramos em um vagão de segunda classe quente e abafado. Felizmente, a viagem dura apenas três horas! Acomodo-me em um canto para respirar um pouco e, ao longo de todo o caminho, mal conversamos, entretidas olhando a paisagem

---

53 Na nota de rodapé original: "*Bramant*": *confortablement, à l'aise. De "bravement*" ("braba": confortavelmente, à vontade. De "bravamente").

passar. A pequena Luce, aninhada ao meu lado, passa o braço pelo meu com carinho, mas eu me solto: "Sai! Está muito quente". Eu estou usando um vestido de seda pura, reto, franzido como de um bebê, ajustado à cintura por um cinto de couro mais largo que a mão e com decote quadrado. Anaïs, vistosa em um vestido de linho vermelho, destaca-se, assim como Marie Belhomme, meio de luto com seu vestido em linho roxo e flores pretas. Luce Lanthenay mantém o de sempre: roupa preta, chapéu preto com laço vermelho. As duas Jaubert continuam não existindo e tiram do bolso resumos que a senhorita Sergent, desdenhosa desse zelo excessivo, obriga-as a guardar. Elas são inacreditáveis!

Chaminés de fábricas, casas esparsas e brancas logo aglomeram-se e tornam-se numerosas – lá está a estação. Chegamos. A senhorita Sergent empurra-nos em direção a um ônibus e seguimos pelas dolorosas ruas de pedras redondas, rumo ao Hotel da Poste. Pelas ruas decoradas, perambulam alguns desocupados, pois amanhã é dia de São não-sei-o-quê – grande festa local – e a Filarmônica vai se apresentar à noite.

A gerente do hotel, madame Cherbay, conterrânea da senhorita Sergent, uma mulher corpulenta e muito amável, vem correndo nos receber. Subimos escadas intermináveis, percorremos um corredor e...três quartos para seis pessoas. Eu não tinha pensado nisso! Com quem vou dividir o quarto? Isso é desagradável. Eu odeio dormir com outras pessoas!

A gerente finalmente nos deixa. Começamos a conversar, fazer perguntas, abrir as malas. Marie perdeu a chave da mala dela e não para de se queixar. Eu sento-me, pois já me sinto aborrecida. A senhorita Sergent avalia: "Vamos ver, preciso dividir vocês...". Ela para e tenta nos agrupar da melhor maneira possível. A pequena Luce aproxima-se de mim em silêncio e aperta minha mão. Ela espera que sejamos colocadas no mesmo quarto. A diretora decide: "As duas Jaubert vão dormir juntas; a Claudine com...(ela me olha intensamente, mas eu não tremo nem pestanejo)...com a Marie Belhomme e a Anaïs com a Luce Lanthenay. Acho que vai ficar bom assim". A pequena Luce não concorda nem um pouco com essa decisão! Ela pega a bagagem com um ar desapontado e segue, triste, com a grande Anaïs para o quarto em frente ao meu. Marie e eu vamos nos acomodar. Eu tiro rapidamente a roupa para me livrar da poeira do trem e, por detrás das persianas fechadas por causa do sol, ficamos, preguiçosas, apenas de camisola. Esse é um traje coerente, o único possível!

No pátio, há alguém cantando, eu olho e vejo a robusta gerente sentada à sombra com os criados, rapazes e moças. Todos entoam canções sentimentais: "Manon, voici le soleil!" enquanto confeccionam rosas de papel e guirlandas de hera para decorar a fachada amanhã. Há ramos de pinheiro para todos os lados do pátio. A mesa de ferro pintado está cheia de garrafas de cerveja e copos. Isso é o paraíso na terra!

Batem à porta: é a senhorita Sergent. Ela pode entrar, não me incomodo. Eu recebo-a de camisola enquanto Marie Belhomme veste, apressada, uma saia, por respeito. Ela parece não notar e preocupa-se apenas em nos apressar: o almoço está servido. Todas nós descemos. Luce reclama do quarto delas. Como ele é iluminado pelo alto, nem é preciso abrir a janela!

O almoço, incluso na diária, não era muito bom.

Como o exame escrito será amanhã, a senhorita Sergent determina que devemos subir para nossos quartos e revisar uma última vez o que sabemos menos. Não é necessário estar aqui para isso! Eu preferiria visitar a família X, encantadores amigos do papai, excelentes músicos...Ela acrescenta: "Se vocês se comportarem, esta noite, após o jantar, desceremos juntas e faremos rosas com a madame Cherbay e as filhas dela". Murmúrios de alegria, minhas colegas ficam exultantes. Eu não! Não sinto nenhuma empolgação com a ideia de fazer rosas de papel no pátio do hotel com essa gerente obesa e cheia de banha branca. Provavelmente deixo isso transparecer, pois a ruiva logo se exalta:

– Ninguém será obrigada, é claro. Se a senhorita Claudine não quiser se juntar a nós...

– É verdade, senhorita, eu prefiro ficar no meu quarto, temo realmente ser inútil!

– Fique então, vamos nos virar sem você. Mas, nesse caso, serei forçada a levar comigo a chave do seu quarto. Eu sou responsável por vocês.

Eu não tinha pensado nesse detalhe e não sei o que responder. Subimos e passamos a tarde bocejando sobre nossos livros, ansiosas com a espera pelo dia seguinte. Seria melhor passear, pois não fazemos nada de útil, nada...

E pensar que esta noite estarei trancada, trancada! Qualquer coisa que se pareça com um confinamento deixa-me furiosa. Perco a cabeça assim que me trancam. (Nunca conseguiram me colocar em um internato quando eu era criança, pois desmaiava de raiva ao sentir que me impediam de sair. Tentaram duas vezes quando eu tinha nove anos. Nas duas vezes, desde a primeira noite, corri para as janelas como um pássaro estúpido, gritei, mordi, arranhei e desmaiei sufocada. Tiveram de me soltar e só consegui "durar" naquela inacreditável escola de Montigny, porque lá, pelo menos, não me sentia "presa" e dormia na minha própria cama, em casa.)

Com certeza, não vou deixar que as outras percebam, mas estou louca de raiva e humilhação. Não vou implorar por perdão, isso deixaria a ruiva malvada muito feliz! Se pelo menos ela deixasse a chave do lado de dentro! Mas também não vou pedir, não quero! Tomara que a noite seja curta...

Antes do jantar, a senhorita Sergent leva-nos para passear ao longo do rio. A pequena Luce, toda compadecida, quer me consolar por minha punição:

– Escuta, se você pedir a ela para descer, ela deixa. Peça com gentileza...

– Eu não! Prefiro ficar trancada a sete chaves por oito meses, oito dias, oito horas e oito minutos.

– Não entendo por quê você não quer descer! Vamos fazer rosas, cantar, vamos...

– Quanta diversão! Estou tão feliz por vocês.

– Ora, cala a boca! De verdade, você estragou o nosso dia. Não vou aproveitar a noite, porque você não vai estar lá!

– Não exagera. Eu vou dormir, guardar minhas forças para o "grande dia" de amanhã.

Também jantamos no hotel, com os caixeiros viajantes e os vendedores de cavalos. A grande Anaïs, possuída pelo desejo de ser percebida, exagera nos gestos e derruba o copo de suco vermelho na toalha branca. Às nove horas, subimos. Minhas colegas pegam seus xales, caso o tempo esfrie, e eu... entro para o quarto. Oh! Finjo não ligar, mas ouço inquieta a chave que a senhorita Sergent gira na fechadura e leva no bolso...Pronto, estou sozinha...Quase imediatamente as ouço no pátio e poderia muito bem vê-las da minha janela, mas por nada neste mundo vou admitir que estou arrependida demostrando curiosidade. E então? Só me resta ir para cama.

Já estou tirando meu cinto, quando paro diante de uma cômoda com espelho que fica em frente a uma porta. Essa porta dá para o quarto ao lado (a tranca está do meu lado) e o quarto ao lado dá para o corredor...Reconheço neste momento o dedo da Providência, não há como negar...Não estou nem aí, o que tiver de ser, será, mas não aceito que a ruiva vença e possa dizer: "Eu tranquei ela!". Ponho de volta meu cinto e meu chapéu. Não passo pelo pátio, não sou tão idiota. Vou à casa dos amigos do papai, os tais X, hospitaleiros e amáveis, que, por certo, vão me receber bem. Ufa! Como essa cômoda é pesada! Estou suando. A tranca está difícil de empurrar, falta de uso, e a porta range ao abrir, mas abre. O quarto em que entro, com uma vela acesa, está vazio, a cama sem lençóis. Corro para a porta, a porta abençoada que não está trancada e que se abre gentilmente para o delicioso corredor...Como é mais fácil respirar quando não estamos trancadas! Não posso deixar que me peguem no pulo. Ninguém na escada, ninguém na recepção do hotel, todo mundo fazendo rosas. Façam rosas, boas pessoas, façam rosas sem mim!

Lá fora, na noite morna, eu rio baixinho, mas preciso ir à casa dos X... O problema é que não conheço o caminho, em particular à noite. Bom! Vou perguntar. Primeiro, subo convicta o curso do rio, depois decido, debaixo de um poste de luz, perguntar a um senhor que está passando: "A praça do Teatro, por favor?". Ele para, inclina-se para me olhar: "Mas, minha linda criança, permita-me acompanhá-la, você não conseguiria encontrar sozinha...". Que asqueroso! Dou meia--volta e fujo rápido pela sombra. Em seguida, pergunto a um rapaz de uma mercearia que está abaixando ruidosamente a porta de ferro de sua loja e, por cada rua que passo, às vezes seguida por risadas ou provocações ostensivas, chego à praça do Teatro. Toco a campainha daquela casa conhecida.

Minha entrada interrompe o trio de violino, violoncelo e piano composto pelas duas irmãs loiras e pelo pai. Todos se levantam em alvoroço: "É você? Como? Por quê? Sozinha? – Esperem, deixem-me explicar e desculpem-me". Conto-lhes sobre meu encarceramento, minha fuga, o exame de amanhã. As loirinhas divertem-se como loucas. "Ah!

Que engraçado! Só você para inventar essas travessuras!". O pai também ri, indulgente: "Não se preocupe, vamos acompanhar você na volta e esclarecer tudo!". Pessoas incríveis! E todos nós tocamos, sem remorsos. Às dez horas, quero partir e consigo apenas uma velha empregada para me acompanhar... O trajeto passa por ruas bastante desertas, a lua já está alta no céu... Me pergunto o que a ruiva raivosa vai dizer?

A empregada entra comigo no hotel e percebo que todas as minhas colegas ainda estão no pátio, ocupadas fazendo rosas, bebendo cerveja e limonada. Poderia voltar para o meu quarto despercebida, mas prefiro fazer uma pequena cena. Então, apareço despretensiosamente diante da senhorita diretora, que se põe de pé em um salto ao me ver: "De onde você está vindo?". Com o queixo, indico a empregada que me trouxe de volta e que repete a instrução recebida, com obediência: "A senhorita passou a noite na casa do meu patrão com as senhoritas". Depois murmura um vago boa noite e vai embora. Fico sozinha (um, dois, três) com...aquela fúria! Os olhos dela estão cheios de raiva, as sobrancelhas tocam-se e misturam-se, minhas colegas, incrédulas, permanecem de pé, com rosas inacabadas nas mãos. Suponho, ao ver o olhar inflamado de Luce, as bochechas vermelhas de Marie, o ar febril da grande Anaïs, que elas estão um pouco embriagadas. Não há nada de mal nisso, realmente, mas a senhorita Sergent não diz uma palavra. Ela busca algo, sem dúvidas. Ou então está se esforçando para não explodir. Por fim, ela fala, mas não comigo: "Vamos subir, está tarde". Será que ela vai explodir no meu quarto? Que seja...Na escada, todas as meninas olham-me como se eu fosse uma pestilenta. A pequena Luce indaga-me com seus olhos suplicantes.

No quarto, primeiro há um silêncio solene, depois a ruiva interroga-me com uma solenidade profunda:

– Onde você estava?
– Você sabe bem, na casa dos X..., amigos do meu pai.
– Como você se atreveu a sair?
– Ora, como você pode ver, empurrei a cômoda que bloqueava a porta.
– Isso é de uma insolência odiosa! Vou relatar essa conduta extravagante ao senhor seu pai. Ele vai gostar bastante de saber disso!
– Papai? Ele dirá: "Meu Deus, sim, essa menina tem um grande amor pela liberdade" e, ansioso, vai esperar pelo fim da história para voltar a mergulhar avidamente na *Malacologia de Fresnois*.
Ela percebe que as outras estão ouvindo e decide ir embora. "Vão todas dormir! Se em um quarto de hora suas velas não estiverem apagadas, vocês terão de se entender comigo! Quanto à senhorita Claudine, ela não está mais sob minha responsabilidade e pode ser raptada esta noite, se quiser!".
Oh! *Shocking*! Senhorita! As meninas fogem como ratinhos medrosos e eu fico sozinha com a Marie Belhomme, que declara:
– Então é verdade que não é possível te prender! Eu não teria pensado em mover a cômoda!
– Eu não fiquei entediada. Mas "açoda"[54] um pouco, para que ela não volte para apagar a vela.

Dormi mal naquela cama estranha. Além disso, passei a noite toda colada na parede para não encostar nas pernas da Marie.

---

54 *Applette*. Na nota de rodapé original: *Appléter, faire vite* (açodar, apressar-se).

De manhã, somos acordadas às cinco e meia, saímos da cama ainda sonolentas. Enfio-me na água fria para despertar um pouco. Enquanto me limpo, Luce e a grande Anaïs vêm pedir meu sabonete perfumado emprestado, procurar meu gancho de botões, etc., Marie implora-me para ajudar com o coque dela. Todas essas garotas, com roupas de baixo e sonolentas, é engraçado de se ver.

Troca de opiniões sobre as precauções engenhosas a serem tomadas contra os examinadores: Anaïs copiou todas as datas de história das quais ela não tem certeza no canto do seu lenço (eu precisaria de uma toalha de mesa!). Marie Belhomme confeccionou um minúsculo atlas que cabe na palma da mão. Luce escreveu em seus punhos brancos algumas datas, períodos de reinados, teoremas de aritmética, todo um manual. As irmãs Jaubert também registraram uma quantidade de informações em tiras finas de papel que enrolam dentro de suas canetas bico de pena. Todas têm muito medo dos próprios examinadores. Ouço Luce dizer: "Em aritmética, é o Lerouge quem faz as perguntas, em ciências físicas e em química, é o Roubaud, uma fera, ao que parece, em literatura, é o mestre Sallé...". Eu interrompo:

– Que Sallé? O antigo diretor do colégio?

– Sim, ele mesmo.

– Que sorte!

Fico feliz por ser avaliada por aquele velho senhor bastante atencioso, que papai e eu conhecemos bem. Ele será gentil comigo.

A senhorita Sergent parece concentrada e silenciosa neste momento de batalha. "Vocês não estão esquecendo nada? Então, vamos".

Nosso pequeno pelotão atravessa a ponte, sobe por ruas, ruelas e, finalmente, chega diante de um velho portão enferrujado. Há na porta uma inscrição quase apagada que anuncia *Instituição Rivoire*. Trata-se do antigo internato de meninas, abandonado há dois ou três anos por causa de sua vetustez. (Por que nos colocam lá dentro?) No pátio quase sem pavimento, cerca de sessenta garotas conversam animadamente, em grupos bem divididos, pois as escolas não se misturam. Há meninas de Villeneuve, de Beaulieu e de uma dezena de sedes de cantões, todas aglomeradas em pequenos grupos ao redor de suas respectivas professoras, fazendo comentários desprovidos de benevolência sobre as escolas de outros lugares.

Assim que chegamos, somos encaradas, despidas com os olhos. Eu, especialmente, sou olhada de cima a baixo por causa do meu vestido branco listrado de azul e do meu grande chapéu de renda, que destoam do preto dos uniformes. Como sorrio com ousadia para as concorrentes que me observam, elas viram-se da forma mais desprezível possível. Luce e Marie coram com tantos olhares e retraem-se. A grande Anaïs fica exaltada por se sentir tão julgada. Os examinadores ainda não chegaram, então não temos nada o que fazer, o que me deixa entediada.

Uma portinha sem trinco dá em um corredor escuro, com uma abertura luminosa na extremidade. Enquanto a senhorita Sergent troca educadas palavras inexpressivas com suas colegas, entro furtivamente pelo corredor: no fim, há uma porta de vidro – ou que foi de vidro um dia –, abro o trinco enferrujado e encontro-me em um pequeno pátio quadrado, perto de um galpão. Lá, jasmins cresceram abandonados, assim como clematis, uma pequena ameixeira selvagem e ervas livres e encantadoras. Tudo é verde e silencioso, um cantinho do mundo. No chão, uma descoberta maravilhosa: morangos amadureceram e perfumam o ar.

Vou chamar as outras para mostrar essas maravilhas! Volto ao pátio sem chamar a atenção e conto a minhas colegas sobre a existência do pomar secreto. Após olhares cautelosos para a senhorita Sergent, que conversa com uma professora mais velha, e para a porta que ainda não se abriu para irmos até os examinadores (esses senhores estão é dormindo até tarde), Marie Belhomme, Luce Lanthenay e a grande Anaïs decidem me acompanhar, enquanto as irmãs Jaubert se recusam. Comemos os morangos, colhemos as clematis, sacudimos a ameixeira, até ouvirmos um barulho no pátio de entrada e percebermos a chegada dos nossos torturadores.

Corremos de volta pelo corredor. Chegamos a tempo de ver uma fila de homens de ternos pretos, bem feios, entrar na velha casa, solenes e silenciosos. Atrás deles, subimos a escada fazendo um barulho de tropa, somos mais de sessenta. Já no primeiro andar, somos paradas na entrada de uma sala de estudos abandonada: precisamos esperar que aqueles senhores se instalem. Eles se sentam a uma grande mesa, ponderam e deliberam. Sobre o quê? A utilidade de nos deixarem entrar? Não, tenho certeza de que trocam considerações sobre o clima e conversam sobre coisas sem importância, enquanto tentamos nos conter com dificuldade no corredor e na escada, onde mal cabem todas nós.

À frente das demais garotas, posso observar essas sumidades: um homem alto e grisalho, com um ar gentil de vovô – o amável mestre Sallé, encurvado e enfermiço, com as mãos retorcidas. O homem baixo e gordo, com o pescoço apertado por uma gravata de cores brilhantes, semelhante às do Rabastens, é Roubaud, o terrível, que vai nos avaliar amanhã em "ciências".

Por fim, eles decidem e dizem-nos para entrar. Enchemos aquela velha sala feia, com paredes de gesso indescritivelmente sujas, cheias de coisas escritas e nomes de alunos. As mesas também são horríveis, cheias de cortes, pretas e violetas de tinteiros derramados há muito tempo. É vergonhoso colocar-nos em um pardieiro como esse.

Um dos senhores organiza nossos lugares: ele segura uma grande lista e mistura cuidadosamente todas as escolas, separando o máximo possível as alunas de um mesmo cantão para evitar comunicações. (Será que ele não sabe que sempre dá para se comunicar?) Eu encontro-me na extremidade de uma mesa, perto de uma menina toda de preto, com grandes olhos sérios. Onde estão minhas colegas? Lá longe vejo Luce, que me lança sinais e olhares desesperados. Marie Belhomme está agitada em uma mesa à frente de Luce. Elas vão conseguir passar mensagens uma para a outra, essas duas incompetentes...Roubaud passa distribuindo grandes folhas timbradas de azul no canto esquerdo e sinetes. Todas nós conhecemos o procedimento: é preciso escrever no canto o nome, junto com o da escola onde estudamos, depois dobrar e lacrar esse canto com cera. (Dizem que é para garantir a imparcialidade das avaliações.)

Após essa pequena formalidade, esperamos que nos ditem algo. Olho ao redor para os rostos desconhecidos, muitos dos quais me causam pena, pois já estão tensos e ansiosos.

Temos um sobressalto quando Roubaud fala em meio ao silêncio: "Prova de ortografia, senhoritas. Escrevam, por favor: só repetirei a frase uma vez". Ele começa a ditar enquanto anda pela sala.

Silêncio absoluto. Nossa! Cinco sextos dessas meninas vão definir o próprio futuro. E pensar que todas vão se tornar professoras, trabalhar das sete da manhã às cinco da tarde, afligir-se diante de uma diretora, na maioria das vezes maliciosa, para ganhar 75 francos por mês! Dessas sessenta meninas, quarenta e cinco são filhas de camponeses ou operários. Para não trabalharem na terra ou no tear, preferem amarelar a pele, encurvar as costas e deformar o ombro direito. Elas estão dispostas a passar bravamente três anos em uma Escola Normal (acordar às cinco horas, dormir às oito e meia, duas horas de descanso em vinte e quatro) e arruinar o estômago, que raramente resiste a três anos de refeitório. Mas, pelo menos, vão usar um chapéu, não vão costurar as roupas dos outros, não vão cuidar de animais, não vão puxar baldes do poço e vão rejeitar os pais. Elas não pedem mais do que isso. E eu, Claudine? O que estou fazendo aqui? Estou aqui porque não tenho outra coisa para fazer, porque papai, enquanto passo pelas avaliações desses professores, pode mexer em paz com suas lesmas. Estou aqui também "pela honra da Escola", para que consiga um diploma a mais, uma glória a mais, essa escola única, inverossímil e deliciosa...

Eles enfiaram tantos particípios, tantas armadilhas com plurais ambíguos nesse ditado, que ele acabou ficando totalmente sem sentido, tortuoso e cheio de espinhos em todas as frases. Como isso é infantil!

– Ponto final. Vou reler.

Acho que não cometi erros, só preciso cuidar dos acentos, porque eles contam meio ponto, um quarto de ponto por pequenos deslizes de acentos mal colocados sobre palavras. Enquanto releio, uma pequena bola de papel, lançada com extrema precisão, cai sobre a minha folha. Eu desenrolo-a na palma da mão e é da grande Anaïs, que me escreve: "É com um S que se escreve *conseguir*, na segunda frase?". Essa Anaïs não vale nada! Devo mentir para ela? Não, desconsidero os meios que ela usa com tanta familiaridade. Levanto a cabeça, faço um "sim" imperceptível e ela corrige, tranquilamente.

– Vocês têm cinco minutos para reler – anuncia a voz de Roubaud. – A prova de escrita virá a seguir.

Segunda bola de papel, agora maior. Olho ao meu redor: vem de Luce, cujos olhos ansiosos espreitam os meus. Mas...

mas ela pergunta sobre quatro palavras! Se eu mandar a bolinha de volta, acho que vão perceber. Tenho uma inspiração simplesmente genial: na pasta de couro preto que contém os lápis e os carvões para desenho (as candidatas devem trazer tudo o que for necessário), escrevo, com um pequeno pedaço de gesso que se soltou da parede, as quatro palavras que preocupam Luce, depois levanto de modo abrupto a pasta acima da cabeça, com o lado virgem voltado para os examinadores que, aliás, pouco se importam conosco. O rosto de Luce ilumina-se, ela corrige rapidamente. Minha vizinha de luto, que acompanhou a cena, dirige-me a palavra:

– Você realmente não tem medo.

– Como você pode ver, não muito. Devemos nos ajudar um pouco.

– Ah, sim! Mas eu não teria coragem. Você chama-se Claudine, não é?

– Sim. Como você sabe?

– Ah! Faz muito tempo que "falam" sobre você. Sou da escola de Villeneuve. Nossas professoras diziam: "É uma moça inteligente, mas astuta como uma raposa e cujos modos de menino não devem ser imitados, nem os cabelos. Porém, se ela quiser, será uma concorrente perigosa no exame". Em Bellevue também todos conhecem você, dizem que você é meio doida e excêntrica em demasia.

– Suas professoras são muito gentis! Mas se preocupam comigo muito mais que eu com elas. Diga-lhes que não passam de velhotas mal resolvidas, não é mesmo? Diga a elas por mim!

Escandalizada, ela se cala. Então, Roubaud passeia entre as mesas com sua barriguinha redonda e recolhe nossos ditados, que entrega aos colegas dele. Em seguida, distribui outras folhas para a prova de caligrafia e vai escrever no quadro-negro, com uma "bela letra", quatro versos:

Você se lembra, Cinna, de tantas horas e tanta glória, etc., etc.[55]

– Por favor, senhoritas, executem uma linha de cursiva grossa, uma de cursiva média, uma de cursiva fina, uma de redonda grossa, uma de redonda média, uma de redonda fina, uma de bastarda grossa, uma de média e uma de fina. Vocês têm uma hora.

Essa hora é um alívio. Um exercício que não é cansativo e eles nem são muito exigentes com a caligrafia. Eu gosto da redonda e da bastarda, pois é quase como desenhar, mas minha cursiva é detestável. Minhas letras curvas e minhas maiúsculas dificilmente conseguem manter o número exigido de "corpos" e "meios-corpos". Paciência! No fim, começa a bater uma fome!

Voamos para fora daquela sala triste e mofada para encontrar, no pátio, nossas professoras, preocupadas, agrupadas em uma sombra que sequer é fresca. Imediatamente, uma enxurrada de palavras, perguntas e reclamações: "Correu tudo bem? Qual foi o tema do ditado? Você lembra-se das frases difíceis?".

"– Foi isto – aquilo – eu coloquei 'indicação', no singular – eu, no plural – o particípio era invariável, não era, senhorita? – Eu pensei em corrigir, mas acabei deixando – um ditado tão difícil!".

Já passa do meio-dia e o hotel é longe...

Estou morrendo de fome. A senhorita Sergent leva-nos a um restaurante próximo, já que nosso hotel é longe demais

---

55 *Cinna* (ou *A Clemência de Augusto*) é uma tragédia de Pierre Corneille estrelada no Théâtre du Marais em 1641 e publicada em 1643 pela editora Toussaint Quinet. N. da E.

para ir até lá nesse calor sufocante. Marie Belhomme chora e não consegue comer, desolada por causa de três erros que cometeu (e cada erro retira dois pontos!). Conto à Diretora – que parece não pensar mais na minha fuga de ontem – sobre nossos métodos de comunicação. Ela ri contente e recomenda apenas que não sejamos muito imprudentes. Em tempos de exame, ela incentiva as piores trapaças: tudo em nome do prestígio da escola.

Enquanto aguardamos a hora da redação, quase todas dormem em suas cadeiras, abatidas pelo calor. A senhorita lê jornais ilustrados e levanta-se após dar uma olhada no relógio: "Vamos, meninas, está na hora...Tentem não parecer muito estúpidas daqui a pouco. E você, Claudine, se não tirar 18 em 20 na redação, eu te jogo no rio".

– Pelo menos não sentiria tanto calor lá dentro!

Como esses examinadores são estúpidos! Até o mais obtuso dos espíritos entenderia que, com esse calor esmagador, escreveríamos com mais lucidez pela manhã. Eles, não. Do que seremos capazes a uma hora dessas?

Embora cheio, o pátio está mais silencioso do que pela manhã. Mais uma vez, aqueles senhores nos fazem esperar! Vou sozinha ao pequeno jardim escondido, sento-me debaixo das clematis, à sombra, e fecho os olhos, tomada pela preguiça...

Gritos, chamados: "Claudine! Claudine!". Dou um salto, embriagada de sono, pois estava dormindo profundamente, e encontro diante de mim uma Luce aflita, que me sacode e me arrasta: "Mas você é louca! Você não sabe o que está acontecendo? Já recomeçamos, minha querida, há um quarto de hora! Já ditaram o tema da redação e então, finalmente, eu e a Marie Belhomme dissemos que você não estava lá... Procuraram você por todo lado, a senhorita Sergent está imaginando todo tipo de história – então pensei que talvez estivesse perambulando por aqui...Minha querida, vão te dar uma bronca lá em cima!"

Eu lanço-me escada acima, Luce vem atrás de mim. Um leve burburinho surge à minha entrada e aqueles senhores, vermelhos em razão do almoço que durou bastante, viram-se em minha direção: "O que você tem na cabeça, senhorita? Onde você estava?". É Roubaud quem se dirige a mim, meio amável, meio ríspido. "Eu estava lá no jardim, fazendo a sesta". O vidro da janela reflete minha imagem sombreada, tenho pétalas de clematis malva nos cabelos, folhas no meu vestido, um pequeno inseto verde e uma joaninha no ombro e meus cabelos estão completamente desarrumados...Um conjunto nada mal...Pelo menos, é o que parece, pois esses senhores ficam parados olhando para mim e Roubaud pergunta-me de repente:

– Você conhece um quadro chamado *A primavera*, de Botticelli?

Pum! Eu estava esperando por isso:

– Sim, senhor. Já me disseram isso.

Interrompi depressa o elogio e ele franziu os lábios, envergonhado. Ele vai me fazer pagar por isso. Os homens de terno preto riem entre si. Vou para o meu lugar acompanhada por uma frase reconfortante, murmurada por Sallé, o bom homem que, entretanto, tem uma ideia bem distorcida de mim, o pobre míope: "Você nem está atrasada, de qualquer forma. Copie o tema do quadro, suas colegas ainda não começaram". Ah, ele não precisa ficar com medo, eu não estou brava!

Vamos à redação! Essa pequena confusão deixou-me animada.

"*Resumo*. – Exponha as reflexões e comentários que lhe inspiram estas palavras de Chrysale: 'Que importa que ela desrespeite as leis de Vaugelas'", etc.

Não é um tema muito idiota nem muito penoso, por uma sorte inesperada. Ouço ao meu redor perguntas ansiosas e desoladas, pois a maioria dessas meninas não sabe quem é Chrysale, nem conhecem *As mulheres sábias*. Vai ser uma bela confusão! Já me divirto com o que está por vir. Preparo uma pequena análise, não muito tola, salpicada de citações variadas, para mostrar que conheço um pouco de Molière. Como as coisas caminham bem, acabo me esquecendo do que se passa ao meu redor.

Ao levantar a cabeça para buscar uma palavra hermética, percebo Roubaud muito ocupado desenhando meu retrato em um caderninho. Por mim, tudo bem. Volto à pose fingindo que nem sei.

Pof! Mais uma bolinha de papel cai em mim. É de Luce: "Você pode me escrever duas ou três ideias gerais, não consigo pensar em nada, estou arrasada. Um beijo de longe". Olho para ela, vejo seu rostinho abatido, os olhos vermelhos e ela responde ao meu olhar com um aceno de cabeça desesperado. Rabisco em papel vegetal tudo o que posso e lanço a bolinha, não pelo alto – muito perigoso – mas pelo chão, no corredor que separa as duas fileiras de mesas. Luce coloca o pé em cima, rapidamente.

Capricho em minha conclusão, desenvolvendo ideias que vão agradar, embora me aborreçam. Ufa! Terminei! Vamos ver o que as outras estão fazendo...

Anaïs está empenhada e nem levanta a cabeça. Esperta, deixa o braço esquerdo arqueado sobre a folha para impedir sua vizinha de copiar. Roubaud terminou seu esboço e o tempo avança enquanto o sol se põe devagar. Estou exausta. Esta noite, vou me deitar direitinho com as outras, nada de música. Continuo observando a sala: várias mesas organizadas em quatro fileiras que vão até o fundo. Meninas de preto inclinadas, das quais só se vê os coques lisos ou a trança pendente, apertada como uma corda, poucos vestidos claros, apenas daquelas alunas de escolas primárias, como a nossa e os laços verdes nos pescoços das internas de Villeneuve, que chamam a atenção. Silêncio absoluto, perturbado apenas pelo som suave das folhas de papel sendo viradas ou por um suspiro de cansaço...Por fim, Roubaud dobra o *Moniteur du Fresnois*, sobre o qual cochilou um pouco, e olha seu relógio: "Está na hora, senhoritas, vou recolher as folhas!". Alguns gemidos tímidos elevam-se, aquelas que não terminaram desesperam-se, pedem cinco minutos de tolerância, que lhes são concedidos. Então, os senhores recolhem os exercícios e liberam-nos. Todas se levantam, se espreguiçam, bocejam e imediatamente voltam a formar os grupos antes de descer as escadas. Anaïs corre até mim:

– O que você colocou? Como você começou?

– Não me amole achando que eu sei essas coisas de cor!

– Mas e o seu rascunho?

– Eu não fiz. Só algumas frases que coloquei em ordem antes de começar a escrever.

– Minha cara, você vai se arrepender! Eu trouxe meu rascunho para mostrar à diretora.

Marie Belhomme também trouxe o rascunho, assim como Luce e as outras. Na verdade, todas elas. Sempre se faz dessa forma.

No pátio ainda quente pelo sol que acabou de se pôr, a senhorita Sergent lê um romance, sentada em um murinho baixo: "Ah! Até que enfim vocês chegaram! Deem-me seus rascunhos, imediatamente, para eu ver se vocês não escreveram muitas besteiras".

Ela os lê e decreta: o da Anaïs parece que "não está ruim". Luce "tem boas ideias" (claro, são minhas), mas "não suficientemente desenvolvidas". Marie "enrolou demais, como sempre". As Jaubert fizeram redações "bem apresentáveis".
– Seu rascunho, Claudine?
– Eu não fiz.
– Minha pequena, você deve estar louca! Sem rascunho no dia do exame! Eu desisto de esperar qualquer coisa razoável de você...Enfim, sua redação ficou ruim?
– Não, senhorita, não acho que esteja ruim.
– Vale quanto? 17?
– 17? Oh! Senhorita, a modéstia impede-me...17 é muito... Mas eles vão me dar 18!

Minhas colegas olham-me com uma malícia invejosa: "Essa Claudine, que sorte conseguir prever a própria nota! É preciso dizer que não é mérito dela, apenas uma predisposição natural, só isso. Ela escreve como quem frita um ovo...e blá-blá-blá!"

Ao nosso redor, as candidatas tagarelam em tom agudo, exibem seus rascunhos para as professoras, exclamam e soltam *Ah!*'s de arrependimento por terem esquecido uma ideia...parece um piar de passarinhos na gaiola.

Naquela noite, em vez de fugir para a cidade, deitada na cama ao lado de Marie Belhomme, converso sobre aquele grande dia.

– Minha vizinha da direita – conta-me Marie – vem de um internato religioso. Imagine, Claudine, que esta manhã, enquanto distribuíam as folhas para o ditado, ela tirou do bolso um rosário e começou a passar entre os dedos, debaixo da mesa. Sim, minha cara, um rosário com contas grandes e redondas, parecia um ábaco de bolso. Era para dar sorte.

– Bom! Se não ajuda, também não atrapalha...Que barulho é esse?

Ouvimos algo que parece ser uma enorme *baderna* no quarto em frente ao nosso, onde dormem Luce e Anaïs. A porta abre-se violentamente e Luce, vestida com uma combinação, invade o quarto, desesperada:

– Por favor, ajude-me. A Anaïs é tão má!

– O que ela fez?

– Primeiro, ela jogou água nas minhas botinas e depois, na cama, ela deu-me chutes e beliscou minhas coxas. Quando reclamei, ela disse que eu poderia dormir no tapete, se estivesse incomodada!

– Por que não chamou a diretora?

– Sim, eu fui chamar a diretora. Eu fui até a porta do quarto dela, mas ela não está lá. A menina que estava passando pelo corredor disse que ela saiu com a gerente... E agora, o que eu vou fazer?

Ela chora, a pobrezinha! Tão minguada nessa combinação que deixa ver os braços finos e as belas pernas. Com certeza, completamente nua e com o rosto coberto ficaria muito mais atraente. (Com dois buracos para os olhos, talvez?) Mas não é hora de pensar nisso: pulo da cama e corro para o quarto da frente. Anaïs está no meio da cama, coberta até o queixo. Ela está com uma cara horrível.

– Então, o que foi que te deu? Você não quer deixar a Luce dormir com você?

– Não é isso. Só que ela quer ocupar o espaço todo, então eu a empurrei.

– Que mentira! Você beliscou-a e ainda jogou água nas botas dela.

– Leve-a para dormir com você, se quiser. Eu não faço questão.

– É verdade que ela tem a pele mais macia que a sua! Mas isso nem é difícil.
– Então vá, pode levar! Todo mundo sabe que você gosta da irmã menor tanto quanto da maior!
– Espera aí, minha filha, eu vou te mostrar uma coisa.

De camisola, pulo na cama, arranco os lençóis, pego a grande Anaïs pelos dois pés e, apesar das unhas indolentes com que ela se agarra aos meus ombros, puxo-a para fora da cama, de costas, e continuo segurando as patas dela em minhas mãos. Então, convoco as outras: "Marie, Luce, venham ver!".

Uma pequena procissão de camisolas brancas corre descalça. Ao entrar, ficam estarrecidas: "Ei! Parem com isso! Chamem a professora!". Anaïs não grita, agita as pernas e lança-me olhares furiosos, desesperada para esconder o que eu exibia ao arrastá-la pelo chão: coxas amarelas e um traseiro em forma de pêra. Estou com tanta vontade de rir que tenho medo de soltá-la. Então, explico:

– Acontece que a grande Anaïs que estou segurando não quer deixar a pobre Luce dormir aqui. Já beliscou e colocou água nos sapatos dela. E eu quero que ela a deixe em paz

Silêncio e torpor. As Jaubert são muito cautelosas para dar razão a uma de nós duas. Então, solto os tornozelos de Anaïs, que se levanta e abaixa a camisola depressa.

– Vá dormir agora e tente deixar essa menina em paz, ou você vai levar uma surra...que vai te deixar roxa.

Ainda muda e furiosa, ela corre para a cama e enterra o nariz na parede. Ela é incrivelmente covarde e só está com medo de apanhar. Enquanto os pequenos fantasmas brancos voltam para seus quartos, Luce deita-se timidamente ao lado de sua perseguidora, que agora se mexe apenas para respirar. (Minha protegida disse-me no dia seguinte que Anaïs não se mexeu a noite toda, exceto para jogar o travesseiro no chão, de raiva.)

Ninguém falou sobre o acontecido para a senhorita Sergent. Estávamos bastante ocupadas com o dia que estava por vir! Provas de aritmética e desenho, e, à noite, a lista das candidatas aprovadas para o exame oral.

Tomamos apenas um chocolate rápido e saímos apressadas. Já está quente às sete da manhã. Mais familiarizadas, vamos para nossos lugares sozinhas e conversamos enquanto esperamos os senhores, com decência e moderação. Já estamos mais à vontade, deslizamos sem nos esbarrar entre o banco e a mesa, organizamos à nossa frente os lápis, canetas, borrachas e raspadores com um ar de costume. Aliás, com muita naturalidade. Um pouco mais e passaríamos dos limites.

Entram os senhores do nosso destino. Eles já perderam uma parte da autoridade: as menos tímidas olham para eles com calma, com um ar de familiaridade. Roubaud, que ostenta um pseudo-panamá com o qual se acha muito elegante, agita-se, todo animado: "Vamos, senhoritas, vamos! Estamos atrasados esta manhã, precisamos recuperar o tempo perdido". Adoro isso! Daqui a pouco, será nossa culpa se eles não conseguirem levantar cedo. Rapidamente, as folhas espalham-se pelas mesas. Sem demora, selamos o canto para esconder nosso nome. Rapidamente, o apressado Roubaud rompe o selo do grande envelope amarelo carimbado pela Inspeção Acadêmica e retira o temido enunciado dos problemas:

"*Primeira questão.* – Um particular comprou um título de 3,5% ao preço de 94 francos e 60 centavos, etc."

Tomara que um raio caia sobre seu pseudo-panamá! As operações da Bolsa exasperam-me: há corretagens, frações de 1/800% que sempre tenho a maior dificuldade para me lembrar.

"*Segunda questão.* – Critérios de divisibilidade por 9. Vocês têm uma hora."

Na verdade, não achei difícil. Por sorte, estudei os critérios de divisibilidade por 9 por tanto tempo que acabei memorizando. Ainda assim, será necessário organizar todas as regras práticas e admissíveis. Que chatice! As outras candidatas já estão concentradas, atentas. Um leve burburinho de números e de cálculos feitos em voz baixa paira acima das cabeças abaixadas.

Terminei este problema. Depois de refazer cada operação duas vezes (cometo erros com muita frequência!), chego ao resultado de 22.850 francos como lucro do senhor. Um belo lucro! Estou confiante nesse número redondo e reconfortante, mas ainda assim quero a confirmação de Luce, que lida com os números de forma magistral. Várias candidatas terminaram e vejo apenas semblantes satisfeitos. A maioria dessas filhas de camponeses ávidos ou operárias habilidosas têm, aliás, um talento para a aritmética que muitas vezes me surpreende. Eu poderia perguntar à minha vizinha morena, que também terminou, mas desconfio de seus olhos sérios e discretos. Então, faço uma bolinha, que voa e cai debaixo do nariz de Luce, contendo o número 22.850. A menina, alegremente, me faz um "sim" com a cabeça. Está tudo certo. Satisfeita, pergunto à minha vizinha: "Você chegou a quanto?". Ela hesita e murmura, reservada: "Mais de 20.000 francos".

– Eu também, mas quanto a mais?
– Bem...mais de 20.000 francos...

– Ei! Não estou pedindo para você me emprestar! Guarde seus 22.850 francos, você não é a única que chegou ao resultado certo. Você se parece com uma formiga preta, por várias razões!

Ao nosso redor, algumas risadas. Minha interlocutora, nem mesmo ofendida, cruza as mãos e abaixa os olhos.

– Vocês terminaram, senhoritas? – indaga Roubaud. – Vocês estão livres, sejam pontuais para a prova de desenho.

Voltamos às cinco para as duas para o antigo Instituto Rivoire. Que desgosto e que vontade de ir embora sinto ao ver essa prisão destroçada!

No local mais iluminado da sala, Roubaud dispôs dois círculos de cadeiras. No centro de cada um, uma banqueta. O que vão colocar ali em cima? Estamos todas curiosas. O examinador factotum desaparece e volta carregando dois jarros de vidro com alças. Antes que ele os coloque nas banquetas, todas as alunas sussurram: "Minha nossa, isso vai ser muito difícil, por causa da transparência!".

Roubaud fala:

– Senhoritas, na prova de desenho, vocês estão livres para se posicionarem como acharem melhor. Reproduzam esses dois vasos (você que é um vaso sanitário!) em linha, um esboço em carvão, contornado com lápis Conté, com proibição expressa de usar uma régua ou qualquer coisa que se assemelhe. As pastas que todas devem ter trazido servirão como pranchas de desenho.

Antes que ele termine, já me dirijo à cadeira que eu quero, um lugar excelente, de onde se vê o jarro de perfil, com a alça de lado. Várias me imitam e me encontro entre Luce e Marie Belhomme. "Proibição expressa de usar régua para as linhas de construção?". Bah! Sabemos o que isso significa! Para isso, minhas colegas e eu temos tiras de papel rígido, com um decímetro de comprimento e divididas em centímetros, muito fáceis de esconder.

É permitido conversar, mas o fazemos pouco. Preferimos fazer caretas, com o braço estendido, um olho fechado, para tomar medidas com o porta-carvão. Com um pouco de habilidade, nada é mais simples do que traçar as linhas-guia com a régua (duas linhas que dividem a folha em cruz e um retângulo para enquadrar a barriga do jarro).

No outro círculo de cadeiras, um rumor repentino, exclamações abafadas e a voz severa de Roubaud: "Não será necessário mais do que isso, senhorita, para ser excluída do exame!". É uma pobre menina, magra e franzina, que foi flagrada com uma régua nas mãos e que agora chora em seu lenço. Então, Roubaud torna-se bastante meticuloso e inspeciona-nos de perto, mas as tiras de papel divididas desaparecem como por encanto. Aliás, já não precisamos mais delas.

Minha jarra está ficando ótima, bem rechonchuda. Enquanto a observo satisfeita, nosso supervisor, distraído pela entrada tímida das professoras que vêm saber "se, no geral, as redações ficaram boas", deixa-nos sozinhas. Luce puxa-me suavemente: "Diga-me, por favor, se meu desenho está bom. Parece que tem algo errado".

Depois de examinar o desenho, explico:

– Mas é claro, a alça está muito baixa. Isso faz parecer um cachorro que apanhou e meteu o rabo entre as pernas.

– E a minha? – pergunta Marie, do outro lado.

– A sua está torta à direita. Coloque um colete ortopédico.

– Um o quê?

– Quer dizer que você deve colocar um enchimento do lado esquerdo, ela só tem "atributos" de um lado. Peça à Anaïs para te emprestar um de seus peitos falsos (pois a grande Anaïs coloca dois lenços nos bojos do espartilho e todas as nossas gozações não a fizeram desistir desse incremento idiota).

Essa conversa fiada faz minhas vizinhas caírem na gargalhada: Luce contorce-se na cadeira, rindo com todos os dentes frescos de sua pequena fuça felina. Marie infla as bochechas como bolsas de gaitas de fole, mas ambas param abruptamente no meio da alegria – os terríveis olhos flamejantes da senhorita Sergent paralisam-nas do fundo da sala. Então a sessão termina em meio a um silêncio impecável.

Somos postas para fora, febris e barulhentas com a ideia de que esta noite voltaremos para conferir em uma grande lista pregada na porta os nomes das candidatas aprovadas para o exame oral do dia seguinte. A senhorita Sergent tem dificuldade para nos controlar. Tagarelamos insuportavelmente.

– Você vai voltar para conferir os nomes, Marie?

– Claro que não! Se eu não estiver na lista, as outras vão zombar de mim.

– Eu vou! – diz Anaïs. – Quero ver a cara daquelas que não forem admitidas.

– E se você for uma delas?

– Bem, eu não tenho meu nome escrito na testa e sei fazer cara de contente para que as outras não fiquem com piedade.

– Chega! Vocês estão me dando dor de cabeça – diz abruptamente a senhorita Sergent. – Vocês vão ver o que tiverem de ver. E cuidado para que eu não venha sozinha, esta noite, conferir os nomes na porta. Para começar, não voltaremos ao hotel, não estou com vontade de fazer essa caminhada duas vezes. Vamos jantar no restaurante.

Ela pede uma sala reservada. No cubículo que nos foi designado, de onde vemos a luz esvair-se tristemente de cima, nossa efervescência apaga-se. Comemos como pequenas lobas, sem falar muito. Depois de saciada a fome, perguntamos alternadamente, a cada dez minutos, que horas são. A diretora tenta, em vão, acalmar nosso nervosismo, assegurando que as candidatas são numerosas demais para que aqueles senhores tenham lido todas as redações antes das nove horas. Mesmo assim, estamos fervilhando.

Não sabemos mais o que fazer neste buraco! A senhorita Sergent não quer nos levar para fora e eu sei o porquê: a guarnição está livre a essa hora e os galantes calças vermelhas não se controlam. Quando estávamos vindo jantar, nosso pequeno grupo já se viu cercado por sorrisos, estalos de língua e sons de beijos. Essas manifestações exasperam a diretora, que fulmina com o olhar os audaciosos soldados de infantaria. Porém, seria necessário mais do que isso para fazê-los recuar!

O cair da tarde e a nossa impaciência deixam-nos mal-humoradas e agressivas. Anaïs e Marie já trocaram palavras ásperas, com uma postura eriçada como galinhas brigando. As duas Jaubert parecem meditar sobre as ruínas de Cartago. Eu afastei com uma cotovelada certeira a pequena Luce que queria um carinho. Felizmente, a professora, quase tão irritada quanto nós, toca a campainha e pede uma iluminação e dois baralhos. Boa ideia!

A claridade dos dois bicos de gás eleva-nos um pouco o ânimo e os jogos de cartas divertem-nos.

– Trinta e um. Vamos lá!

Lá vamos nós! As duas Jaubert não sabem jogar! Bem, que continuem a refletir sobre a fragilidade do destino humano. Nós jogamos baralho, enquanto a diretora lê jornais.

Divertimo-nos, mesmo jogando mal. Anaïs trapaceia. Às vezes, paramos no meio do jogo, com os cotovelos sobre a mesa, o rosto tenso, para perguntar: "Será que horas são?".

Marie insinua que, como está escuro, não conseguiremos ler os nomes. Temos de levar fósforos.

– Boba! Haverá lampiões.
– Ah, sim...Mas e se justamente naquele lugar não houver nenhum?
– Bem – digo baixinho – vou roubar uma vela do castiçal da lareira e você leva os fósforos. Vamos jogar...Valete e dois ases!

A senhorita Sergent olha o relógio e nós não tiramos os olhos dela. Ela levanta-se e nós fazemos o mesmo de forma tão brusca que algumas cadeiras caem. Cheias de entusiasmo, corremos para pegar nossos chapéus. Enquanto me olho no espelho para colocar o meu, roubo uma vela.

A senhorita Sergent esforça-se bastante para nos impedir de correr. Os passantes acham graça desse enxame de garotas que tentam não correr e nós rimos com eles. Por fim, a porta brilha diante de nós. Quando digo brilha, é de forma poética... e realmente não havia lampião! Em frente à porta fechada, uma multidão de sombras agita-se, grita, salta de alegria ou lamenta-se. São nossas concorrentes de outras escolas. Súbitas e curtas labaredas de fósforos, que logo se apagam, e chamas vacilantes de velas iluminam uma grande folha branca presa à porta. Nós precipitamo-nos, descontroladas, empurrando bruscamente com os cotovelos as pequenas silhuetas em movimento. Ninguém presta muita atenção em nós.

Segurando a vela roubada o mais firme que consigo, leio e interpreto, guiada pelas iniciais em ordem alfabética: "Anaïs, Belhomme, Claudine, Jaubert, Lanthenay". Todas, todas! Que alegria! E agora, vamos verificar a quantidade de pontos. O mínimo exigido é 45 pontos, o total está escrito ao lado dos nomes, as notas detalhadas entre parênteses. A senhorita Sergent, radiante, transcreve em seu caderno: "Anaïs 65, Claudine 68. Quantos pontos as Jaubert fizeram?

63 e 64, Luce 49, Marie Belhomme 44 e 1/2. Como assim 44 e 1/2? Então você não foi aprovada? Que história é essa?".

– Não, senhorita – diz Luce que acabou de verificar – É 44 e ¾. Ela foi admitida com um quarto de ponto a menos, foi uma concessão desses senhores.

A pobre Marie, ainda ofegante de tanto medo, respira aliviada. Eles fizeram bem em dar esse quarto de ponto a ela, mas temo que ela se atrapalhe no exame oral. Anaïs, passada a primeira alegria, ilumina caridosamente as novas chegadas derramando cera derretida nelas, a danada!

A diretora não nos dá descanso e nos joga um balde de água fria com uma previsão sinistra: "Vocês ainda não passaram pelo pior, quero ver amanhã à noite depois do exame oral".

Ela tem trabalho para nos levar de volta ao hotel, pois cantarolamos saltitantes sob a lua.

À noite, depois que a diretora deita e adormece, saímos de nossas camas para dançar. Anaïs, Luce, Marie e eu (sem as Jaubert, é claro) dançamos loucamente, os cabelos em desordem, segurando as combinações como em um minueto.

Então, em razão de um barulho imaginário vindo do lado do quarto da diretora, as dançarinas daquela audaciosa quadrilha fogem com os pés descalços e os risos abafados.

Na manhã seguinte, acordo bem cedo e corro para "assustar" o casal Anaïs-Luce, que dorme com um ar concentrado e íntegro: com meus cabelos, faço cócegas no nariz de Luce, que espirra antes de abrir os olhos. O espanto dela acorda a Anaïs, que resmunga e se senta me mandando para o diabo. Eu exclamo com grande seriedade: "Mas você não sabe que horas são? Sete horas, minha cara, e o exame oral é às 7h30!". Espero que elas saltem para fora da cama, se calcem, espero até que os botões de suas botas estejam fechados para dizer que são apenas seis horas, que eu tinha visto errado. Isso não as incomoda tanto quanto eu esperava.

Às quinze para as sete horas, a senhorita Sergent apressa-nos, reivindica nosso chocolate, obriga-nos a dar uma olhada em nossos resumos de história enquanto comemos nossas torradas e empurra-nos para a rua ensolarada, completamente atordoadas. Luce está equipada com suas mangas cheias de anotações, Marie com seu tubo de papel enrolado, Anaïs com seu atlas minúsculo. Elas agarram-se a essas pequenas tábuas de salvação ainda mais que ontem, pois hoje será necessário falar, falar para aqueles senhores que não conhecemos, falar diante de trinta pares de orelhas pequenas e implacáveis. Somente Anaïs mantém a compostura: ela nunca se sente intimidada.

Hoje, no pátio destroçado, as candidatas são bem menos numerosas. Muitas ficaram pelo caminho, entre a prova escrita e a oral! (Bom, quando muitas passam na prova escrita, muitas são reprovadas na prova oral.) A maioria está pálida, boceja nervosamente e se queixa, como Marie Belhomme, de estar com dor no estômago... o maldito desespero!

A porta abre-se e lá estão os homens de terno preto. Nós os acompanhamos silenciosamente até a sala de cima, hoje desprovida de todas as cadeiras. Nos quatro cantos, atrás de mesas pretas, ou que já foram pretas, um examinador senta-se, austero, quase lúgubre. Enquanto observamos essa encenação, curiosas e apreensivas, amontoadas na entrada, inibidas pela grande distância que devemos atravessar, a diretora empurra-nos: "Vamos! Vamos! Vão ficar plantadas aqui?". Nosso grupo, mais corajoso, avança em pelotão. O mestre Sallé, decrépito e encurvado, observa-nos sem nos ver, incrivelmente míope. Roubaud brinca com a corrente de seu relógio, os olhos estão distraídos. O velho Lerouge espera com paciência e consulta a lista de nomes. Ao lado do vão de uma janela, está uma boa senhora robusta, que, aliás, é solteira, a senhorita Michelot. Os solfejos estão à frente dela. Já ia me esquecendo de outro, o ranzinza Lacroix, que resmunga, levanta furiosamente os ombros enquanto folheia seus livros e parece brigar consigo mesmo. As meninas, assustadas, dizem que ele deve ser "muito perverso!" É ele quem toma a iniciativa de rosnar um nome: "Senhorita Aubert!"

A tal Aubert, uma menina muito alta, magra e encurvada, agita-se como um cavalo, revira os olhos e torna-se estúpida. Imediatamente, na ânsia de acertar, ela precipita-se gritando com uma voz de trombeta, com um forte sotaque do interior: "*Tô* aqui, *sinhô*!". Todas começam a rir e esse riso, que não pensamos em reprimir, anima-nos e encoraja-nos.

O bulldog do Lacroix franze a testa de desânimo quando a infeliz solta seu "Tô aqui!" e responde: "Quem disse o contrário?". Ela fica em um estado de dar pena.

– "Senhorita Vigoureux!" – chamou Roubaud, que, por sua vez, pega o alfabeto pela cauda. Uma gordinha precipita-se. Ela está usando um chapéu branco, enfeitado com margaridas da escola de Villeneuve.

– "Senhorita Mariblom!" – grasna o mestre Sallé, que acha que está pegando o meio do alfabeto e lê tudo errado. Marie Belhomme avança envergonhada e senta-se na cadeira em frente ao mestre Sallé. Ele observa-a e pergunta se ela sabe o que é a *Ilíada*. Luce, atrás de mim, suspira: "Pelo menos ela começou, começar é o mais importante".

As concorrentes desocupadas, das quais faço parte, dispersam-se timidamente, espalham-se e vão escutar as colegas na berlinda. Eu vou assistir ao exame da jovem Aubert para me divertir um pouco. No momento em que me aproximo, o mestre Lacroix pergunta-lhe: "Então, você não sabe quem se casou com Filipe, o Belo?".

Ela está com os olhos arregalados, o rosto vermelho e brilhando de suor. Suas luvas mitene deixam ver dedos gordos como salsichas: "Ele se casou..., não, ele não se casou. *Sinhô, sinhô* – ela grita de repente – esqueci tudo!". Ela treme, grossas lágrimas rolam por seu rosto. Lacroix olha para ela, tão ruim quanto a sarna: "Você esqueceu-se de tudo? Com isso, teremos um belo zero".

– Sim, sim – ela gagueja – mas não faz mal, prefiro ir embora para casa, tanto faz...

Ela é levada aos prantos e, pela janela, ouço do lado de fora quando ela diz à diretora mortificada: "Eu juro, sim, prefiro cuidar das vacas do papai, e não volto mais aqui, e vou pegar o trem das duas horas".

Na sala, suas colegas falam do "lamentável incidente", sérias e acusativas. "Minha cara, como ela é burra! Minha cara, se me fizessem uma pergunta tão fácil, eu ficaria muito contente, querida!".

– Senhorita Claudine!

É o velho Lerouge que me chama. Ai! Aritmética...Sorte a minha que ele parece ser bonzinho...Logo vejo que ele não me fará mal.

– Vamos lá, minha filha, você pode me dizer algo sobre os triângulos retângulos?

– Sim, senhor, embora eles não me digam muita coisa.

– Ora essa! Você faz com que pareçam piores do que são. Vamos lá, desenhe um triângulo retângulo neste quadro negro, depois dê a ele dimensões e então me fale, por favor, sobre o quadrado da hipotenusa...

Eu teria de me esforçar para ser reprovada por um homem assim! Então, sou mais dócil que uma ovelha com colar rosa e digo tudo o que sei. Aliás, faço isso rapidinho.

— Você está se saindo muito bem! Agora me diga como saber se um número é divisível por 9 e eu libero-a.

Sou bastante verborrágica: "soma dos seus dígitos...condição necessária...suficiente".

— Tudo bem, minha filha, isso basta.

Levanto-me suspirando de alívio e encontro Luce atrás de mim. Ela diz: "Você teve sorte, estou feliz por você". Ela disse isso gentilmente: pela primeira vez acaricio seu pescoço sem maldade. Bom! Eu de novo! Não há tempo para respirar!

— Senhorita Claudine!

É o porco-espinho do Lacroix. Agora vai esquentar! Eu sento-me, ele fita-me por cima do pincenê e diz: "E então! O que foi a Guerra das Duas Rosas?"

Puxa! Acertou-me de primeira! Não sei quase nada sobre a Guerra das Duas Rosas. Paro assim que digo os nomes dos líderes dos dois partidos.

— E o que mais? E o que mais? E o que mais?

Ele provoca-me e eu explodo:

— E depois, eles brigaram como moleques de rua, por muito tempo, mas eu não guardei os detalhes na memória.

Ele observa-me espantado. Vou levar algo na cabeça, com certeza!

— É assim que a senhorita aprende História?

— Puro chauvinismo, senhor! Só me interessa a História da França.

Sorte inesperada: ele ri!

— Prefiro lidar com as impertinentes do que com tolas. Fale-me sobre Luís XV (1742).

— Vamos lá. Foi o tempo em que a marquesa de La Tournelle exerceu uma influência deplorável sobre ele...

— Pelo amor de Deus! Não é sobre isso que quero saber!

— Desculpe, senhor, isso não é invenção minha, é a simples verdade...Os melhores historiadores...

– O quê? Os melhores historiadores...
– Sim, senhor, eu li isso em Michelet, com detalhes!
– Michelet! Mas isso é loucura! Michelet, entenda bem, escreveu um romance histórico em vinte volumes e ousou chamar isso de *História da França*! E a senhorita vem me falar de Michelet!

Ele exalta-se e bate na mesa. Eu enfrento-o e as jovens candidatas ficam paralisadas ao nosso redor, sem acreditar no que estão ouvindo. A senhorita Sergent aproxima-se, ofegante, pronta para intervir. Quando ela me ouve declarar:

– Pelo menos Michelet é menos entediante que Duruy!

Ela aproxima-se da mesa e protesta, angustiada:

– Senhor, peço que perdoe...esta menina perdeu a cabeça: ela vai se retirar agora mesmo...

Ele interrompe-a, enxuga a testa e diz:

– Deixe, senhorita, não há problema: eu tenho minhas opiniões, mas gosto que os outros defendam as deles. Esta jovem tem ideias equivocadas e leituras ruins, mas não lhe falta personalidade – vemos tantas estúpidas! Então agora, senhorita leitora de Michelet, diga-me como você iria de barco de Amiens a Marselha ou dou-lhe um 2 do qual vai se lembrar!

– Partindo de Amiens, embarcando no rio Somme, eu subo...etc., e...canais...etc., e chego à Marselha, gastando um tempo que pode variar entre seis meses e dois anos.

– Isso não faz parte da pergunta. Sistema orográfico da Rússia, e rápido.

Hum! Não posso dizer que me destaque particularmente no conhecimento do sistema orográfico da Rússia, mas me saio mais ou menos, exceto por algumas lacunas que parecem lamentáveis para o examinador.

– E os Bálcãs? Então você os eliminou?

Esse homem fala como um trovão.

– Claro que não, senhor, eu deixei para finalizar com chave de ouro.
– Muito bem, pode ir.
As pessoas afastam-se quando eu passo, um pouco indignadas. Essas adoráveis criaturas!
Eu descanso e ninguém me chama. Então, ouço com espanto Marie Belhomme respondendo a Roubaud que "para preparar ácido sulfúrico, é preciso misturar água com cal, colocar para ferver e, então, coletar o gás em um balão". Ela está com aquela cara de quem comete enormes gafes e diz asneiras sem limites. Suas mãos imensas, longas e finas estão apoiadas sobre a mesa. Os olhos de pássaro sem cérebro brilham e vagueiam. Ela pronuncia, com uma enorme inconstância, absurdos monstruosos. Não há nada a fazer, mesmo se alguém sussurrasse em seu ouvido, ela não ouviria! Anaïs também está escutando e diverte-se até não poder mais. Eu pergunto a ela:
– Quais você já fez?
– Canto, história, *jografia*...
– Muito cruel, o velho Lacroix?
– Sim, um chato de galocha! Mas ele me perguntou coisas fáceis: Guerra dos Trinta Anos, Tratados...Coitada da Marie, ela está perdendo a linha!
– Perder a linha é pouco...
A pequena Luce, consternada e de cabelos em pé, vem até nós:
– Eu já fiz *jografia* e história. Até que eu fui bem! Que gosto[56]!

---

56 *J'ai du goût*. Na nota de rodapé original: *Locution fresnoise*: "*Je suis contente*" (expressão de Fresnois: "Eu estou contente").

– Aí está você, troço! Eu vou me refrescar lá na bomba d'água, não aguento mais ficar aqui. Quem vem comigo?

Ninguém. Elas não estão com sede ou têm medo de perder a chamada. Em uma espécie de sala de espera, no andar de baixo, encontro a aluna Aubert, o rosto ainda marcado pela vermelhidão do desespero de agora há pouco e os olhos inchados. Ela está escrevendo para a família em uma mesinha, agora tranquila e contente de voltar para a fazenda. Eu digo a ela:

– E então, você realmente não sabia nada mais cedo?

Ela levanta os olhos de bezerro:

– Acho isso tudo aqui de dar medo. Talha-me o sangue. Minha mãe enviou-me para o internato, meu pai queria não, dizia que eu era boa de cuidar de casa igual minhas irmãs, e lavar roupa e cuidar das plantas. Minha mãe quis não e ela que manda. Deixaram-me doente de tanto estudar e olha no que deu. Já sabia! Agora acreditam!

E ela volta a escrever tranquilamente.

Lá em cima, na sala, está um calor insuportável. As meninas, quase todas vermelhas e suadas (sorte que eu não fico vermelha!), estão aflitas, tensas, esperando ansiosamente serem chamadas, obstinadas a não dizerem besteiras. Ainda não deu meio-dia para podermos ir embora?

Anaïs volta da de física e química. Ela não está vermelha. Como será que ela ficaria vermelha? Mesmo em uma caldeira fervente, acho que ela ficaria amarela e fria.

– Então, tudo bem?

– Até que enfim acabei. Você sabia que, além de tudo, o Roubaud faz as perguntas em inglês? Ele me fez ler algumas frases e traduzir. Não sei por que ele ficava se contorcendo enquanto eu lia em inglês. Que idiota!

É a pronúncia! Nossa, a senhorita Aimée Lanthenay, que nos dá aulas, não fala inglês lá muito bem. Então, daqui a pouco, esse professor idiota vai tirar sarro de mim, já que minha pronúncia também não é muito boa! Mais essa! Fico furiosa só de pensar que esse idiota vai rir de mim.

Meio-dia. Os homens levantam-se e nós procedemos à confusão da saída. Lacroix, eriçado e com os olhos arregalados, anuncia que a festinha recomeça às 14h30. A diretora conduz-nos com dificuldade no meio da agitação de tantas jovens tagarelas e leva-nos ao restaurante. Ela ainda está brava comigo por causa da "odiosa" conduta com o mestre Lacroix, mas não me importo! O calor está pesado, estou cansada e sem voz...

Ah! Os bosques, os queridos bosques de Montigny! A essa hora, eu bem sei como estão zumbindo! As vespas e as moscas sugando as flores das tílias e dos sabugueiros fazem toda a floresta vibrar como um órgão. Os pássaros não cantam, pois, ao meio-dia, eles ficam em pé nos galhos, procurando sombra, alisando suas penas e olhando para o sub-bosque com olhos incertos e brilhantes. Eu estaria deitada à beira do bosque de abetos, de onde se vê toda a cidade, lá embaixo, com o vento quente em meu rosto, meio morta de satisfação e preguiça.

Luce vê-me distante, completamente ausente, e puxa-me pela manga com seu sorriso mais sedutor. A diretora lê os jornais e minhas colegas trocam frases sonolentas. Eu dou um suspiro e Luce protesta, carinhosamente:

– Você nunca mais fala comigo! Ficamos o dia todo fazendo provas, à noite vamos dormir e na mesa você está tão mal-humorada. Não sei mais quando te encontrar!

– Muito simples! Não me procure!

– Oh! Você não é nada gentil! Você nem percebe toda a minha paciência em te esperar, em suportar toda a sua rejeição...

A grande Anaïs ri como uma porta sem graxa e a pequena fica muito intimidada. É verdade, no entanto, que ela tem muita paciência. E pensar que tanta persistência não vai lhe servir de nada. Triste! Muito triste! Anaïs insiste. Ela não esqueceu as respostas incoerentes de Marie Belhomme e, provocadora que é, pergunta gentilmente à infeliz, atordoada e imóvel:
– Que pergunta te fizeram, em física e química?
– Isso não importa – resmunga a professora, irritada. – De qualquer forma, ela teria respondido alguma besteira.
– Não me lembro mais – responde a pobre Marie, abatida – acho que foi sobre ácido sulfúrico...
– E o que você respondeu?
– Ah! Felizmente eu sabia um pouco, senhorita. Eu disse que quando se derrama água sobre a cal, as bolhas de gás que se formam são de ácido sulfúrico...
– Você disse isso? – articula a diretora com vontade de morder...
Anaïs rói as unhas de alegria. Marie, fulminada, não abre mais a boca e a diretora leva-nos de volta, tensa, vermelha, andando em um passo acelerado. Trotamos atrás como cachorrinhos e quase ficamos com a língua para fora debaixo daquele sol escaldante.

Não prestamos mais atenção às nossas concorrentes de outras localidades, que também não nos olham mais. O calor e o nervosismo acabam com qualquer vaidade ou animosidade. As alunas da escola superior de Villeneuve, as "verde-maçã", como são chamadas – por causa da fita verde que usam no colarinho, aquele verde cru horrível que os internatos mantêm como traço característico –, ainda mantêm uma pose sublime e desdenhosa ao passarem por nós (por quê? nunca saberemos). Mas tudo isso se ameniza e se acalma. Pensamos na partida da manhã seguinte, pensamos com prazer que vamos "zangar[57]" as colegas dispensadas de fazer o exame, aquelas que não puderam se apresentar por causa de "inaptidão geral". Como a grande Anaïs vai se pavonear, falar da Escola Normal como se fosse uma grande vantagem. Credo! Eu não poderia me importar menos.

Os examinadores finalmente reaparecem. Eles enxugam. Estão feios e suados. Deus! Eu não gostaria de ser casada em um tempo como esse! Só a ideia de dormir com um homem tão suado quanto eles...(Aliás, no verão, terei duas camas...) Além do mais, nessa sala abafada, o cheiro está horrível. Muitas dessas meninas não se lavam direito lá embaixo, com certeza. Queria muito ir embora.

Jogada em uma cadeira, ouço vagamente as outras enquanto espero minha vez. Vejo uma moça, a mais feliz de todas, que "ficou" em primeiro. Ela respondeu todas as perguntas e agora respira aliviada enquanto atravessa a sala, escoltada por elogios, por invejas e por "como você tem sorte!". Logo vem uma outra e junta-se a ela no pátio, onde as que já estão "liberadas" descansam e trocam suas impressões.

O mestre Sallé, um pouco relaxado por esse sol que aquece suas juntas e seus reumatismos, vê-se obrigado a descansar, pois a aluna que ele espera está ocupada em outro lugar. E se eu arriscasse uma investida sobre sua generosidade! Devagar, aproximo-me e sento-me na cadeira em frente a ele.

– Olá, senhor Sallé.

Ele olha-me, ajeita os óculos, pisca e não me enxerga.

– É a Claudine. Você não se lembra?

– Ah! ... como não! Olá, mocinha! Seu pai está bem?

– Muito bem, obrigada.

---

57 *Gnée*. Na nota de rodapé original: *Faire bisquer* (provocar, irritar).

– Então, como vai o exame? Está contente? Já está terminando?
– Ainda não! Bem que eu queria! Mas ainda tenho de fazer a prova de física e química, a de literatura, com o senhor, a de inglês e a de música. A senhora Sallé está bem?
– Minha esposa está passeando em Poitou. Ela faria muito melhor cuidando de mim, mas...
– Escute, senhor Sallé, já que estou aqui, podemos fazer a de literatura de uma vez.
– Mas ainda não cheguei ao seu nome, ainda está longe! Volte mais tarde...
– Senhor Sallé, qual é o problema?
– O problema é que eu estava aproveitando um momento de descanso que eu mereço. Além do mais, não está no cronograma, não se deve quebrar a ordem alfabética.
– Senhor Sallé, seja bom. O senhor não vai me perguntar quase nada, pois sabe que eu sei mais do que o programa exige sobre os livros de literatura. Eu sou a ratinha da biblioteca do papai.
– Hum...sim, é verdade. Posso fazer isso por você. Eu pretendia perguntar sobre os aedos, os trovadores, o Roman de la Rose, etc.
– Fique tranquilo, senhor Sallé. Os trovadores, eu conheço bem: vejo todos como a estátua do pequeno Cantor Florentino, assim...

Levanto-me e faço a pose: o corpo apoiado na perna direita, a sombrinha verde do pai Sallé servindo-me de bandolim. Felizmente, estamos sozinhos neste canto! Luce observa-me de longe e fica boquiaberta de surpresa. Isso distrai um pouco aquele pobre homem adoentado, que ri.

– ... eles têm uma touca de veludo, cabelos encaracolados, muitas vezes usam trajes bicolores (azul com amarelo fica muito bom). Com o bandolim pendurado por um cordão de seda, eles cantam aquela do Passante: "Mignonne, voici l'avril". É assim, senhor Sallé, que eu imagino os trovadores. Também temos o trovador do Primeiro Império.

– Mocinha, você é um pouco louca, mas eu divirto-me com a senhorita. O que você chama de trovadores do Primeiro Império, meu Deus? Fale baixinho, minha querida Claudine, se esses senhores nos escutam...

– Shii! Eu conheci os trovadores do Primeiro Império por meio de canções que papai cantava. Escute bem.

Eu canto baixinho:

Queimando de amor e partindo para a guerra,
O capacete na cabeça e a lira na mão,
Um trovador para sua jovem pastora
Ao se afastar repetia este refrão:
Meu braço à minha pátria,
Meu coração à minha amada,
Morrer contente pela glória e pelo amor,
É o refrão do alegre trovador![58]

O senhor Sallé ri de todo o coração:

– Meu Deus! Como essas pessoas eram ridículas! Eu sei que seremos tão ridículos quanto eles em vinte anos, mas

---

[58] No original:
Brûlant d'amour et partant pour la guerre,
Le casque en tête et la lyre à la main,
Un troubadour à sa jeune bergère
En s'éloignant répétait ce refrain :
Mon bras à ma patrie,
Mon cœur à mon amie,
Mourir content pour la gloire et l'amour,
C'est le refrain du joyeux troubadour! N. da T.

essa ideia de um trovador com um capacete e uma lira! Vá logo, minha criança, vá, você terá uma boa nota, meus cumprimentos ao seu pai. Diga que gosto muito dele e que ele ensina belas canções à filha!
– Obrigada, senhor Sallé, até breve. Obrigada novamente por não ter me feito perguntas, não direi nada, fique tranquilo!
Que homem bondoso! Isso deu-me um pouco de coragem e deixou-me com um ar tão animado que Luce me perguntou:
– Você saiu-se bem? O que ele te perguntou? Por que você pegou a sombrinha dele?
– Ah! É que ele me perguntou coisas muito difíceis sobre os trovadores, sobre a forma dos instrumentos que eles usavam. Sorte a minha que eu sabia todos esses detalhes!
– A forma dos instrumentos... Sério, tremo só de pensar que ele poderia me perguntar isso! A forma dos... mas isso não está no programa! Vou falar com a professora!
– Isso mesmo, faremos uma reclamação. Você já terminou?
– Sim, ainda bem! Terminei. Tirei um peso de cem quilos do peito, te juro. Acho que só falta a Marie.
– Senhorita Claudine! – chama uma voz atrás de nós. Ah! Ah! É o Roubaud. Eu sento-me diante dele, discreta e adequada. Ele age com gentileza, é o professor sociável do lugar. Começo a falar, mas ele ainda está ressentido, rancoroso, por eu ter descartado seu madrigal botticelliano tão rapidamente. É com uma voz um pouco irritada que ele me pergunta:
– Você não adormeceu à sombra de uma árvore hoje, senhorita?
– Essa pergunta faz parte do programa, senhor?
Ele pigarreia. Cometi uma grande imprudência ao irritá-lo. Paciência!

– Pode me dizer como faria para conseguir tinta para caneta?
– Meu Deus, senhor, há muitas maneiras. A mais simples seria pedir na papelaria da esquina...
– A piada é agradável, mas não seria suficiente para obter uma nota excelente...Tente me dizer com quais ingredientes você fabricaria tinta para caneta?
– Noz de galha...tanino...óxido de ferro...goma...
– Você não sabe as proporções?
– Não.
– Que pena! Pode me falar sobre a mica?
– Nunca vi em nenhum outro lugar a não ser nas janelinhas das salamandras.
– Sério? Mais uma vez, que pena! Do que é feita a mina do lápis?
– De grafite, uma pedra macia que é cortada em tiras e colocada dentro de duas metades cilíndricas de madeira.
– Esse é o único uso do grafite?
– Não conheço outros usos.
– É mesmo uma pena! Apenas lápis são feitos com ele?
– Não, mas fazem bastante. Há minas na Rússia, eu acho. Consome-se uma quantidade fabulosa de lápis no mundo inteiro, especialmente pelos examinadores que desenham retratos de candidatas em seus blocos de notas...

(Ele cora e agita-se.)

– Vamos passar para o inglês.

Ele abre uma pequena edição de Contos de Miss Edgeworth:

– Faça a gentileza de traduzir algumas frases.
– Traduzir, sim, mas ler...é outra coisa!
– Por quê?
– Porque nossa professora de inglês pronuncia de uma maneira ridícula. Eu não sei pronunciar de outro jeito.

– Ora! O que isso importa?
– Importa que eu não gosto de ser ridícula.
– Leia um pouco, eu vou parar você em breve.

Eu leio, mas em voz baixa, mal esboçando as sílabas, e traduzo as frases antes de terminar de pronunciá-las. Roubaud, apesar de si mesmo, ri do esforço que faço para não mostrar minha insuficiência em inglês e eu tenho vontade de arranhá-lo. Como se fosse minha culpa!

– Está bem. Você poderia citar alguns verbos irregulares, com sua forma no passado e no particípio passado?
– To see, ver. I saw, seen. To be, ser. I was, been. To drink, beber. I drank, drunk. To...
– Já chega, obrigado. Boa sorte, senhorita.
– Você é muito bondoso, senhor.

No dia seguinte, soube que aquele hipócrita bem-vestido me deu uma nota muito baixa, três pontos abaixo da média, o que quase me fez ser reprovada, se não fossem as notas das provas escritas, especialmente a de redação, que me salvaram. Temos de desconfiar desses engravatados pretensiosos, que alisam os bigodes e desenham nosso retrato enquanto lançam olhares dissimulados! É verdade que eu o envergonhei, mas mesmo assim. Os francos buldogues, como o velho Lacroix, valem cem vezes mais!

Livre de física e química, assim como de inglês, eu sento e tento ajeitar um pouco meus cabelos em desordem. Luce vem em minha direção, enrola gentilmente meus cachos no dedo, sempre carinhosa e afetuosa! Ela é corajosa, nesse calor.

– Onde estão as outras, pequena?
– As outras? Todas já terminaram, estão lá embaixo no pátio com a professora. Todas as alunas das outras escolas que já terminaram também estão lá.

De fato, a sala está esvaziando-se rapidamente.

Por fim, a boa e robusta senhorita Michelot chama-me. Ela está tão vermelha e cansada que até Anaïs ficaria com pena. Eu sento-me e ela observa sem dizer nada, com um olhar perplexo e benevolente.

– Você é...musicista, pelo que a senhorita Sergent me disse.

– Sim, senhorita, eu toco piano.

Ela exclama levantando os braços:

– Mas então, você sabe muito mais do que eu.

Ela diz com tanta sinceridade que não consigo evitar de rir.

– Bem, ouça, vou pedir a você para ler uma partitura e pronto. Vou buscar algo difícil, você vai se sair bem.

O que ela encontrou de difícil foi um exercício bastante simples, que, cheio de semicolcheias e com sete bemóis na clave, lhe pareceu "obscuro" e assustador. Eu canto en allegro vivace, cercada por um círculo admirado de meninas que suspiram de inveja. A senhorita Michelot balança a cabeça e dá-me, sem titubear, um 20 que impressiona o público.

Ufa! Finalmente acabou! Vamos voltar para Montigny, vamos voltar para a escola, correr pelos bosques, assistir às diversões das nossas professoras. (Pobre pequena Aimée, deve estar sozinha e triste!) Eu desço correndo para o pátio, a senhorita Sergent não esperava mais ninguém além de mim e levanta-se ao me ver.

– E então, acabou?

– Sim, graças a Deus! Tirei 20 em música.

– Vinte em música!

As colegas gritaram em coro, sem acreditar nos próprios ouvidos.

– Só faltava essa, você não tirar 20 em música, disse a diretora com um ar indiferente, mas secretamente lisonjeada.

– Não é justo – disse Anaïs, aborrecida e invejosa – 20 em música, 19 em redação...se você tiver muitas notas dessas!

— Não se preocupe, doce criança, o elegante Roubaud provavelmente me deu uma nota baixa!
— Por quê? – a diretora pergunta, imediatamente preocupada.
— Porque eu não falei muita coisa. Ele perguntou-me de que madeira são feitas as flautas. Não, os lápis. Algo assim. E depois umas coisas sobre tintas para caneta...e sobre Botticelli. Enfim, não "rolou" muito bem.
A diretora ficou séria.
— Eu ficaria surpresa se você tivesse feito alguma besteira! Não culpe ninguém além de você se não passar.
— Ah, quem sabe? Eu culparei o senhor Antonin Rabastens. Ele inspirou-me uma paixão violenta e meus estudos foram afetados por causa disso.

Então, Marie Belhomme declarou, juntando as mãos de parteira, que se tivesse um pretendente, não diria isso tão descaradamente. Anaïs olha-me de lado para saber se estou brincando ou não e a professora, dando de ombros, leva-nos de volta para o hotel, vagarosas, dispersas, tão lentas que toda hora ela precisa esperar por alguma de nós nas esquinas das ruas. Jantamos, bocejamos... Às nove horas, somos novamente tomadas pela febre de ler o nome das aprovadas na porta daquele hediondo paraíso. "Não vou levar ninguém – declara a diretora – vou sozinha. Esperem aqui". Porém, um concerto de gemidos eleva-se, ela comove-se e deixa-nos ir.

Mais uma vez, precavemo-nos com velas, desnecessárias desta vez, pois uma mão benevolente pendurou uma grande lanterna acima do cartaz branco onde nossos nomes estão inscritos...Oh! Estou me adiantando ao dizer *nossos*...e se o meu não estiver na lista? Anaïs desmaiaria de felicidade! No meio das exclamações, empurrões, aplausos, leio, felizmente: Anaïs, Claudine, etc. Todas, então! Infelizmente, não todas, Marie não: "Marie foi reprovada", murmura Luce. "Marie não está na lista", sussurra Anaïs, escondendo maliciosamente sua alegria.

A pobre Marie Belhomme fica parada, muito pálida, diante da maldita folha, que ela observa com seus olhos brilhantes de pássaro, pasmos e saltados. Então, os cantos de sua boca esticam-se e ela explode, aos prantos...A diretora a conduz de volta, aborrecida. Nós a seguimos, sem nos importar com os transeuntes que se viram para olhar, enquanto Marie geme e soluça fazendo bastante barulho.

– Vamos, vamos, minha querida – diz a diretora – você não está sendo razoável. Será para outubro, você vai se sair melhor...São apenas mais dois meses de trabalho...

– Ah! – Marie lamenta-se, inconsolável.

– Você será aprovada, estou dizendo! Escute, eu prometo que você será aprovada! Está contente?

De fato, essa afirmação produz um efeito positivo. Marie só faz pequenos grunhidos, como um cachorrinho de um mês que não consegue mamar, e anda enxugando os olhos.

Seu lenço está encharcado e ela torce-o ingenuamente enquanto atravessamos a ponte. A malvada da Anaïs diz em voz baixa: "Os jornais anunciam uma grande cheia do rio Lisse..."

Marie, que escuta o que ela disse, dá uma gargalhada misturada com soluços restantes, e todas nós rimos. E assim, a cabeça inconstante da rejeitada gira para o lado da alegria. Ela acredita que será aprovada em outubro, fica animada e não encontramos nada mais oportuno, naquela noite abafada, do que pular corda na praça (todas nós, sim, até as Jaubert!) até às dez horas, sob a lua.

Na manhã seguinte, a diretora vem nos sacudir em nossas camas às seis horas, embora o trem só parta às dez! "Vamos,

vamos, pequenas chupistas[59], temos de refazer as malas, tomar café da manhã, vocês não terão muito tempo!" Ela está vibrando, em um estado de tremenda agitação, seus olhos aguçados brilham e cintilam, ela ri, empurra Luce que cambaleia de sono, cutuca Marie Belhomme que esfrega os olhos, de camisola, com os pés nas pantufas, sem retomar a clara consciência das coisas reais. Estamos todas exaustas, mas quem reconheceria na diretora a governanta que nos acompanhou nesses três dias? A felicidade transforma-a, ela vai rever sua querida Aimée e, de tanta alegria, não para de sorrir para os anjos, no ônibus que nos leva de volta à estação. Marie parece um pouco melancólica por causa de seu fracasso, mas acho que é por dever que ela exibe uma expressão entristecida. Nós tagarelamos sem parar, todas ao mesmo tempo, cada uma contando sobre seu exame para cinco outras que não ouvem.

– Mulher! – exclama Anaïs, – quando ouvi ele me perguntar as datas das...

– Já proibi mais de cem vezes vocês de se chamarem de "mulher" – interrompe a diretora.

– Mulher – recomeça em voz baixa Anaïs – eu só tive tempo de abrir meu caderninho na mão. O mais incrível é que ele viu, juro, e não disse nada!

– Mentirosa das mentirosas! – grita a honesta Marie Belhomme, com os olhos arregalados – eu estava lá, eu vi, ele não viu nada. Ele teria tomado o caderninho, assim como tiraram a régua de uma das Villeneuve.

– Então conta para ele! Vai lá contar para o Roubaud que a Grotte du Chien está cheia de ácido sulfúrico!

---

59 Na nota de rodapé original: *Chique, parasite du chien* (chupa-sangue, parasita do cachorro).

Marie abaixa a cabeça, fica muito vermelha e começa a chorar de novo ao lembrar de suas desventuras. Faço o gesto de abrir um guarda-chuva e a diretora sai mais uma vez do seu "sonho encantado":

— Anaïs, você é uma peste! Se você atormentar qualquer uma das suas colegas, vou te fazer viajar sozinha em um vagão separado.

— Isso mesmo, no vagão dos fumantes — eu digo.

— E você, ninguém te perguntou nada. Peguem suas malas, seus casacos e deixem de ser tão molengas!

Uma vez no trem, ela não se importa mais conosco, como se não existíssemos. Luce adormece com a cabeça em meu ombro. As Jaubert ficam absorvidas na contemplação dos campos que passam, do céu denso e branco. Anaïs rói as unhas. Marie adormece, ela e sua tristeza.

Em Bresles, a última estação antes de Montigny, começamos a nos agitar um pouco: mais dez minutos e estaremos lá. A diretora tira um pequeno espelho de bolso e verifica o equilíbrio do chapéu, a desordem dos cabelos ruivos e crespos, o vermelho cruel dos lábios — absorta, palpitante e com um ar quase demente. Anaïs belisca suas bochechas na esperança louca de trazer um pouco de cor, eu arrumo meu chapéu espalhafatoso e enorme. Para quem estamos nos arrumando tanto? Não é para a senhorita Aimée, é claro... Bem, para ninguém, para os funcionários da estação, para o condutor do ônibus, o velho Racalin, bêbado de sessenta anos, para o idiota que vende jornais, para os cachorros vagando pela estrada.

Aí está o bosque de abetos, o bosque de Bel Air, depois os prados, a estação de cargas e, então, os freios rangem! Saltamos do trem atrás da diretora, que já correu para sua querida Aimée, alegre e saltitante na plataforma. Ela abraçou-a com tanta força que no mesmo instante a frágil assistente ficou vermelha, sufocada. Corremos até ela e a cumprimentamos com ares de colegiais comportadas: "Olá, senhorita! Como está, senhorita?".

Como está um dia bonito e não estamos com pressa, colocamos nossas malas no ônibus e voltamos a pé, passeando pela estrada entre as cercas altas onde florescem as poligalas, azuis e rosa-vinho, e as Ave-Marias com flores em pequenas cruzes brancas. Felizes por estarmos livres, sem precisar estudar história da França ou colorir mapas, corremos à frente e atrás das senhoritas, que caminham de braços dados, unidas e sincronizando seus passos. Aimée beijou a irmã, deu-lhe um tapinha na bochecha e disse: "Viu, pequena tonta, que no fim das contas a gente consegue se sair bem?". E agora ela só tem olhos e ouvidos para sua grande amiga.

Desapontada mais uma vez, a pobre Luce apega-se a mim e segue-me como uma sombra, murmurando zombarias e ameaças: "Vale a pena que a gente escangalhe o cerébro para receber elogios assim? As duas estão ótimas, minha irmã grudada na outra como um carrapato! Na frente de todas as pessoas que passam, não é tocante?". Elas não se importam nem um pouco com as pessoas que passam.

Entrada triunfal! Todo mundo sabe de onde viemos e o resultado do exame, telegrafado pela diretora. As pessoas estão em suas portas e fazem-nos sinais amigáveis...Marie sente sua angústia crescer e esconde-se o máximo que pode.

Tendo passado alguns dias fora da Escola, percebemos melhor ao voltar: terminada, perfeita, impecável, branca, com a prefeitura no meio, ladeada pelas duas escolas, meninos e meninas, o grande pátio onde felizmente respeitaram os cedros e os pequenos canteiros geométricos ao estilo francês e os pesados portões de ferro – muito pesados e intimidadores – que nos prendem, e os sanitários com seis cabines, três para as maiores, três para as menores (em uma atenção tocante e pudica, as cabines das grandes têm portas inteiras, as das pequenas têm meia-porta), os belos dormitórios do primeiro andar, cujas janelas claras e cortinas brancas podem ser vistas de fora. Os pobres contribuintes vão pagar por isso por muito tempo. Parece um quartel, de tão bonito que é!

As alunas fazem uma recepção barulhenta. A senhorita Aimée, tendo confiado gentilmente a supervisão de suas alunas e da primeira classe à clorótica senhorita Griset durante sua rápida ida à estação, encontra as salas de aula cheias de papéis, com tamancos projetados por todo lado e restos de maçãs. Com um franzir de sobrancelhas ruivas da senhorita Sergent, tudo volta ao lugar: mãos rastejantes recolhem os restos de maçã, pés esticam-se e, em silêncio, reencaixam os tamancos espalhados.

Meu estômago está roncando e vou almoçar, extasiada por reencontrar Fanchette, o jardim e papai – Fanchette, branca, cozinhando-se e emagrecendo ao sol, recebe-me com miados bruscos e surpresos – o jardim verde, negligenciado e invadido por plantas que se estendem e se alongam para encontrar o sol que as grandes árvores escondem – e papai, que me recebe com um bom empurrão carinhoso no ombro:

– O que você anda fazendo? Não te vejo mais!

– Mas, papai, acabei de fazer meu exame.

– Que exame?

Vou dizer uma coisa, não há outro como ele! De modo complacente, conto-lhe as aventuras desses últimos dias, enquanto ele puxa sua longa barba ruiva e branca. Ele parece contente. Sem dúvida, seus cruzamentos de lesmas forneceram resultados inesperados.

Tirei quatro ou cinco dias de descanso, de vagabundagem nos Matignons, onde encontro Claire, minha irmã de comunhão, chorando copiosamente porque seu pretendente que acabou de deixar Montigny nem sequer se deu ao trabalho de avisá-la. Em oito dias, ela terá outro pretendente que a deixará em três meses, pois ela não é esperta o suficiente para manter os rapazes, nem prática o suficiente para se casar. E como ela insiste em permanecer pura...isso pode durar muito tempo.

Enquanto isso, ela cuida de seus vinte e cinco carneiros, uma pequena pastora como em uma ópera cômica, um pouco ridícula, com o grande chapéu cloche que protege sua pele e seu coque (o sol desbota os cabelos, minha querida!), seu avental azul bordado de branco e o romance de capa branca com título vermelho *En fête!* que ela esconde na cesta. (Fui eu que emprestei a ela as obras de Auguste Germain para iniciá-la na vida de gente grande! Ai de mim! Todas as bobagens que ela fizer, talvez sejam minha responsabilidade). Tenho certeza de que ela se sente poeticamente infeliz, uma noiva triste e abandonada, e que gosta, sozinha, de fazer poses nostálgicas, "os braços jogados como armas inúteis", ou com a cabeça inclinada, semi-encoberta pelos cabelos soltos. Enquanto ela me conta as escassas novidades desses quatro dias e seus infortúnios, sou eu que cuido dos carneiros e mando a cadela ir atrás deles: "Traga-os, Lisette! Traga-os para cá!". Sou eu que lanço os "prrr...galinha!" para impedi-las de tocar na aveia. Estou acostumada.

– Quando soube em qual trem ele partiria – suspira Claire – dei um jeito de deixar meus carneiros com Lisette e desci até a passagem de nível. Na cancela, esperei o trem, que não vai muito rápido ali porque é uma subida. Eu o vi, acenei com meu lenço, mandei beijos, acho que ele me viu...Escute, não tenho certeza, mas me pareceu que os olhos dele estavam vermelhos. Talvez os pais o tenham obrigado a voltar...Talvez ele me escreva...

Continue sonhando, pobre romântica, não custa nada esperar. E se eu tentasse te dissuadir, você não acreditaria em mim.

Depois de cinco dias de andanças pelos bosques, arranhando os braços e as pernas nos arbustos, trazendo braçadas de cravos selvagens, centáureas e silenes, comendo cerejas amargas e groselhas, a curiosidade e a saudade da Escola voltam a tomar conta de mim. Então eu volto.

Reencontro todas elas. As grandes sentadas em bancos à sombra, no pátio, trabalhando preguiçosamente nas obras "de exposição". As pequenas na parte coberta, brincando com a bomba d'água. A diretora em uma cadeira de vime, sua Aimée a seus pés em uma espreguiçadeira de flores, relaxando e sussurrando. À minha chegada, a senhorita Sergent endireita-se e gira na cadeira:

– Ah! Aí está você! Já não era sem tempo! Estava aproveitando a vida! A senhorita Claudine andava pelos campos, sem pensar que a distribuição dos prêmios está se aproximando e que as alunas não sabem uma nota do coro que devem cantar!

– Mas...a senhorita Aimée não é a professora de canto? E o senhor Rabastens (Antonin)?

– Não fale bobagens! Você sabe muito bem que a senhorita Lanthenay não pode cantar, pois a delicadeza da voz dela não permite. Quanto ao senhor Rabastens, tiveram conversas na cidade sobre as visitas dele e sobre as aulas de canto, ao que parece. Ah! Deus, que lugar de fofocas! Enfim, ele não voltará mais. Não podemos prescindir de você para os coros e você abusa disso. Hoje à tarde, às quatro horas, dividiremos as partes e você as fará copiar os versos no quadro.

– Tudo bem, por mim. Qual é a música deste ano?

– *Hino à natureza*. Marie, vá buscar no meu escritório, Claudine vá enfiá-lo na cabeça dessas moças.

É um coro a três vozes, bem típico de colégio. As sopranos pipiam com convicção:

*Lá longe no horizonte,
O hino da manhã
Eleva-se em um doce murmúrio...*[60]

Enquanto as mezzos, ecoando as rimas em *tin*, repetem *tin tin tin*, para imitar o sino do Angelus. Isso vai agradar muito. Essa doce vida vai recomeçar, que consiste em me esgoelar, cantar trezentas vezes a mesma melodia, voltar rouca para casa, ficar com raiva dessas meninas contrárias a qualquer ritmo. Se ao menos me dessem um presente.

Anaïs, Luce e algumas outras, felizmente, têm boa memória auditiva e acompanham-me na terceira vez. Paramos quando a diretora diz: "Basta por hoje". Seria muita crueldade fazer-nos cantar por muito tempo neste calor senegalês.

— E vocês já sabem — acrescentou a diretora — é proibido murmurar o *Hino à natureza* entre as aulas! Se não vão estragar, deformar a música, e não serão capazes de cantar corretamente na distribuição. Voltem para os trabalhos agora e não quero ouvir muita conversa alta.

As grandes são mantidas do lado de fora para que possamos realizar com mais facilidade os trabalhos maravilhosos destinados à exposição das obras manuais! (Existem obras que não sejam "manuais"? Não conheço nenhuma feita

---

60 No original:
*Là-bas au lointain,
L'hymne du matin
S'élève en un doux murmure...* N. da T.

"com o pé".) Pois, após a distribuição dos prêmios, a cidade inteira vem admirar nossos trabalhos expostos que enchem duas salas de aula: rendas, tapeçarias, bordados, roupas de cama enfeitadas, expostas em mesas de estudo. As paredes são cobertas de cortinas rendadas, colchas de crochê sobre transparências coloridas, passadeiras macias em lã verde (tricô desfeito), enfeitadas com flores falsas vermelhas e rosas, tudo de lã. Mantas de pelúcia bordadas para a parte de cima da lareira...Essas mocinhas, vaidosas com suas roupas de baixo aparentes, expõem principalmente uma quantidade suntuosa de lingerie, camisolas de cambraia com florzinhas e encaixes perfeitos, calças bufantes presas com fitas, cache-corsets floridos de cima a baixo, tudo sobre transparências azuis, vermelhas e roxas, com placas onde o nome da autora sobressaía-se em uma bela caligrafia redonda. Ao longo das paredes, há banquetas com trabalhos em ponto cruz, nos quais repousa tanto o horrível gato cujos olhos são feitos de quatro pontos verdes, um preto no meio, quanto o cão, com dorso vermelho e patas arroxeadas, que deixa pender uma língua cor de Adrianópolis.

Claro, a lingerie, mais do que todo o resto, interessa aos rapazes, que vêm visitar a exposição como todo mundo. Eles demoram-se nas camisolas floridas, nas calças bufantes enfeitadas, empurram-se com o ombro, riem e cochicham coisas atrozes.

É preciso dizer que a Escola dos Meninos também tem uma exposição, rivalizando com a nossa. Eles não oferecem lingeries excitantes para admiração, mas mostram outras maravilhas: pés de mesa habilmente torneados, colunas retorcidas (minha querida! é mais difícil), ensambladuras em "cauda de andorinha", obras de papelão cheias de cola e, em particular, peças moldadas em argila – alegria do professor, que com modéstia batiza essa sala de *Seção de escultura*"

– moldes que pretendem reproduzir frisos do Partenon e outros baixos-relevos, borrados, empastados, tristes. A *seção de desenho* não é mais consoladora: as cabeças dos *Brigands des Abruzzes* são vesgas, o rei de Roma é meio inchado, Nero faz uma careta horrível e o presidente Loubet, em uma moldura tricolor, combinação de marcenaria e trabalho com papelão, parece estar prestes a vomitar (ele está pensando em seu ministério, explica Dutertre, ainda furioso por não ser deputado). Nas paredes, aquarelas mal feitas, planos de arquitetura e a "vista geral antecipada (sic) da Exposição de 1900", aquarela que merece o prêmio de honra.

Durante o tempo que ainda nos separa das férias, deixaremos todos os livros de lado, trabalharemos preguiçosamente na sombra das paredes, lavando as mãos a cada hora – pretexto para perambular – para não manchar de suor as lãs claras e os tecidos brancos. Eu vou expor apenas três camisolas de linho, cor-de-rosa, estilo bebê com calções combinando, fechados, um detalhe que escandaliza minhas colegas, unânimes em achar isso "inconveniente". Palavra de honra!

Eu sento-me entre Luce e Anaïs, vizinha de Marie Belhomme, pois nós mantemo-nos, por hábito, em um pequeno grupo. Pobre Marie! Ela tem de estudar novamente para o exame de outubro... Como ela aborrecia-se mortalmente na sala de aula, a diretora permite que ela venha conosco por pena. Ela lê os Atlas e as Histórias da França. Quando eu digo que ela lê... seu livro está aberto no colo, ela inclina a cabeça e lança olhares para nós, ouvindo atentamente o que dizemos. Eu prevejo o resultado do exame de outubro!

– Estou morrendo de sede! Você tem uma garrafa? – pergunta-me Anaïs.

– Não, não pensei em trazer, mas Marie deve ter a dela.

Essas garrafas representam mais uma de nossas tradições imutáveis e ridículas. Desde os primeiros dias de calor intenso, fica combinado que a água da bomba torna-se imbebível (ela é sempre imbebível), e cada uma traz no fundo da cesta – às vezes na pasta de couro ou no saco de pano – uma garrafa cheia de uma bebida fresca. É uma competição para ver quem faz a mistura mais bizarra, os líquidos mais estranhos. Nada de *coco*[61], pois isso era para a classe das pequenas! Para nós, água com vinagre, que embranquece os lábios e irrita o estômago, limonadas azedas, água com menta que fazemos nós mesmas com folhas frescas da planta, aguardente roubada de casa e misturada com açúcar, suco de groselha verde que faz arregipar[62]. A grande Anaïs lamenta amargamente a partida da filha do farmacêutico, que costumava nos fornecer frascos cheios de álcool de menta com pouca água ou então *Água de Botot*[63] adoçada. Eu, que sou uma pessoa simples, limito-me a beber vinho branco misturado com água de Seltz[64], açúcar e pouco de limão. Anaïs abusa do vinagre e Marie do suco de alcaçuz, tão concentrado que

---

61 O coco, a princípio também chamado de infusão, é uma bebida refrescante resultante da maceração de pequenos galhos de alcaçuz em água com limão. Esta bebida era vendida nas ruas no fim do século XVIII. N. da T.

62 *Reggiper*. Na nota de rodapé original: *Mot intraduisible indiquant l'impression produite par les saveurs astringentes* (palavra intraduzível que indica a impressão produzida pelos sabores adstringentes).

63 A Água de Botot (*Eau de Botot*) é historicamente o primeiro produto de higiene bucal vendido na França. Ele continha uma grande quantidade de álcool em sua composição. N. da T.

64 Água gaseificada feita de água pura, na qual é adicionado ácido carbônico sob alta pressão. Acondicionada em uma garrafa específica chamada "sifão", geralmente metálica, dotada de válvula, permite que a água seja servida em jato, graças à pressão interna. N. da T.

fica preto. Como o uso das garrafas é proibido, cada uma, repito, traz a sua, fechada com uma rolha atravessada por um canudo de pena, o que nos permite beber inclinando-nos, com o pretexto de pegar um carretel, sem mover a garrafa deitada na cesta, com o bico para fora. No pequeno recreio de quinze minutos (às nove e às três horas), todas correm para a bomba para molhar as garrafas e refrescá-las um pouco. Há três anos, uma menina caiu com sua garrafa e perfurou um olho, que está todo branco agora. Após esse acidente, todas as garrafas foram confiscadas. Todas, por uma semana...e então alguém trouxe a sua de volta, exemplo seguido por outra no dia seguinte...no mês seguinte, as garrafas estavam funcionando normalmente, a diretora talvez ignore esse acidente, que aconteceu antes de sua chegada – ou prefere fechar os olhos para que possamos deixá-la em paz.

Nada acontece, na verdade. O calor tira-nos toda a disposição: Luce cerca-me menos com suas importunas carícias. Tentativas de brigas mal começam e já se desfazem. É a preguiça, isso sim, e as tempestades repentinas de julho, que nos surpreendem no pátio, nos varrendo com trombas de granizo – uma hora depois, o céu está limpo.

Fizemos uma brincadeira maldosa com Marie Belhomme, que se gabou de vir à escola sem calças, por causa do calor. Éramos quatro, uma tarde, sentadas em um banco na seguinte ordem:

Marie – Anaïs – Luce – Claudine.

Depois de explicar meu plano para minhas duas vizinhas, bem baixinho, elas levantaram-se para lavar as mãos e o meio do banco ficou vazio, com Marie em uma ponta e eu na outra. Ela estava meio adormecida com sua aritmética. Eu levantei-me de repente e o banco tombou: Marie, acordada com o susto, caiu com as pernas para o ar, soltando um daqueles gritos de galinha degolada que só ela sabe dar, e nos mostrou...que realmente não estava usando calças. Gritos e gargalhadas por todos os lados. A diretora tenta repreender, mas não consegue, pois ela mesma é tomada por uma gargalhada. Aimée Lanthenay prefere ir embora, para não oferecer a suas alunas o espetáculo de seus contorcionismos de gata envenenada.

Dutertre não vem há tempos. Dizem que está na praia, em algum lugar onde ele se bronzeia e flerta (mas onde ele arranja dinheiro?). Posso imaginá-lo, de calças de flanela branca, camisa macia, cinto largo demais e sapatos amarelos demais. Ele adora essas roupas um pouco exóticas e ele mesmo é bem exótico, com todos esses tons de branco, bronzeado demais e com olhos brilhantes demais, dentes pontudos e bigode de um preto queimado, como se tivesse sido flambado. Quase nem pensei em seu ataque repentino no corredor envidraçado, a memória foi forte, mas curta – além do mais, com ele, a gente sabe muito bem que nada tem grandes consequências! Eu sou talvez a tricentésima menina que ele tenta atrair para sua casa, o incidente não tem interesse nem para ele nem para mim. Teria, se o golpe tivesse dado certo, só isso.

Já estamos pensando bastante nas roupas para a distribuição dos prêmios. A diretora vai usar um vestido de seda preta bordado por sua mãe, uma hábil costureira que faz grandes buquês e guirlandas finas em ponto cheio, que seguem a barra da saia, ramos que sobem pelo corpete, tudo isso em sedas violetas sombreadas, tênues – algo muito distinto, um pouco "senhora idosa" talvez, mas com um corte impecável. Sempre vestida de forma sóbria e simples, o estilo de suas saias eclipsa todas as esposas de notários, recepcionistas, comerciantes e rentistas daqui! É sua pequena vingança de mulher feia e bem-feita.

A senhorita Sergent também está ocupada em vestir sua pequena Aimée para esse grande dia. Amostras foram trazidas do Louvre, do Bon Marché e as duas amigas escolhem juntas, absortas, diante de nós no pátio onde trabalhamos à sombra. Acho que será um vestido que não custará caro para a senhorita Aimée. De fato, ela não seria muito esperta de agir de outra forma, pois não é com seus 75 francos por mês – dos quais deve subtrair trinta francos para sua pensão (que ela não paga), a mesma quantia para a pensão da irmã (que ela economiza) e vinte francos para enviar aos pais, foi Luce quem disse –, não é com esse salário, eu digo, que ela pagaria o lindo vestido de mohair branco cuja amostra eu vi.

Entre as alunas, é bem visto não parecer se preocupar com a roupa da premiação. Todas pensam nisso um mês antes, atormentam as mães para conseguir fitas, rendas ou apenas modificações que modernizem o vestido do ano passado – mas é de bom tom não dizer nada. Perguntamos com uma curiosidade distante, como por educação: "Como será seu vestido?". E parecemos mal ouvir a resposta, dada em um tom negligente e desdenhoso.

A grande Anaïs fez-me a pergunta de praxe, com os olhos dispersos, a expressão distraída. Com o olhar perdido e voz indiferente, eu expliquei: "Oh! Nada de especial...musselina branca...o corpete de lenço cruzado aberto na ponta...e as mangas Luís XV, arrematadas com musselina, até o cotovelo... Só isso". Todas nós vestimo-nos de branco para a premiação, mas os vestidos são enfeitados com fitas claras, laços, cintos, cuja tonalidade, que fazemos questão de mudar todos os anos, preocupa-nos muito.

– As fitas – pergunta Anaïs com as palavras quase saindo dos lábios. (Eu já esperava por isso).

– Brancas também.

— Minha querida, uma verdadeira noiva, então! Você sabe, há muitas que sumiriam em meio a tanto branco, como pulgas em um lençol.

— É verdade. Por sorte, o branco cai-me bem.

(Raiva, querida criança. Sabemos que com sua pele amarela você é obrigada a usar fitas vermelhas ou laranja no seu vestido branco para não parecer um limão.)

— E você? Fitas laranja?

— Não mesmo! Eu usei no ano passado! Fitas Luís XV adamascadas, seda e cetim, marfim e papoula. Meu vestido é de lã creme.

— O meu — anuncia Marie Belhomme, a quem ninguém perguntou nada — é de musselina branca e as fitas são cor de pervinca, um azul-violeta muito bonito!

— Eu — diz Luce, sempre escondida nas minhas saias ou na minha sombra — tenho o vestido, só não sei quais fitas colocar. Aimée queria que fossem azuis...

— Azuis? Sua irmã é uma tonta, com todo o respeito que lhe devo. Com olhos verdes como os seus, não se escolhem fitas azuis, isso faz ranger os dentes. A modista da praça vende fitas muito bonitas, em verde-glacê e branco... seu vestido é branco?

— Sim, de musselina.

— Bom! Agora, atormente sua irmã para que ela compre fitas verdes para você.

— Não precisa, sou eu que vou comprá-las.

— Melhor ainda. Você verá como ficará linda. Não haverá mais de três que ousarão usar fitas verdes, é muito difícil de combinar.

Essa pobre garota! Por qualquer gentileza que lhe digo, mesmo sem ser de propósito, ela ilumina-se...

A senhorita Sergent, inspirada por preocupações com a exposição que se aproxima, apressa-nos e pressiona-nos. As punições chovem, punições que consistem em fazer vinte centímetros de renda, um metro de bainha ou vinte carreiras de tricô depois da aula. Ela também trabalha em um par de esplêndidas cortinas de musselina que borda lindamente, quando sua Aimée lhe dá tempo. Essa adorável assistente desocupada, preguiçosa como uma gata, suspira e espreguiça-se a cada cinquenta pontos de tapeçaria, diante de todas as alunas, e a diretora diz a ela, sem ousar repreendê-la, que "é um exemplo deplorável para nós". Nisso, a insubordinada joga seu trabalho para o alto, olha para sua amiga com olhos brilhantes e joga-se sobre ela para mordiscar suas mãos. As grandes sorriem e cutucam-se, as pequenas não reagem.

Um grande papel, timbrado pela administração cantonal e carimbado pela prefeitura, foi encontrado pela diretora na caixa de correio e perturbou de modo singular esta manhã, particularmente fresca. Todas as cabeças trabalham, assim como todas as línguas. A diretora abre o envelope, lê, relê e não diz nada. Sua companheira maluca, impaciente por não saber de nada, lança sobre ele patas ágeis e exigentes e solta um "Ah!" e um "Isso vai causar problemas!" tão altos que, violentamente intrigadas, ficamos agitadas.

– Sim – disse a diretora – eu já tinha sido avisada, mas esperava o comunicado oficial. Foi um dos amigos do doutor Dutertre...

– Mas não é só isso! Temos de dizer às alunas, já que vamos decorar, iluminar, que haverá um banquete...Olhe para elas, estão morrendo de curiosidade!

Sim, estamos!

– Sim, é preciso dizer a elas...Senhoritas, tentem me ouvir e prestar atenção! O Ministro da Agricultura, o Senhor Jean Dupuy, virá à capital da região por ocasião da próxima assembleia agrícola e vai aproveitar para inaugurar as novas escolas: a cidade será decorada, iluminada, haverá recepção na estação...então, não me aborreçam. Em breve, vocês vão saber de tudo, pois vão falar por toda a cidade. Tentem apenas se concentrar mais e garantir que seus trabalhos estejam prontos.

Um silêncio profundo. E então explodimos! Exclamações surgem, misturam-se e o tumulto cresce, interrompido por uma vozinha aguda: "O ministro vai nos fazer perguntas?" Marie Belhomme, a boboca, é vaiada por perguntar isso.

A diretora coloca-nos em fila, embora ainda não seja a hora, e libera-nos, falando sem parar, para ir clarear as ideias e tomar providências para o evento extraordinário que se aproxima.

– Mulher, o que você acha disso? – pergunta Anaïs na rua.

– Acho que nossas férias começarão uma semana mais cedo e isso não me agrada. Incomoda-me quando não posso vir à escola.

– Mas vamos ter festas, bailes, jogos nas praças.

– Sim, e muita gente para quem se exibir, eu entendo bem! Você sabe, estaremos muito em evidência. Dutertre, que é amigo particular do novo ministro (é por causa dele que essa excelência recém-nomeada arrisca-se a vir para um lugar como Montigny), nos colocará em destaque...

– Não? Você acha?

– Claro! É um golpe que ele planejou para derrubar o deputado!

Ela vai embora radiante, sonhando com festas oficiais durante as quais dez mil pares de olhos vão contemplá-la!

A novidade logo se espalhou pela cidade e foram prometidas alegrias sem fim: chegada do trem ministerial às nove horas, as autoridades municipais, os alunos das duas escolas, enfim, tudo o que há de mais notável na população de Montigny aguardará o ministro perto da estação, na entrada da cidade, e o conduzirá, através das ruas enfeitadas, até as escolas. Lá, sobre um palco, ele falará! E na grande sala da prefeitura, ele participará de um banquete em numerosa companhia. Depois, distribuição de prêmios para os adultos (pois o senhor Jean Dupuy trará algumas fitinhas violetas e verdes para os aliados de seu amigo Dutertre, que fez desse evento um golpe de mestre). À noite, grande baile na sala do banquete. A fanfarra da capital do cantão (algo de decente!) estará presente no gracioso concurso. Por fim, o prefeito convida os habitantes a enfeitarem suas casas e a decorá-las com folhagens. Ufa! Que honra para nós!

Esta manhã, na aula, a diretora anuncia-nos solenemente – percebe-se logo que grandes coisas estão a caminho – a visita de seu querido Dutertre, que nos dará, com sua habitual complacência, amplos detalhes sobre a forma como a cerimônia será organizada.

Mas ele não vem.

Só à tarde, por volta das quatro horas, no momento em que dobramos nossos tricôs, rendas e tapeçarias nos pequenos cestos, Dutertre entra, como sempre, de supetão, sem bater. Eu não o tinha visto desde o "atentado", mas ele não mudou: vestido com a habitual negligência sofisticada – camisa colorida, paletó e calças quase brancas, uma grande gravata clara presa no cinto em vez de um colete – a senhorita Sergent, assim como Anaïs, Aimée Lanthenay e todas as outras, acham que ele se veste de uma forma extremamente distinta.

Falando com essas senhoritas, ele deixa seus olhos vagarem em minha direção, olhos alongados, puxados para as têmporas, olhos de animal perverso, que ele sabe tornar suaves. Eu não vou mais permitir ser levada para o corredor, aquele tempo acabou!

– Bem, meninas – ele exclama – vocês estão contentes de ver um ministro?
Respondemos com murmúrios indistintos e respeitosos.
– Atenção! Vocês vão fazer uma recepção cuidadosa na estação para ele, todas de branco! Isso não é tudo: três moças devem oferecer buquês a ele, uma das quais recitará um pequeno cumprimento!
Trocamos olhares de fingida timidez e de susto mentiroso.
– Não se façam de tontas! Uma deve estar toda de branco, uma de branco com fitas azuis e uma de branco com fitas vermelhas, para representar uma bandeira de honra, ah! Sim! E uma pequena bandeira bem bonita! Você, é claro, fará parte da bandeira (essa sou eu!), você é decorativa, então gosto que vejam você. Como são suas fitas para a distribuição dos prêmios?
– Bem, este ano, é branco em toda parte.
– Muito bem, pequena virgem, você fará o meio da bandeira. E você recitará um discurso para o meu amigo ministro. Ele não vai se entediar de olhar para você, sabe?
(Ele está completamente louco de dizer essas coisas aqui! A senhorita Sergent vai me matar!)
– Quem tem fitas vermelhas?
– Eu – grita Anaïs, cheia de esperança.
– Certo, pode ser você.
É uma meia-mentira dessa danada, pois as fitas dela são adamascadas.
– Quem tem azuis?
– Eu, se... nhor – gagueja Marie Belhomme, sufocada de medo.
– Muito bem, vocês três vão ficar bem juntas. E querem saber? Para as fitas, vão com tudo, façam loucuras, eu pago! (hum!) Belos cintos, laços exuberantes. Vou encomendar buquês para vocês, combinando com suas cores!

– Ainda falta muito tempo! – digo. Até lá, eles vão murchar.
– Cale a boca, menina. Você nunca vai saber o que é respeito. Será que você já possui outros em lugares mais apropriados?

Toda a classe ri com entusiasmo. A diretora dá um sorriso amarelo. Quanto a Dutertre, eu juraria que ele está bêbado. Somos mandadas para fora antes de sua partida. Ouço coisas como "Minha cara, pode-se dizer que você tem sorte! Para você, todas as honras! Isso não cairia sobre outra pessoa, com certeza!". Eu não respondo nada, mas vou consolar a pobre Luce, toda triste por não ter sido escolhida para a bandeira: "Olha, o verde vai te cair muito bem... e além disso, é sua culpa, por que você não se colocou à frente como Anaïs?".

– Oh! – suspira a pequena – não importa. Eu perco a cabeça na frente das pessoas e faria alguma bobagem. Mas fico contente que você recite o discurso e não a grande Anaïs.

Papai, avisado sobre a parte gloriosa que eu terei na inauguração das escolas, franziu o nariz para perguntar: "Mil deuses! Terei de aparecer por lá?".

– De jeito nenhum, papai, você fica na sombra!
– Então, perfeito. Há algo que eu precise fazer por você?
– Claro que não, papai. Não precisa mudar seus hábitos!

A cidade e a escola estão de pernas para o ar. Se isso continuar, não terei mais tempo de relatar nada. De manhã, chegamos à classe às sete horas e temos bastante trabalho! A diretora mandou vir da capital grandes fardos de papel de seda rosa, azul-claro, vermelho, amarelo e branco. Na sala do meio, nós abrimos os fardos – as maiores são as responsáveis principais – e vamos lá, contamos as grandes folhas leves, dobramos em seis no sentido do comprimento, cortamos em seis tiras e amarramos essas tiras em pequenos montes que são levados ao escritório da diretora. Ela corta os lados em dentes redondos com um furador e a senhorita Aimée depois os distribui para todas da primeira classe e para todas da segunda classe. Nada para a terceira, essas crianças são muito pequenas e estragariam o papel, o papel bonito do qual cada tira se tornará uma rosa amassada e cheia, na ponta de uma haste de arame.

Vivemos uma enorme alegria! Os livros e cadernos estão esquecidos nas carteiras fechadas e quem se levanta primeiro corre imediatamente para a Escola transformada em atelier de florista.

Não me demoro mais na cama, não, e me apresso tanto para chegar cedo que amarro meu cinto na rua. Às vezes, já estamos todas reunidas nas salas quando as senhoritas finalmente descem, elas estão bem à vontade, às vezes nem se arrumam! A senhorita Sergent exibe-se em um roupão de cambraia vermelha (orgulhosamente, sem espartilho). Sua carinhosa assistente faz o mesmo, de pantufas, olhos sonolentos e ternos. Vivemos como em família. Anteontem de manhã, a senhorita Aimée, tendo lavado a cabeça, desceu com os cabelos soltos e ainda úmidos, cabelos dourados suaves como seda, bastante curtos, anelados suavemente nas pontas. Ela parecia um pajem travesso e, a diretora, sua boa diretora, a devorava com os olhos.

O pátio está deserto. As cortinas de sarja, fechadas, envolvem-nos em uma atmosfera azul e fantástica. Ficamos à vontade, Anaïs tira o avental e arregaça as mangas como uma confeiteira, a pequena Luce, que pula e corre atrás de mim o dia todo, levantou seu vestido e sua anágua como uma lavadeira, pretexto para mostrar suas panturrilhas arredondadas e tornozelos frágeis. A diretora, apiedada, permitiu que Marie Belhomme fechasse seus livros. Em um avental de tecido listrado de preto e branco, sempre com um ar de pierrot, ela desliza de um lado para o outro, corta as tiras tortas, erra, tropeça nos fios de arame, desespera-se e enche-se de alegria no mesmo minuto, inofensiva e tão doce que ninguém a provoca.

A senhorita Sergent levanta-se e puxa a cortina do lado do pátio dos meninos com um gesto brusco. Ouvimos, na escola em frente, vozes juvenis rudes e mal-afinadas: é o senhor Rabastens que ensina um coro republicano a seus alunos. A diretora espera um instante, depois faz um sinal com o braço, as vozes calam-se lá e o complacente Antonin corre, sem chapéu, a lapela adornada com uma rosa da França.

– Faça a gentileza de enviar dois de seus alunos ao atelier, para cortar este arame em pedaços de vinte e cinco centímetros.

– Imediatamente, senhorita. Vocês ainda estão trabalhando nas flores?

– Isso não vai acabar tão cedo. Precisamos de cinco mil rosas só para a escola, e ainda somos responsáveis por decorar a sala do banquete!

Rabastens vai embora, correndo de cabeça descoberta sob o sol feroz. Um quarto de hora depois, batem à nossa porta, que se abre diante de dois completos idiotas de quatorze ou quinze anos. Eles trazem os fios de arame, não sabem o que fazer com seus longos corpos, vermelhos e estúpidos, excitados por cair no meio de umas cinquenta garotas que, com os braços nus, pescoços nus, blusas abertas, riem com malícia dos dois rapazes. Anaïs encosta-se neles ao passar, eu prendo nos bolsos deles, discretamente, serpentes de papel. Por fim, eles escapam, felizes e incautos, enquanto a senhorita desperdiça uns "Shiii!" que quase ninguém escuta.

Com Anaïs, eu sou dobradora e cortadora, Luce embala e leva à diretora, Marie junta as tiras. Às onze da manhã, deixamos tudo e agrupamo-nos para ensaiar o *Hino à natureza*. Por volta das cinco horas, arrumamo-nos um pouco: os pequenos espelhos saem dos bolsos. As meninas da segunda classe, complacentes, estendem-nos seus aventais pretos atrás das janelas abertas. Diante desse espelho escuro, recolocamos nossos chapéus, eu amasso meus cachos, Anaïs levanta seu coque caído, e vamos embora.

A cidade começa a agitar-se tanto quanto nós. Imagine só, o senhor Jean Dupuy chega em seis dias! Os rapazes partem de manhã em carroças, cantando a plenos pulmões e chicoteando vigorosamente o pangaré que os puxa. Eles vão ao bosque público – e também aos bosques privados, tenho certeza – escolher suas árvores e marcá-las, em especial abetos, olmos e álamos de folhas aveludadas que vão perecer às centenas. É preciso fazer jus ao novo ministro! À noite, na praça e nas calçadas, as moças fazem flores de papel e cantam para atrair os rapazes que vêm ajudá-las. Deus do céu! Como isso deve acelerar a produção! Vejo isso daqui, eles trabalham com as duas mãos.

Os carpinteiros removem as divisórias móveis do grande salão da prefeitura onde será realizado o banquete. Um grande palanque surge no pátio. O médico-secretário de educação Dutertre faz aparições curtas e frequentes, aprova tudo que é feito, bate nos ombros dos homens, belisca os queixos das mulheres, paga bebidas e desaparece para voltar em breve. Que lugar feliz! Enquanto isso, destroem os bosques, caçam dia e noite, brigam nos bares e uma vaqueira de Chêne-Fendu deu seu recém-nascido para os porcos comerem. (Depois de alguns dias, as investigações foram encerradas, pois Dutertre conseguiu provar a falta de discernimento dessa garota...O caso já foi deixado de lado). Graças a esse sistema, ele envenena o país, mas conquistou duzentos canalhas, almas irreparáveis que matariam e morreriam por ele. Ele será eleito deputado. O resto não importa!

Nós, meu Deus! Fazemos flores. Cinco ou seis mil flores, não é pouca coisa. A turma inteira ocupa-se em fabricar guirlandas de papel franzido, de cores suaves, que flutuarão por toda parte ao sabor da brisa. A senhorita teme que esses preparativos não sejam concluídos a tempo e nos dá, todas as noites, uma provisão de papel de seda e arame para levar para casa. Trabalhamos em casa depois do jantar, antes do jantar, sem descanso. As mesas, em todas as casas, enchem-se de flores brancas, azuis, vermelhas, rosas e amarelas, volumosas, rígidas e frescas no fim de seus caules. Ocupam tanto espaço que não sabemos mais onde colocá-las. Elas transbordam em todos os lugares, florescem em pilhas multicoloridas e trazemo-nas de manhã em feixes, como se fôssemos desejar feliz aniversário a parentes.

A diretora, fervilhante de ideias, quer ainda construir um arco do triunfo na entrada das escolas. Os pilares serão engrossados com ramos de pinheiro, folhagens desalinhadas, adornadas com muitas flores. No frontão terá a inscrição, em letras de flores rosas, sobre um fundo de musgo:

SEJAM BEM-VINDOS

Bonito, não é?
Eu também desferi minha opinião: sugeri a ideia de coroar a bandeira com flores, ou seja, nós.
– Oh! Sim – gritaram Anaïs e Marie Belhomme.
– Certo. (O que isso nos custa!) Anaïs, você será coroada com papoulas. Marie, você terá uma coroa de centáureas e eu, brancura, candura, pureza, usarei...
– O quê? flores de laranjeira?
– Eu ainda as mereço, senhorita! Mais que você, sem dúvida!
– Lírios imaculados o suficiente para você?

– Você está brincando! Vou usar margaridas. Você sabe bem que o buquê tricolor é composto de margaridas, papoulas e centáureas. Vamos à modista.

Com um ar de desgosto e superioridade, escolhemos. A modista mede a circunferência de nossas cabeças e promete-nos "o que há de melhor".

No dia seguinte, recebemos três coroas que me deixam arrasada: diademas altos no meio como das noivas do interior. Como ficar bonita com isso? Marie e Anaïs, encantadas, experimentam as delas no meio de um círculo de crianças admiradas. Eu não digo nada, mas levo meu utensílio para casa, onde o desmonto tranquilamente. Então, sobre a mesma estrutura de arame, reconstruo uma coroa frágil, fina, com grandes margaridas em forma de estrelas, colocadas aparentemente ao acaso, prontas para se soltar. Duas ou três flores pendem em cachos perto das orelhas, algumas caem por trás nos cabelos. Experimento minha obra na minha cabeça. Não preciso dizer nada! Não tem a menor chance de eu avisar as outras duas!

Uma demanda adicional chega até nós: papelotes! Você não sabe, não tem como saber. Pois digo a você que em Montigny nenhuma aluna participaria de uma distribuição de prêmios, ou qualquer solenidade, sem estar devidamente frisada ou ondulada. Nada de estranho nisso, com certeza, embora esses cachos rígidos e essas torções excessivas deem aos cabelos um aspecto de vassouras irritadas. Mas as mães de todas essas meninas, costureiras, jardineiras, mulheres de operários e lojistas, não têm tempo, nem vontade, nem habilidade para fazer papelotes em todas essas cabeças. Adivinhe a quem cabe esse trabalho, às vezes pouco agradável? Às professoras e às alunas da primeira classe! Sim, é loucura, mas é o costume, e essa palavra responde a tudo. Uma semana antes da distribuição de prêmios, as pequenas assediam-nos e inscrevem-se em nossas listas. Cinco ou seis para cada uma de nós, pelo menos! E para cada cabeça limpa com cabelos bonitos e macios, quantas cabeleiras oleosas – às vezes, habitadas!

Hoje começamos a fazer papelotes nas meninas de oito a onze anos. Agachadas no chão, elas entregam-nos suas cabeças e como bigodins usamos folhas de nossos cadernos antigos. Este ano, só aceitei quatro vítimas, escolhidas entre as mais limpas. Cada uma das outras maiores frisa seis pequenas! Tarefa nada fácil, pois quase todas as meninas dessas regiões são dotadas de crinas abundantemente espessas. Ao meio-dia, chamamos o rebanho dócil. Começo com uma loirinha de cabelos leves que enrolam com facilidade, suavemente.

– Como? O que você veio fazer aqui? Com cabelos assim, quer que eu faça papelotes? Isso é um massacre!

– Imagine! Mas é claro que quero papelotes! Sem frisos nos cabelos, em um dia de Prêmio, um dia de Ministro? Nunca se viu isso!

– Você vai ficar feia como os quatorze pecados capitais! Seus cabelos vão ficar duros, como uma cabeça de lobo...

– Não me importa, pelo menos estarão frisados.

Já que ela insiste! E dizer que todas pensam como ela! Aposto que Marie Belhomme também...

– Diga, Marie. Você, que tem cachos naturais, imagino que vai ficar como está?

Ela grita indignada:

– Eu? Ficar assim? Você só pode estar brincando! Eu chegaria à premiação com um cabelo todo sem graça!

– Pois eu não vou frisar meus cabelos.

– Você, minha querida, tem cachos bem apertados e seus cabelos formam uma nuvem com bastante facilidade...

além disso, todos sabem que suas ideias nunca são iguais às dos outros.

Enquanto fala, ela enrola animadamente – animada demais – as longas mechas cor de trigo maduro da menina sentada à sua frente, encoberta pela própria cabeleira – uma moita de onde, às vezes, surgem gemidos agudos.

Anaïs maltrata, não sem maldade, sua paciente, que grita.
– Também, ela tem cabelo demais! – ela diz em sua defesa.
– Quando você pensa que terminou, está só na metade. Você não queria? Agora aguente e tente não gritar!

Nós enrolamos, enrolamos... o corredor envidraçado enche-se dos sussurros do papel dobrado que torcemos nos cabelos... Quando nosso trabalho termina, as meninas levantam-se suspirando e mostram-nos cabeças eriçadas de aparas de papel em que ainda se pode ler: "Problemas... moral... duque de Richelieu..." Durante esses quatro dias, elas andam assim pelas ruas, na aula, sem constrangimento. Afinal, é o costume.

...Vivemos ao nosso bel-prazer. O tempo todo fora, perambulando por todo lugar, levando ou trazendo rosas, nós quatro – Anaïs, Marie, Luce e eu – procurando e pedindo flores naturais por toda parte para decorar a sala do banquete, entramos (enviadas pela diretora, que conta com nossas carinhas jovens para desarmar os formalistas) nas casas de pessoas que nunca vimos. Assim, vamos à casa de Paradis, o cobrador de impostos, porque o boato público denunciou-o como possuidor de roseiras anãs em vasos, pequenas maravilhas. Perdida toda timidez, invadimos sua morada tranquila e "Bom dia, senhor! Disseram-nos que você tem belas roseiras, é para as jardineiras da sala do banquete, você sabe, viemos a pedido de tal, etc., etc." O pobre homem balbucia algo em sua grande barba e precede-nos armado com uma tesoura de poda. Partimos carregadas, com vasos de flores nos braços, rindo, conversando, respondendo atrevidamente aos rapazes que trabalham erguendo, na saída de cada rua, as estruturas dos arcos de triunfo e interpelam-nos: "Ei, meninas, se precisarem de alguém, podemos arranjar... olha só, ali estão caindo! Vocês estão perdendo alguma coisa, peguem!" Todo mundo se conhece, todo mundo se trata informalmente...

Ontem e hoje, os rapazes saíram ao amanhecer em carroças e só voltaram ao cair da noite, enterrados em galhos de buxo, larícios, tuias, com carroças cheias de musgo verde que cheira a pântano. Depois vão beber, como era de se esperar. Nunca vi essa população de malandros tão efervescente, normalmente não se importam com nada, nem mesmo com política. Eles saem de suas florestas, de seus casebres, dos matagais onde espreitam as guardadoras de vacas, para florescer Jean Dupuy! É incompreensível! A gangue de Louchard, seis ou sete vadios desmatadores, passa cantando, invisíveis debaixo de montes de hera em guirlandas, que arrastam atrás deles com um suave sussurro.

As ruas competem entre si. A rua do Claustro ergue três arcos de triunfo porque a Rua Grande prometia dois, um em cada extremidade. Mas a Rua Grande entra no jogo e constrói uma maravilha, um castelo medieval feito de galhos de pinheiro, aparados metodicamente, com torres em forma de pimenteiros. A rua Fours-Banaux, bem perto da escola, seguindo a influência artístico-rústica da senhorita Sergent, limita-se a revestir completamente as casas com galhos desordenados, cheias de folhas e a estender ripas de uma casa a outra, cobrindo o telhado com heras pendentes e entrelaçadas. O resultado: uma charmosa alameda escura e verde, deliciosa, onde as vozes abafam-se como em um quarto acolchoado. As pessoas passam por baixo de um lado para o outro, encantadas. Furiosa, a rua do Claustro perde a medida e liga seus três arcos triunfais com feixes de guirlandas de musgos, salpicadas de flores, para ter também sua alameda. A Grande Rua, então, começa tranquilamente a retirar o pavimento das calçadas e cria um bosque, meu Deus, sim, um verdadeiro bosquezinho de cada lado, com árvores jovens arrancadas e replantadas. Não seriam precisos mais quinze dias dessa competição acirrada para que todos se degolassem.

A obra-prima, a joia, é nossa Escola, são nossas Escolas. Quando tudo estiver pronto, não se verá um centímetro quadrado de parede debaixo das folhagens, flores e bandeiras. A diretora recrutou um exército de rapazes. Os alunos maiores, os professores assistentes, ela dirige tudo, comanda-os com rigor e eles obedecem sem reclamar. O arco de triunfo da entrada foi concluído, tudo foi levado até lá em cima por escadas. As senhoritas e nós quatro passamos três horas "escrevendo" com rosas cor-de-rosa:

SEJAM BEM-VINDOS

no frontão, enquanto os rapazes divertiam-se olhando nossas panturrilhas. De lá de cima, dos telhados, das janelas, de todas as saliências das paredes desponta e flui uma enxurrada de galhos, guirlandas, tecidos tricolores, cordas escondidas por hera, rosas pendentes, folhagens caídas, que o vasto edifício parece, com o leve vento, ondular da base ao topo e balançar suavemente. Para entrar na escola, é preciso levantar uma cortina farfalhante de hera florida. E a magia continua: cordões de rosas seguem os ângulos, conectam as paredes, pendem das janelas: é adorável.

Apesar do nosso empenho, apesar das nossas invasões audaciosas nos jardins alheios, chegamos perto de ficar sem flores esta manhã. Consternação geral! Cabeças cheias de papelotes inclinam-se, agitadas ao redor da diretora, que reflete com a testa franzida.

– Não quero nem saber, eu preciso delas! – exclama. – Toda a prateleira da esquerda está sem flores, precisamos de flores em vasos. As exploradoras, aqui, agora!

– Aqui estamos, senhorita!

Nós saímos em disparada, as quatro (Anaïs, Marie, Luce, Claudine), saímos como um redemoinho borbulhante, prontas para correr.

– Escutem. Vocês vão procurar o senhor Caillavaut...

– Oh!!!

Nós não a deixamos terminar. Ora, vejam só: o senhor Caillavaut é um velho avarento, perturbado, mau como a peste, imensamente rico, que tem uma casa e jardins esplêndidos, onde ninguém entra além dele e do jardineiro. Ele é temido por ser demasiado cruel, odiado por ser tão avarento e respeitado como um mistério vivo. E a diretora quer que a gente peça flores a ele! Isso é impensável!

– ...Já chega! Parece até que estou enviando vocês ao matadouro! Vocês vão conquistar o jardineiro dele e nem vão se encontrar com o senhor Caillavaut. Além do mais, vocês têm pernas para fugir, não têm? Corram!

Eu arrasto as outras três que estão menos convencidas, pois sinto uma ânsia ardente, misturada com uma vaga apreensão, de entrar na casa do velho maníaco. Tento animá-las: "Vamos, Luce, vamos, Anaïs! Vamos ver coisas incríveis, vamos contar tudo para as outras...vocês sabem, é raro encontrar alguém que já entrou na casa do senhor Caillavaut!"

Diante do grande portão verde, onde as acácias floridas e perfumadas transbordam sobre o muro, nenhuma de nós ousa puxar a corrente do sino. Eu penduro-me nela, desencadeando assim uma zoeira formidável. Marie dá três passos para fugir e Luce, trêmula, esconde-se corajosamente atrás de mim. Nada, a porta permanece fechada. A segunda tentativa não tem mais sucesso. Então, levanto o trinco que cede e, como ratos, entramos uma a uma, inquietas, deixando a porta entreaberta. Um grande pátio de areia, muito bem cuidado, diante da bela casa branca com persianas fechadas por causa do sol. O pátio alarga-se em um jardim verde, profundo e misterioso devido aos arbustos densos... Imóveis, olhamos sem ousar nos mexer. Ninguém à vista e nenhum som. À direita da casa, estufas fechadas e cheias de plantas maravilhosas... A escada de pedra alarga-se suavemente até o pátio de areia, cada degrau contendo gerânios ardentes, calceolárias com pequenos ventres tigrados, roseiras anãs forçadas a florescer.

A evidente ausência de qualquer proprietário encoraja-me: "Ah! Será que alguém vai dar as caras? Não vamos criar raízes nos jardins do Avarento-Adormecido!".

– Shiii! – faz Marie, assustada.

– Shiii nada! Na verdade, temos de chamar! Ei! Alguém aí? Senhor jardineiro!

Nenhuma resposta, sempre silêncio. Avanço até as estufas e, com o nariz colado nos vidros, tento descobrir o que tem lá dentro. Uma espécie de floresta de esmeraldas sombria, salpicada de manchas brilhantes, certamente flores exóticas...

A porta está trancada.

– Vamos embora, – sussurra Luce, desconfortável.

– Vamos embora, – repete Marie, ainda mais perturbada.

– E se o velho aparecer de trás de uma árvore!

Essa ideia faz com que elas corram para a porta. Eu chamo-as de volta com toda força.

– Vocês são ridículas! Estão vendo que não tem ninguém. Escutem: cada uma de vocês vai escolher dois ou três vasos, os mais bonitos da escada e vamos levá-los sem dizer nada. Acredito que vai ser um verdadeiro sucesso!

Elas nem se mexem, certamente tentadas, mas com medo. Eu pego dois vasos de "sapatinhos-de-Vênus", pintadinhos como os ovos do abelharuco, e faço sinal de que estou esperando. Anaïs decide imitar-me, pegando dois gerânios dobrados, Marie imita Anaïs, Luce também e as quatro caminham com cuidado. Perto do portão, o medo toma conta novamente, de forma absurda, apertamo-nos como ovelhas na estreita abertura do portão e corremos até a Escola, onde a diretora nos recebe com gritos de alegria. Todas ao mesmo tempo, contamos a odisseia. A diretora, surpresa, fica perplexa por um momento e conclui sem preocupação: "Ah! Vamos ver! Afinal, é apenas um empréstimo, um pouco forçado". Nunca, jamais ouvimos falar de nada, mas o senhor Caillavaut cobriu seus muros com cacos de vidro e lanças (esse roubo rendeu-nos uma certa consideração, aqui as pessoas entendem de ladroagem). Nossas flores foram colocadas na linha de frente e, então, no turbilhão da chegada ministerial, eu juro que nos esquecemos completamente de devolvê-las. Elas embelezaram o jardim da diretora.

Há bastante tempo, esse jardim é o único motivo de discórdia entre a diretora e sua robusta mãe. Ela, ainda completamente camponesa, cava, arranca ervas daninhas, caça os caracóis em seus últimos redutos e não tem outro ideal senão cultivar canteiros de repolhos, canteiros de alho-poró, canteiros de batatas – para alimentar todas as internas sem comprar nada. Sua filha, de natureza refinada, sonha com alamedas espessas, flores em arbustos, pérgulas cobertas de madressilva – plantas inúteis, na verdade! De modo que ora se vê a mãe Sergent desferindo golpes de enxada desdenhosos nos pequenos azevinhos japoneses, nas bétulas choronas, ora a senhorita dançando de calcanhar irritado sobre as bordas de azedinha e cebolinhas. Essa luta diverte-nos muito. É preciso ser justo e reconhecer que, em todos os outros aspectos além do jardim e da cozinha, a senhora Sergent apaga-se por completo, nunca aparece em visitas, não dá sua opinião nas discussões e usa com bravura seu chapéu de camponesa.

O mais divertido, nessas poucas horas que nos restam, é chegar à Escola e sair pelas ruas irreconhecíveis, transformadas em alamedas de floresta, em cenários de parque, todas perfumadas pelo cheiro penetrante dos abetos cortados. Parece que as florestas que cercam Montigny invadiram as ruas, quase as enterraram... Não se poderia imaginar, para essa pequena cidade perdida entre as árvores, uma decoração mais bonita, mais conveniente... Eu não posso, contudo, dizer mais "adequada", é uma palavra que eu detesto.

As bandeiras, que vão enfear e deformar essas alamedas verdes, serão colocadas amanhã, assim como as lanternas venezianas e as luzes coloridas. Paciência! Ninguém nos poupa. Homens e rapazes chamam-nos quando passamos: "Ei! Vocês que já estão acostumadas, venham nos ajudar um pouco a pendurar algumas rosas!".

Ajudamos de bom grado e subimos nas escadas. Minhas colegas – meu Deus! pelo ministro! – deixam que lhes façam cócegas na cintura e às vezes nas panturrilhas. Devo dizer que nunca se permitiram essas brincadeiras comigo, a filha do "Senhor das lesmas". Além do mais, com esses rapazes que não mais se preocupam, essas mãos impetuosas nem são ofensivas. Entendo que as alunas da Escola entrem no clima. Anaïs permite todas as liberdades e suspira o tempo inteiro. Féfed carrega-a nos braços para descer da escada. Touchart, também conhecido como Zero, usa galhos pontudos de pinheiro para levantar as saias dela, que solta gritinhos como um rato preso por uma porta e fecha os olhos pela metade, desfalecendo, sem forças para sequer fingir uma defesa.

A diretora deixa-nos descansar um pouco, com medo de ficarmos muito abatidas para o grande dia. Aliás, não sei o que mais poderia ser feito, tudo está florido, tudo está no lugar. As flores cortadas estão mergulhadas na adega em baldes de água fresca e serão espalhadas por toda parte no último momento. Nossos três buquês chegaram esta manhã em uma grande caixa frágil: a diretora nem quis que ela fosse aberta completamente, apenas tirou uma tábua, levantou um pouco os papéis de seda que envolvem as flores patrióticas e o algodão do qual emanava um cheiro úmido. Súbito, a mãe Sergent desceu à adega com a leve caixa onde rolam pedrinhas de um sal que não conheço, que impede as flores de murcharem.

Cuidando de seus primeiros pupilos, a diretora manda-nos, Anaïs, Marie, Luce e eu, descansar no jardim, debaixo dos aveleiros. Espalhadas à sombra, no banco verde, não pensamos em muita coisa. Há um constante zumbido no jardim. Como se tivesse sido picada por uma mosca, Marie Belhomme sobressalta-se e começa, de repente, a desenrolar um dos papelotes que chacoalham ao redor de sua cabeça há três dias:

– O que você está fazendo?
– Ver se está encaracolado, claro!
– E se não estiver encaracolado o suficiente?
– Ora, vou colocar água hoje à noite antes de dormir. Mas veja, está bem encaracolado, está ótimo!

Luce segue o exemplo e solta um pequeno grito de decepção:

– Ah! É como se eu não tivesse feito nada! Está encaracolado nas pontas e quase nada em cima!

Ela realmente tem aquele tipo de cabelo leve e macio como seda, que escapa e desliza pelos dedos, pelas fitas e só faz o que quer.

– Bem feito – digo a ela – talvez assim você aprenda. Como você pode ficar infeliz por não estar com a cabeça como um limpador de garrafas?

Mas ela não se consola e como a voz delas me aborrece, vou pra longe, deitar na areia, na sombra das castanheiras. Não consigo pensar com clareza: o calor, o cansaço...

Meu vestido está pronto, está bonito... Estarei bonita amanhã, mais que a grande Anaïs, mais que Marie: não é difícil, mas ainda assim, é agradável... Vou deixar a escola, papai vai me enviar a Paris para morar com uma tia rica e sem filhos, farei minha entrada no mundo e cometerei mil gafes ao mesmo tempo... Como vou me adaptar sem o campo, com esse desejo de verde que raramente me abandona? Parece absurdo pensar que não virei mais aqui, que não verei mais a diretora, sua querida Aimée de olhos dourados, Marie, a esquisita, Anaïs, a intragável, Luce, a faminta de tapas e carinhos... Vou sentir falta de viver aqui...

E então, enquanto tenho tempo, posso confessar algo para mim mesma: é que, no fundo, gosto de Luce mais do que quero admitir. Não importa quantas vezes eu repita a mim mesma sobre sua pouca beleza real, sobre sua carência animal e traiçoeira, sobre a falsidade de seus olhos. Ainda assim, ela é dotada de um charme próprio, estranheza, uma fraqueza, uma perversidade ainda ingênua – e uma pele branca, mãos finas nas pontas dos braços roliços e pés delicados. Mas ela nunca saberá disso! Ela paga pela irmã, que foi tirada de mim à força pela senhorita Sergent. Antes de admitir qualquer coisa, eu arrancaria minha língua!

Debaixo das aveleiras, Anaïs descreve a Luce seu vestido de amanhã. Aproximo-me, inclinada à maldade, e ouço:

– A gola? Não tem gola! É aberta em V na frente e atrás, rodeada por um babado bem repolhudo de musselina de seda e fechado com um laço de fita vermelha...
– "Os repolhos vermelhos, chamados crespos, pedem um terreno magro e pedregoso", ensina-nos o inefável Bérillon. Vai combinar direitinho, não é, Anaïs? Tão repolhudo, isso não é um vestido, é uma horta.
– Senhorita Claudine, se você veio aqui para dizer coisas tão espirituosas, poderia ter ficado na areia, ninguém te chamou aqui!
– Não se exalte! Conte como é a saia, com quais vegetais será temperada? Eu já imagino, tem uma franja de salsa em volta!

Luce diverte-se a valer. Anaïs reveste-se de dignidade e sai. Quando o sol baixa, nós levantamo-nos.

No instante em que fechamos a porteira do jardim, risadas claras ecoam, aproximam-se e a senhorita Aimée passa, correndo, rindo, perseguida pelo surpreendente Rabastens, que a bombardeia com flores de catalpa despetaladas. Esta inauguração ministerial permite liberdades amigáveis nas ruas e na Escola também, pelo visto! Mas a senhorita Sergent vem logo atrás, pálida de ciúmes e com as sobrancelhas franzidas. Mais adiante, ouvimos ela chamar: "Senhorita Lanthenay, perguntei duas vezes se você marcou encontro com suas alunas para às sete e meia". Mas a outra, feliz por brincar com um homem e irritar sua amiga, continua correndo sem parar e as flores roxas prendem-se aos seus cabelos, deslizam por seu vestido... Haverá uma desavença esta noite.

Às cinco horas, as senhoritas reúnem-nos com dificuldade, espalhadas que estávamos por todos os cantos da casa. A diretora decide tocar o sino do almoço, interrompendo assim uma corrida frenética à qual nos lançamos, Anaïs, Marie, Luce e eu, na sala do banquete, debaixo do teto florido.

– Senhoritas, – ela grita com sua voz dos grandes dias – vão para casa imediatamente e deitem-se cedo! Amanhã de manhã, às sete e meia, todas devem estar reunidas aqui, vestidas, penteadas, de forma que não precisemos mais cuidar de vocês! Vocês receberão as faixas e as bandeiras. As senhoritas Claudine, Anaïs e Marie levarão os buquês... O resto... veremos amanhã. Vão embora, não estraguem as flores ao passar pelas portas e que eu não ouça falar de vocês até amanhã de manhã!

Ela ainda acrescenta:

– Senhorita Claudine, você sabe seu discurso?

– E como sei! Anaïs me fez repetir três vezes hoje.

– Mas... e a distribuição dos prêmios! – arrisca uma voz tímida.

– Ah! A distribuição dos prêmios será feita quando for possível! É provável que eu simplesmente entregue os livros aqui, não haverá distribuição pública este ano, por causa da inauguração.

– E o coral... o *Hino à natureza*?

– Vocês vão cantar amanhã, diante do ministro. Desapareçam!

Essa notícia consternou muitas meninas que esperavam a distribuição dos prêmios como uma festa única no ano. Elas vão embora perplexas e descontentes pelos arcos floridos e verdejantes.

Os habitantes de Montigny, cansados e orgulhosos, descansam sentados nas soleiras e contemplam a própria obra. As jovens gastam o resto do dia que se apaga, costurando uma fita ou colocando uma renda na borda de um decote improvisado para o grande baile da Prefeitura, minha cara!

Amanhã de manhã, ao amanhecer, os rapazes vão espalhar folhas pelo percurso da comitiva, ervas cortadas, folhas verdes, misturadas com flores e pétalas de rosas. E se o ministro Jean Dupuy não ficar satisfeito, é porque ele é exigente demais. Que se dane ele!

Meu primeiro movimento ao abrir os olhos pela manhã é correr para o espelho – ora, a gente nunca sabe, e se tivesse surgido uma espinha durante a noite? Aliviada, arrumo-me com cuidado: o tempo está ótimo e são apenas seis horas. Tenho tempo de me arrumar com tranquilidade. Graças à secura do ar, meu cabelo está bem "cheio". Carinha ainda um pouco pálida e fina, mas asseguro a vocês, meus olhos e minha boca não são nada mal. O vestido balança levemente. A saia, em musselina sem goma, ondula ao ritmo da caminhada e acaricia os sapatos de bico fino. Agora a coroa: Ah! como ela cai-me bem! Uma pequena Ofélia bem jovem, com leves olheiras! Sim! Diziam, quando eu era pequena, que eu tinha olhos de adulto. Mais tarde, eram olhos "impróprios". Não se pode agradar a todos e a si mesma. Prefiro agradar-me primeiro...

O único problema é aquele buquê grande e redondo que vai me enfeiar. Ah, pois sou eu que vou entregá-lo à Sua Excelência...

Toda de branco, sigo para a escola pelas ruas frescas. Os rapazes, enquanto espalham as folhas, gritam elogios excessivos para a "noivinha", que foge desesperada.

Chego adiantada, mas já encontro uma dúzia de meninas, garotas que vivem no campo ao redor, em fazendas distantes. Estão acostumadas a acordar às quatro da manhã no verão. Risonhas e ternas, com a cabeça enorme por causa dos cabelos enrolados em cachos rígidos, ficam de pé para não amassar os vestidos de musselina, tingidos demais de azul, que ficam volumosos e duros, amarrados na cintura com cintos cor de groselha ou índigo. Os rostos bronzeados parecem todos pretos naquele branco. Quando cheguei, soltaram um pequeno "Oh!" rapidamente contido, e agora estão caladas, muito intimidadas com suas belas roupas e seus belos cachos, girando nas mãos enluvadas de branco um belo lenço no qual suas mães colocaram perfume.

As professoras ainda não apareceram, mas, no andar de cima, ouço passos apressados... No pátio, surgem nuvens brancas, enfeitadas de rosa, vermelho, verde e azul. Cada vez em maior quantidade, as meninas vão chegando – a maioria delas em silêncio, pois estão muito ocupadas avaliando-se, comparando-se e apertando a boca com um ar desdenhoso. Parece um acampamento de gaulesas, com essas cabeleiras soltas, cacheadas, crespas, transbordantes, quase todas loiras... Uma correria pelas escadas: são as internas – grupo sempre isolado e hostil – que usam seus vestidos de comunhão. Atrás delas desce Luce, leve como um angorá branco, bonitinha com seus cachos leves e soltos, sua tez de rosa fresca. Será que falta a ela, como à irmã, uma paixão exultante para embelezá-la completamente?

– Como você está linda, Claudine! Sua coroa é completamente diferente da coroa das outras duas. Ah! Que sorte você tem de ser tão bonita!

– Mas, minha gatinha, sabia que acho você muito encantadora e atraente com essas fitas verdes? Você é mesmo um bichinho formidável! Onde estão sua irmã e a diretora?

– Ainda não estão prontas. O fecho do vestido de Aimée é debaixo do braço, imagine! É a diretora quem está fechando tudo.

– Sim, isso pode demorar um pouco.

Lá do alto, a voz da irmã mais velha chama: "Luce, venha buscar as bandeirolas!".

O pátio enche-se de meninas pequenas e grandes. Todo aquele branco, sob o sol, machuca os olhos. (Além disso, muitos tons diferentes de branco anulam-se mutuamente.) Lá está Liline, com seu sorriso enigmático de Mona Lisa com suas ondas douradas e seus olhos esverdeados. E a "Maltide", jovem alta, coberta até a cintura por uma cascata de cabelos cor de trigo maduro. Da linhagem dos Vignale, cinco meninas de oito a quatorze anos, todas balançando suas cabeleiras abundantes, que parecem tingidas de henna – Jeannette, pequena travessa de olhos astutos, anda com duas tranças tão longas quanto ela, louro-escuras, pesadas como ouro. E várias outras cujas cabeleiras, debaixo da luz brilhante, reluzem.

Marie Belhomme chega, apetitosa em seu vestido creme, fitas azuis, engraçadinha com sua coroa de centauras. Meu Deus, como suas mãos ficam enormes com esse grande vestido branco!

Por fim, chega a Anaïs e suspiro de alívio ao vê-la tão mal penteada, com cachos grosseiros. A coroa de papoulas roxas muito perto da testa dá-lhe uma aparência de defunta. Com uma simetria tocante, Luce e eu corremos até ela e despejamos uma enxurrada de elogios: "Minha cara, como você está bem! Sabe, querida, definitivamente, nada combina tanto com você quanto o vermelho, ficou ótimo!".

Um pouco desconfiada no início, Anaïs enche-se de alegria e fazemos uma entrada triunfal na sala onde as meninas, agora todas presentes, saúdam com uma ovação a viva bandeira tricolor.

Um silêncio religioso estabelece-se: olhamos essas senhoritas descendo lentamente, degrau a degrau, seguidas de duas ou três internas carregando bandeirinhas em longas lanças douradas. Aimée, santo Deus, sou obrigada a reconhecer, dá vontade de devorá-la inteira, de tão encantadora que está em seu vestido branco de mohair brilhante (uma saia sem costura atrás, nada mais!) e um chapéu de palha de arroz e gazar branca. Pequeno monstro!

A diretora não tira os olhos dela, moldada por seu vestido preto bordado com galhos malva que já descrevi. Ela, a ruiva má, não consegue ficar bonita, mas seu vestido cai-lhe como uma luva e só é possível ver os olhos que cintilam debaixo das ondas incandescentes, emolduradas por um chapéu preto demasiado chique.

– Onde está a bandeira? – ela pergunta imediatamente.

A bandeira apresenta-se, modesta e satisfeita consigo mesma.

– Muito bem! Muito bem! Venha aqui, Claudine... Eu sabia que você estaria deslumbrante. Agora, conquiste aquele ministro!

Ela examina rapidamente todo o seu batalhão branco, ajeita um cacho aqui, puxa uma fita ali, fecha a saia de Luce que estava aberta, enfia no coque de Aimée um grampo solto e, depois de examinar tudo com seu olhar implacável, pega o feixe com dizeres variados: *Viva a França! Viva a República! Viva a Liberdade! Viva o Ministro!*... etc. No total, há vinte bandeiras que ela distribui para Luce, as Jaubert e outras escolhidas, que ficam ruborizadas de orgulho, segurando a haste como se fosse um círio, invejadas pelas simples mortais que se enfurecem.

Nossos três buquês amarrados com fitas tricolores são tirados da embalagem de algodão como se fossem joias preciosas. Dutertre usou bem o dinheiro dos fundos secretos. Recebo um buquê de camélias brancas, Anaïs um de camélias vermelhas. À Marie Belhomme cabe o grande buquê de papoulas largas e aveludadas – pois a natureza, não prevendo recepções ministeriais, negligenciou a produção de camélias azuis. As meninas empurram-se para ver e já começam os cutucões e queixas ácidas.

– Já chega! – grita a diretora – Vocês acham que eu tenho tempo de vigiar vocês? Aqui, a bandeira! Marie à esquerda, Anaïs à direita e Claudine no meio. E podem ir, desçam para o pátio agora mesmo! Seria uma beleza se perdêssemos a chegada do trem! As porta-bandeiras sigam em linhas de quatro, as maiores na frente...

Descemos a escadaria e não ouvimos mais nada. Luce e as maiores caminham atrás de nós, com as bandeirolas dos estandartes batendo levemente em nossas cabeças. Seguidas por um bando de ovelhas, passamos debaixo do arco de folhagem.... SEJAM BEM-VINDOS!

Toda a multidão que nos esperava do lado de fora, multidão de domingo, entusiasmada, pronta para gritar "Viva qualquer coisa!", solta um grande *Ah!*, como fogos de artifício, ao nos ver. Orgulhosas como pequenos pavões, com os olhos baixos, e explodindo de vaidade, caminhamos devagar, com os buquês em nossas mãos cruzadas, pisando sobre o tapete de folhas que esconde poeira. Só depois de alguns minutos, trocamos olhares de lado e sorrisos encantados, radiantes.

– Que bom gosto! – suspira Marie, contemplando as alamedas verdes por onde passamos lentamente, entre duas fileiras de espectadores boquiabertos, debaixo dos arcos de folhagem que filtram o sol, deixando passar uma luz difusa e encantadora de sub-bosque.

– Eu acho que estamos ótimas! Parece que a festa é para nós!

Anaïs não diz nada, muito absorvida em seu amor-próprio, ocupada demais procurando, entre a multidão que se abre à nossa frente, os rapazes que ela conhece e os quais acha que vai deslumbrar. Porém, ela não está bonita hoje, com todo aquele branco – não, não está bonita! Mas seus olhos estreitos brilham de orgulho mesmo assim. No cruzamento do Mercado, gritam: "Alto!". Temos de esperar para que se junte a nós a escola dos meninos, uma fila escura que mal consegue se manter em linhas regulares. Hoje, os meninos parecem-nos bastante desprezíveis, letárgicos e desajeitados em suas belas roupas. As mãos grandes e grosseiras levantam as bandeiras.

Durante a parada, nós três viramo-nos, apesar da nossa importância: atrás de nós, Luce e suas companheiras apoiam-se belicosamente nas hastes de seus estandartes. A pequena, radiante de vaidade, mantém-se ereta como Fanchette quando faz pose. Ela ri baixinho de alegria, incessantemente! E até onde a vista alcança, sob os arcos verdes, com vestidos bufantes e cabeleiras volumosas, a armada de Gaulesas estende-se e perde-se.

"Em marcha!" Voltamos a andar, leves como rouxinóis, descemos a rua do Claustro e, enfim, atravessamos a muralha verde feita de teixos metodicamente aparados e que representam um castelo forte. Como na estrada o sol está forte, paramos na sombra do pequeno bosque de acácias perto da cidade. Esperamos ali os carros ministeriais e relaxamos um pouco.

– Minha coroa está firme? – pergunta Anaïs.

– Sim... olhe você mesma.

Eu entrego-lhe um pequeno espelho de bolso, trazido prudentemente, e verificamos o equilíbrio de nossos penteados... A multidão seguiu-nos, mas, muito aglomerada no caminho, arrebentou as cercas e pisoteou os campos sem se preocupar com a grama nova. Os rapazes, enlouquecidos, carregam feixes de flores, bandeiras e também garrafas! (Sem dúvidas, pois acabei de ver um deles parar, inclinar a cabeça para trás e beber do gargalo de uma garrafa de um litro.)

As damas da "Sociedade" permanecem nas portas da cidade, sentadas, algumas na grama, outras em cadeiras dobráveis, todas debaixo de sombrinhas. Elas esperam ali, pois é mais distinto. Não é adequado mostrar muito entusiasmo. Ao longe, bandeiras tremulam nos telhados vermelhos da estação, em direção à qual corre a multidão. Então, o tumulto afasta-se. A senhorita Sergent, toda de preto, e sua Aimée, toda de branco, já ofegantes de tanto nos vigiar e correr ao nosso lado, para frente e para trás, sentam-se no barranco, com as saias levantadas por medo de se sujarem de verde. Esperamos de pé, sem vontade de falar – eu repasso na minha cabeça o pequeno discurso um tanto tolo, obra de Antonin Rabastens, que eu recitarei em breve:

Senhor Ministro,
As crianças das escolas de Montigny, adornadas com flores de sua terra natal...

(Se alguém já viu por aqui campos de camélias, que me diga!)

... vêm até o senhor, cheias de gratidão...

Bum!!! Vários estampidos disparados na estação fazem nossas professoras ficarem de pé. Os gritos do povo chegam em um rumor abafado que logo cresce e aproxima-se, com um barulho confuso de aclamações alegres, de múltiplos passos e de galopes de cavalos...Bastante tensas, observamos a curva da estrada... Finalmente! Finalmente aparece a linha de frente. Garotos empoeirados que arrastam galhos e gritam, depois multidões de pessoas, depois duas carruagens que reluzem ao sol, dois ou três landôs dos quais braços acenam com chapéus... Estamos deslumbradas... A um trote lento, os carros aproximam-se. Estão ali, diante de nós e, antes que tivéssemos tempo de recuperar a consciência, a porta da primeira carruagem abre-se a dez passos de nós.

Um homem jovem de terno preto salta ao chão e estende o braço, no qual se apoia o Ministro da Agricultura. Nem um pouco distinto, vossa Excelência, apesar dos esforços para parecer imponente. Acho até um pouco ridículo aquele senhor arrogante, com barriga de pardal, com olhos duros, barba curta e avermelhada e que enxuga a testa de qualquer jeito, pois está encharcado de suor. Minha nossa, ele não está vestido de musselina branca. Esse tecido preto debaixo deste sol...

Um minuto de silêncio inquisidor acolhe-o. Logo depois, gritos extravagantes de "Viva o Ministro! Viva a Agricultura! Viva a República!". O senhor Jean Dupuy agradece com um gesto contido, mas suficiente. Um homem corpulento, com bordados de prata, com um bicórneo, a mão na empunhadura em madrepérola de uma pequena espada, coloca-se à esquerda do ilustre. Um velho general de barbicha branca, arrogante e corcunda, acompanha-o do lado direito. O trio imponente avança, suntuoso, escoltado por um grupo de ternos pretos, com cordões vermelhos, medalhões e honrarias. Entre ombros e cabeças, posso distinguir o rosto triunfante daquele canalha do Dutertre, aclamado pela multidão que o festeja como amigo do Ministro, como futuro deputado.

Procuro com os olhos a diretora, pergunto com o queixo e as sobrancelhas: "Devo fazer o pequeno discurso?". Ela faz-me um sinal que sim e eu conduzo minhas duas colegas. Um silêncio surpreendente estabelece-se de repente. Meu Deus! Como vou ousar falar diante de toda essa gente? Espero que o maldito nervosismo não me sufoque! Primeiro, todas juntas, mergulhamos em nossas saias em uma bela reverência que faz "fuiiii" com nossos vestidos. Então, inicio, com os ouvidos zumbindo tanto, que nem consigo me ouvir:

Senhor Ministro,
As crianças das escolas de Montigny, adornadas com flores de sua terra natal, vêm até o senhor, cheias de gratidão...

Então, logo me contenho e continuo, detalhando a produção de Rabastens, que garante nosso "inabalável apego às instituições republicanas", agora tranquila como se estivesse recitando, durante a aula, "La robe", de Eugène Manuel. Entretanto, o trio oficial não me escuta. O Ministro só pensa que está morrendo de sede, enquanto os outros dois grandes personagens trocam comentários em voz baixa:
– Senhor governador, de onde saiu essa pequena pintura?
– Não sei, general. Ela é realmente adorável.
– Uma pequena primitiva (ele também!). Se ela assemelha-se a uma filha de Fresnois, eu quero que me...

"Por favor, aceite estas flores do solo materno!"

terminei, estendendo o buquê à Vossa Excelência.
Anaïs, pomposa como em todas as vezes em que tenta ser distinta, passa o seu ao governador. Marie Belhomme, roxa de emoção, oferece o dela ao general.
O Ministro balbucia uma resposta, na qual consigo captar as palavras "República...disposição do governo... confiança no vínculo". Ele irrita-me. Então, ele permanece imóvel, eu também. Todos esperam, quando Dutertre, inclinando-se, sussurra-lhe ao ouvido: "Bom, você precisa beijá-la!".
Então ele me beija desajeitadamente (a barba áspera arranha-me). A fanfarra da capital do cantão faz retumbar

a *Marselhesa*. Então nos viramos e caminhamos em direção à cidade, seguidas pelos porta-bandeiras. Os outros alunos das escolas abrem caminho para nos deixar passar e, precedendo a majestosa comitiva, passamos debaixo do "castelo forte", voltamos pelos arcos verdejantes. Todos gritam ao nosso redor de maneira aguda, frenética, mas parecemos realmente não ouvir nada! Austeras e floridas, somos nós três que estamos sendo aclamadas, tanto quanto o Ministro... Ah! Se eu tivesse imaginação, eu nos veria imediatamente como as três filhas do rei, entrando com o pai em uma "boa cidade" qualquer. As meninas de branco são nossas damas de honra, estamos sendo levadas ao torneio, onde os bravos cavaleiros disputarão a honra de... Tomara que esses garotos desgraçados não tenham colocado óleo demais nas lamparinas coloridas hoje de manhã. Com os solavancos dados pelos garotos que gritam do alto dos postes, estaríamos perdidas! Não nos falamos, não temos nada a dizer, muito ocupadas movendo nossas cinturas como as parisienses e inclinando a cabeça na direção do vento, para fazer voar nossos cabelos...

Chegamos ao pátio das escolas, paramos e ficamos todos juntos. A multidão reflui de todos os lados, aproxima-se dos muros e sobe lá no alto. Com a ponta dos dedos, afastamos friamente as colegas muito dispostas a cercar-nos, a sufocar-nos. Trocamos pungentes "Preste atenção! – E você, pare de aparecer! Já se mostrou o bastante desde a manhã!". A grande Anaïs responde às provocações com um silêncio desdenhoso. Marie Belhomme irrita-se e eu contenho-me o máximo possível para não tirar um dos meus sapatos e arremessá-lo no rosto da mais maldosa das Jaubert, que me empurrou sorrateiramente.

O Ministro, escoltado pelo general, pelo governador, por um monte de conselheiros, secretários e não sei lá quem mais (não conheço bem esse pessoal), abre caminho pela multidão, sobe ao palco e instala-se na bela poltrona excessivamente dourada que o prefeito tirou de modo especial de sua sala. Pobre homem, preso em casa pela gota neste dia inesquecível! O senhor Jean Dupuy sua e enxuga-se. O que ele não daria para que já fosse amanhã! Afinal, é pago para isso... Atrás dele, em semicírculos concêntricos, sentam-se os conselheiros gerais, o conselho municipal de Montigny... Esse tanto de gente suada não deve cheirar muito bem... E nós? Acabou nossa glória? Vão nos deixar aqui embaixo, sem nos oferecer sequer uma cadeira? Que absurdo! "Venham, vamos nos sentar". Não sem dificuldade, abrimos caminho até o palco, nós da bandeira e todas as porta-bandeiras. Lá, de cabeça erguida, chamo baixinho o senhor Dutertre, que está conversando inclinado em direção à poltrona do governador, bem na beirada do palco: "Senhor! Ei, Senhor! Senhor Dutertre! Doutor!". Ele ouve esse chamado melhor do que os outros e inclina-se sorrindo, mostrando os dentes! "É você! O que você quer? Meu coração? Eu te dou!". Eu já suspeitava que ele estivesse bêbado.

– Não, senhor, eu preferiria muito mais cadeiras para mim e para minhas colegas. Abandonaram-nos aqui sozinhas, como simples mortais. É desolador.

– Isso simplesmente não pode ficar assim! Vocês vão se sentar nos degraus, para que as pessoas possam ao menos se deliciar enquanto nós as entediamos com nossos discursos. Podem subir!

Não precisamos de um segundo convite. Anaïs, Marie e eu subimos primeiro, com Luce, as Jaubert e as outras porta-bandeiras atrás de nós, atrapalhadas com suas lanças que se prendem, se enroscam e que elas puxam furiosamente, com os dentes cerrados e olhando para baixo, pois pensam que a multidão está rindo delas. Um homem – o sacristão – sente pena delas e junta as pequenas bandeiras e leva para outro lugar. É claro, os vestidos brancos, as flores e as bandeiras deram a este homem bom a ilusão de que estava assistindo a uma procissão de Corpus Christi um pouco mais laica e, obedecendo a um longo hábito, ele tira-nos nossos círios, quero dizer, nossas bandeiras, ao término da cerimônia.

Instaladas e imponentes, olhamos para a multidão a nossos pés e as escolas à nossa frente, essas escolas hoje encantadoras cobertas pelas cortinas verdejantes, sob as flores e toda essa decoração tremulante que disfarça seu aspecto de quartel. Quanto ao vil amontoado de colegas que ficaram lá embaixo, de pé e que nos olham com inveja, cutucando-se e rindo com sarcasmo, nós as desprezamos.

No palco, movem as cadeiras, tossem... Viramo-nos um pouco para ver o orador. É Dutertre, que, de pé no centro, oscilante e agitado, prepara-se para falar, sem papel, de mãos vazias. Um profundo silêncio instala-se. Ouvimos, como em uma missa solene, o choro agudo de um pirralho que quer ir embora. E, assim como em uma missa solene, isso é engraçado. Então:

Senhor Ministro,

Ele não fala mais que dois minutos. Seu discurso hábil e impetuoso, cheio de elogios grosseiros, de hipocrisias sutis (das quais provavelmente entendi apenas um quarto), é terrível contra o deputado e gentil com todo o resto da humanidade. Para o glorioso Ministro e caro amigo – devem ter feito coisas terríveis juntos –, para seus queridos concidadãos, para a professora, "tão indiscutivelmente superior, senhores, que a quantidade de diplomas, de certificados de estudos obtidos pelas alunas dispensa qualquer outro elogio..." (a senhorita Sergent, sentada lá embaixo, modesta, abaixa a cabeça debaixo de seu véu), até para nós, na verdade: "flores carregando flores, bandeira feminina, patriótica e encantadora". Com esse inesperado golpe, Marie Belhomme perde a compostura e cobre os olhos com a mão, Anaïs faz novos esforços inúteis para corar e eu não posso evitar de me inclinar de lado. A multidão olha-nos e sorri. Luce pisca para mim...

... da França e da República!

Os aplausos e os gritos duram cinco minutos, tão violentos que fazem um *bzii* nos ouvidos. Enquanto a calma retorna, a grande Anaïs pergunta-me:

– Minha querida, você está vendo o Monmond?
– Onde? Ah, sim, estou vendo. E daí?
– Ele está olhando o tempo todo para a Joublin.
– Isso te incomoda?
– Na verdade, não! Mas ele deve ter gostos estranhos! Olha para ele! Ele colocou um banco para ela subir e está segurando-a! Aposto que está conferindo se ela tem panturrilhas firmes.
– Provavelmente. Essa pobre Jeannette, não sei se é a chegada do ministro que a deixa tão emocionada! Ela está vermelha como seus laços e tremendo...
– Amiga, você sabe para quem Rabastens está fazendo a corte?
– Não.
– Olhe para ele, você vai saber.

De fato, o belo professor assistente olhava fixamente para alguém... E esse alguém era minha incorrigível Claire, vestida de azul-pálido, cujos belos olhos, um pouco melancólicos, voltavam-se amavelmente para o irresistível Antonin... Bom! Mais uma vez dominada, minha irmã de comunhão! Em breve, ouvirei relatos românticos de encontros, alegrias, abandonos... Deus, que fome!

– Você está com fome, Marie?

– Sim, um pouco.

– Eu estou morrendo de fome. Você gosta do novo vestido da modista?

– Não, acho muito chamativo. Ela pensa que quanto mais chama a atenção, mais bonito é. A esposa do prefeito mandou fazer o dela em Paris, sabia?

– Não adiantou de nada! Parece um cachorro de vestido. A relojoeira está usando o mesmo corpete de dois anos atrás.

– Bem! Ela quer juntar um dote para a filha, ela está certa, essa mulher!

O pobre senhor Jean Dupuy levantou-se e começou a réplica com uma voz seca, com um ar de importância muito engraçado. Felizmente, ele não fala por muito tempo. A multidão aplaude-o. Nós também, o quanto podemos. É divertido ver todas essas cabeças agitando-se, todas essas mãos batendo no ar, aos nossos pés, todas essas bocas negras gritando... E que lindo o sol lá em cima! Um pouco quente demais...

Movimento de cadeiras no palco, todos os senhores levantam-se, fazem-nos sinal para descer. O ministro será levado para comer. Vamos almoçar!

Com dificuldade, empurradas pela multidão que se movimenta em direções opostas, finalmente conseguimos sair do pátio para a praça onde a multidão se dispersa um pouco. Todas as meninas de branco vão embora, sozinhas ou com suas mães muito orgulhosas que as esperavam. Nós três também vamos nos separar.

– Você se divertiu? – pergunta Anaïs.
– Claro! Correu tudo bem e foi bem bonito!
– Bem, eu acho... Enfim, eu pensei que seria mais divertido... Faltou um pouco de emoção, isso sim!
– Cala a boca! Você me cansa! Eu sei o que está faltando. Você queria cantar sozinha no palco. A festa teria sido mais animada para você.
– Vá em frente, você não me ofende. Sabemos o quanto esses elogios valem vindos de você!
– Eu – confessa Marie – nunca me diverti tanto. Oh! O que ele disse sobre nós... Eu não sabia onde me esconder! Que horas devemos voltar?
– Às duas em ponto. O que significa duas e meia. Você sabe que o banquete não vai terminar antes. Adeus, até mais tarde.

Em casa, papai pergunta com interesse:
– Ele falou bem, Méline?
– Méline! Por que não Sully? Foi o Jean Dupuy, papai!
– Ah! Sim, sim.

Mas ele acha a filha bonita e gosta de olhar para ela.

Depois de almoçar, arrumo-me, ajeito as margaridas da minha coroa, sacudo a poeira da minha saia de musselina e espero pacientemente até às duas horas, resistindo o melhor que posso a uma forte vontade de cochilar. Como vai estar quente lá, meu Deus! Fanchette, não toque na minha saia, é de musselina. Não, eu não estou brava com você. Você não vê que estou recebendo o Ministro?

Saio novamente. As ruas já estão cheias e ressoam com o som dos passos que descem em direção às escolas. Todos olham muito para mim, mas isso não me incomoda. Quase todas as minhas colegas já estão lá quando chego. Rostos vermelhos, saias de musselina já amassadas e achatadas, já não têm o frescor da manhã. Luce espreguiça-se e boceja, ela almoçou rápido demais, está com sono, está com muito calor e "sente que está afiando as garras". Anaïs, sozinha, permanece a mesma, pálida, fria, sem delicadeza e sem emoção.

As senhoritas finalmente descem. A senhorita Sergent, com as bochechas queimadas de sol, repreende Aimée que manchou a barra da saia com suco de framboesa. A pequena mimada faz bico, dá de ombros e afasta-se, sem querer ver a súplica gentil nos olhos de sua amiga. Luce observa tudo isso, irrita-se e ignora.

– Vejamos, estão todas aqui? – resmunga a diretora, que, como sempre, descarrega sobre nossas cabeças inocentes seus rancores pessoais. Tanto faz, vamos, não estou com vontade de ficar aqui uma hora. Em fila. E rápido!

A bonita avança. No enorme palanque, andamos de um lado para o outro por muito tempo, pois o Ministro não termina de tomar seu café e tudo mais. A multidão amontoa-se lá embaixo e observa-nos rindo, rostos suados de pessoas que comeram demais... As senhoras trouxeram cadeiras dobráveis. O dono da taberna da rua do Claustro colocou bancos que aluga por dois centavos o lugar. Os rapazes e as moças empilham-se e empurram-se. Todas essas pessoas, bêbadas, grosseiras e risonhas, esperam pacientemente trocando piadas indecentes, que pronunciam bem alto com risadas formidáveis. De vez em quando, uma menina de branco abre caminho até os degraus do palco, sobe, é empurrada e relegada para os últimos lugares pela diretora, irritada com os atrasos e roendo as unhas debaixo do véu – ainda mais furiosa por causa da pequena Aimée que pisca seus longos cílios e seus belos olhos para um grupo de pracistas, vindos de Villeneuve de bicicleta.

Um grande "Ah!" levanta a multidão em direção às portas da sala do banquete que acabam de se abrir diante do Ministro, mais vermelho e ainda mais suado que de manhã, seguido por sua escolta de ternos pretos. As pessoas abrem caminho para sua passagem já com mais familiaridade e sorrisos amigáveis. Se ele ficasse aqui três dias, o guarda rural daria tapinhas em suas costas e pediria a ele uma tabacaria para sua nora, que tem três filhos, coitada, e sem marido.

A diretora agrupa-nos no lado direito do palanque, pois o ministro e seus comparsas vão se sentar em uma fileira de cadeiras para melhor nos ouvir cantar. Os senhores acomodam-se. Dutertre, com uma cor de couro russo, ri e fala alto demais, bêbado, como de costume. A diretora ameaça-nos baixinho com castigos terríveis se cantarmos desafinado. E lá vamos nós com o *Hino à natureza*:

O horizonte já se colore
Com os mais brilhantes tons;
Vamos, de pé; eis a aurora!
E o trabalho quer nosso suor![65]

(Se o trabalho não se contenta com o suor da comitiva oficial, é porque ele é exigente.)

As vozinhas perdem-se um pouco ao ar livre. Eu esforço-me para vigiar tanto a "segunda" quanto a "terceira". O senhor Jean Dupuy acompanha vagamente o ritmo balançando a cabeça, está com sono, sonha com o *Petit Parisien*. Aplausos intensos despertam-no. Ele levanta-se, avança

---

65 No original
Déjà l'horizon se colore
Des plus éclatantes lueurs ;
Allons, debout; voici l'aurore !
Et le travail veut nos sueurs! N. da T.

e elogia sem jeito a senhorita Sergent, que de imediato fica encabulada, olha para o chão e retrai-se... Que mulher estranha!

Somos retiradas do palanque e substituídas pelos alunos da escola dos meninos, que vêm cantar um coro imbecil:

> *Sursum corda! Sursum corda!*
> *Corações ao alto! Que este lema*
> *Seja nosso grito de guerra.*
> *Afastemos tudo o que divide*
>
> *Para marchar até o objetivo com convicção!*
> *Abaixo o frio egoísmo*
> *Que, mais do que os traidores degenerados,*
> *Sufoca o patriotismo... etc.., etc.*[66]

Depois deles, a fanfarra da capital do cantão, a "Amicale du Fresnois", vem fazer barulho. Tudo isso é muito chato! Se eu pudesse encontrar um canto tranquilo. Então, como ninguém mais presta atenção em nós, bem, vou embora sem dizer a ninguém, volto para casa, tiro o vestido e deito-me até a hora do jantar. Assim estarei descansada para o baile!

---

[66] No original
Sursum corda! Sursum corda!
Haut les cœurs! que cette devise
Soit notre cri de ralliement.
Eloignons tout ce qui divise

Pour marcher au but sûrement!
Arrière le froid égoïsme
Qui, mieux que les traîtres vendus,
Etouffe le patriotisme... N. da T.

Às nove horas, respiro o frescor que finalmente cai, em pé no alpendre. No alto da rua, debaixo do arco de triunfo, os balões de papel amadurecem como grandes frutos coloridos. Estou esperando, toda pronta e de luvas, com um casaco branco debaixo do braço, o leque branco na mão, Marie e Anaïs, que virão me buscar... Passos leves e vozes conhecidas descem pela rua. São elas...Eu reclamo:

– Vocês estão loucas! Sair às nove e meia para o baile! Mas a sala nem estará iluminada. Isso é ridículo!

– Minha querida, a diretora disse: "Vai começar às oito e meia, nesse lugar são assim, não conseguem esperar, precipitam-se para o baile assim que terminam de comer!". Foi o que ela disse.

– Mais um motivo para não imitar os rapazes e as meninas daqui! Se os "ternos pretos" forem dançar esta noite, vão chegar por volta das onze, como em Paris, e já estaremos cansadas de tanto dançar! Venham um pouco para o jardim comigo.

Elas seguem-me a contragosto pelos caminhos escuros, onde minha gata Fanchette, como nós, vestida de branco, corre atrás das mariposas, alvoroçada e louca... Ela fica desconfiada ao ouvir vozes estranhas e sobe em um abeto, de onde seus olhos nos observam, como duas pequenas lanternas verdes. Aliás, Fanchette despreza-me: o exame, a inauguração das escolas – nunca estou em casa, não pego mais moscas para ela, um monte de moscas que eu colocava em um espeto de chapéu e que ela delicadamente tirava para comer, às vezes tossindo por causa de uma asa que ficava presa na garganta. Raramente dou chocolate cru e corpos de mariposas que ela adora. Às vezes, esqueço-me de arrumar o quarto dela entre dois Larousses à noite. – Paciência, Fanchette querida! Terei todo o tempo para atormentar você e te fazer pular pelo arco, já que, infelizmente, não voltarei mais para a Escola...

Anaïs e Marie não conseguem ficar paradas, só me respondem *sim* e *não*, distraídas – as pernas delas estão formigando. Vamos, vamos então, já que elas estão tão ansiosas! "Mas vocês vão ver que as duas senhoritas ainda não terão nem descido!".

– Oh! Você entende que elas só têm de descer a escada interna para se encontrar na sala de baile. De vez em quando, elas dão uma espiada pela porta pequena, para ver se é o momento certo de fazer a grande entrada.

– Justamente, se chegarmos muito cedo, vamos parecer bobas, sozinhas, com três gatos e um bezerro naquela sala enorme!

– Ah! Como você é irritante, Claudine! Olha, se não tiver muita gente, subimos para buscar as internas pela escada pequena e descemos quando os pares chegarem!

– Assim, eu concordo.

E eu que temia que aquela sala enorme estivesse vazia! Mais da metade já está cheia de casais que giram ao som de uma orquestra mista (espremida no palanque cheio de flores no fundo da sala). É uma orquestra composta por Trouillard e outros violinistas, trompetes e trombones locais, misturados com uma parte da "Amicale du Fresnois", com chapéus de bordas douradas. Todos eles empolgam-se, arranham e exaltam-se, com pouca coordenação, mas com um enorme entusiasmo.

Temos de abrir caminho por entre o amontoado de pessoas que assistem e lotam a porta de entrada, aberta de par em par, porque, você sabe como é a segurança por aqui! É ali que são trocados os comentários desagradáveis e as fofocas sobre os vestidos das jovens, sobre as frequentes combinações dos mesmos dançarinos e dançarinas:

– Minha querida, para que mostrar a pele assim? É uma pequena desavergonhada!

– E queria que eu mostrasse o quê? Os ossos!

– Quatro vezes! Quatro vezes seguidas que ela dança com Monmond! Se eu fosse a mãe, "devorava" ela, mandava para a cama agora!

– Esses senhores de Paris não dançam como os daqui.

– Isso é verdade! Parece que têm medo de se quebrar de tão pouco que se mexem. Já os rapazes daqui, eles aproveitam até cansar!

É verdade, embora Monmond, um excelente dançarino, evite rodopiar com as pernas em X, "por conta" da presença dos parisienses. Belo cavalheiro, Monmond, e muito disputado! É escrivão de notário, com um rosto delicado e cabelos negros e encaracolados. Como resistir?

Nós fazemos uma entrada tímida, entre duas figuras de quadrilha, e atravessamos calmamente a sala para nos sentarmos, como três meninas comportadas, em um banco.

Eu sabia, tinha certeza de que meu vestido caía-me bem, que meu cabelo e minha coroa fariam-me parecer uma figura interessante – mas os olhares dissimulados, os rostos subitamente ríspidos das moças que descansavam e abanavam-se confirmaram-me isso e eu senti-me ainda mais confiante. Posso observar a sala sem medo.

Os "ternos pretos", ah! não são muitos! Toda a comitiva oficial pegou o trem das seis horas. Adeus Ministro, general, governador e todo o resto. Restam apenas cinco ou seis jovens, secretários quaisquer, simpáticos e educados, que, de pé em um canto, parecem divertir-se prodigiosamente com este baile, pois, certamente, nunca viram nada parecido antes. E o restante dos dançarinos? Todos os rapazes e jovens de Montigny e dos arredores, dois ou três em ternos mal cortados, outros de fraque. Trajes medíocres para esta noite que tentaram nos convencer de que era oficial.

As dançarinas são todas moças solteiras, pois, neste lugar primitivo, a mulher para de dançar assim que se casa. Elas produziram-se para esta noite, as mocinhas! Vestidos de gaza azul e de musselina rosa que fazem parecer ainda mais escuros esses tons vigorosos das pequenas camponesas. Cabelos muito lisos e pouco volumosos, luvas de fio branco e, apesar do que dizem as comadres na porta, com pouco decote. Os corpetes param muito cedo, lá onde a pele se torna branca, firme e arredondada.

A orquestra diz aos casais para se juntarem e, no farfalhar das saias que roçam em nossos joelhos, vejo passar minha irmã de comunhão, a Claire, lânguida e toda graciosa, de braços dados com o belo professor assistente Antonin Rabastens, que valsa intensamente, com um cravo branco na lapela.

As duas senhoritas ainda não desceram (observo frequentemente a pequena porta da escada secreta, por onde vão aparecer), quando um cavalheiro, um dos "ternos pretos", inclina-se diante de mim. Deixo-me levar. Ele não é desagradável, muito alto para mim, forte, e valsa bem, sem me apertar muito, e olha para mim de cima com um ar contente...

Como sou boba! Eu deveria ter pensado apenas no prazer de dançar, na pura alegria de ser convidada antes de Anaïs, que olha meu cavalheiro com inveja... e dessa valsa eu só tiro tristeza, uma tristeza, talvez tola, mas tão aguda que mal consigo conter minhas lágrimas... Por quê? Ah! porque... – não, eu não posso ser completamente sincera, até o fim, só posso indicar... – sinto minha alma toda dolorida, porque, eu que não gosto muito de dançar, gostaria de dançar com alguém que eu adorasse de todo coração, porque eu queria ter aquele alguém aqui, para poder me abrir e contar tudo que só confio a Fanchette ou ao meu travesseiro (e nem ao meu diário), porque aquele alguém me faz muita falta e eu sinto-me humilhada por isso. Só me entregarei a quem eu amar e conhecer totalmente – sonhos que nunca vão se realizar, é claro!

Meu belo parceiro de valsa não demora a me perguntar:
– Está gostando da dança, senhorita?
– Não, senhor.
– Mas então... por que está dançando?
– Porque prefiro isso a não fazer nada.

Dois giros em silêncio, e então ele retoma:
– Podemos dizer que suas duas companheiras servem a você maravilhosamente como contraste?
– Oh! Meu Deus, sim, podemos. Embora Marie até seja graciosa.
– O que você disse?
– Eu disse que aquela de azul não é feia.
– Eu... não aprecio muito esse tipo de beleza... Posso convidá-la desde já para a próxima valsa?
– Eu aceito.
– Você não tem um caderninho?
– Não preciso. Conheço todo mundo aqui, não vou esquecer.

Ele leva-me de volta ao meu lugar e, mal vira as costas, Anaïs cumprimenta-me com um "Minha cara!" bem sarcástico.
– Sim, é verdade que ele é gentil, não é mesmo? Além disso, é interessante ouvir ele falar, se você soubesse!
– Oh! Já se sabe que você está com sorte hoje! Eu fui convidada para a próxima por Féfed.
– E eu – diz Marie, radiante – por Monmond! Ah! Lá vem a diretora!

De fato, lá estão as senhoritas. Na pequena porta no fundo da sala, elas enquadram-se uma a uma: primeiro a pequena Aimée, que usa apenas um corpete branco e vaporoso de noite, do qual saem ombros delicados e rechonchudos, braços finos e arredondados, e nos cabelos, perto da orelha, rosas brancas e amarelas que destacam ainda mais seus olhos dourados – que não precisavam delas para brilhar!

A senhorita Sergent, ainda de preto, mas com lantejoulas, com um decote muito discreto sobre uma pele âmbar e firme, os cabelos volumosos formando uma sombra flamejante sobre o rosto desprovido de graça, deixando os olhos brilharem. Não está nada mal. Atrás dela, serpenteia a fila de alunas de branco, em vestidos altos, comuns. Luce corre até mim para contar que ela conseguiu um decote, "ajustando o corpete" apesar da irmã não concordar. Ela fez bem. Quase ao mesmo tempo, Dutertre entra pela porta grande, vermelho, exaltado e falando alto demais.

Por causa dos rumores que circulam na cidade, todos observam com atenção, na sala, essas entradas simultâneas do futuro deputado e de sua protegida. Isso não o incomoda nem um pouco: sem hesitar, Dutertre vai até a senhorita Sergent, cumprimenta-a e, como a orquestra começa uma polca, puxa-a vigorosamente para dançar com ele. Ela, vermelha, com os olhos semicerrados, não diz uma palavra e dança, graciosamente, a meu ver! Os casais voltam a se formar e a atenção desvia-se.

Depois de reconduzir a diretora ao lugar, o secretário de educação vem até mim – atenção lisonjeira, bastante notada. Ele dança uma mazurca vigorosa, sem valsar e girando demais, apertando-me demais, falando demais perto dos meus cabelos:

– Você é linda demais!

– Primeiramente, Doutor, não é você, é senhorita. Eu já sou grande o suficiente.
– Não diga isso, vou ficar envergonhado! Olhem para essa moça! Oh! Você com esse cabelo e essa coroa! Eu adoraria tirá-la!
– Garanto que não será o senhor quem vai tirá-la.
– Cale-se ou beijo você na frente de todo mundo!
– Isso não surpreenderia ninguém, já viram o senhor fazer tantas outras...
– É verdade. Mas por que você não vem me ver? É só o medo que te impede, você tem olhos lascivos! Você vai ver só, um dia ainda pego você. Não ria, se não acabo me irritando!
– Ah! O senhor não seria tão malvado. Eu não posso acreditar.

Ele ri mostrando os dentes e eu penso comigo mesma: "Continue falando: no próximo inverno, estarei em Paris e você dificilmente me encontrará por lá!"

Depois de mim, ele vai girar com a pequena Aimée, enquanto Monmond, em fraque de alpaca, convida-me. Não recuso de jeito nenhum! Contanto que estejam usando luvas, danço de muito bom grado com os rapazes do campo (aqueles que conheço bem), que são gentis comigo, à sua maneira. E então danço novamente com meu grande "terno preto" da primeira valsa, até o momento em que decido descansar um pouco durante uma quadrilha, para não ficar vermelha e também porque a quadrilha parece-me ridícula. Claire junta-se a mim e senta-se, doce e lânguida, tomada esta noite por uma melancolia que lhe cai bem. Eu pergunto a ela:

– Conte-me, estão falando muito de você, sobre as atenções do belo professor assistente?
– Oh! Você acha?... Não há nada a dizer, pois não temos nada.
– Vamos! Você não pretende esconder nada de mim, não é?

– Deus, não! Mas é verdade que não há nada... Olha, nos encontramos duas vezes, esta é a terceira. Ele fala de uma maneira... cativante! E há pouco ele me perguntou se, às vezes, eu passeava à noite pelos lados do bosque de abetos.
– Sabemos o que isso significa. O que você vai responder? Ela sorri e não diz nada, com um ar hesitante e desejoso. Ela vai. Essas meninas são engraçadas! Aqui está uma que, desde os quatorze anos, bonita e amável, sentimental e dócil, foi abandonada sucessivamente por meia dúzia de namorados. Ela não sabe como lidar com isso. É verdade que eu também não saberia lidar, mesmo com os belos raciocínios que construo...

Uma leve vertigem invade-me, de tanto girar e, em especial, de ver tantos giros. Quase todos os ternos pretos se foram, mas Dutertre, que gira impetuosamente, dança com todas aquelas que acha graciosas ou então as que são bem jovens. Ele as conduz, gira, aperta e deixa-as atordoadas, mas extremamente lisonjeadas. A partir da meia-noite, o baile torna-se a cada minuto mais íntimo. Como os "estrangeiros" foram embora, estamos entre amigos, o público do baile em Trouillard, nos dias de festa – só que estamos mais à vontade nesta grande sala lindamente decorada, e o lustre ilumina melhor do que os três lampiões de querosene do cabaré. A presença do doutor Dutertre não intimida os rapazes, pelo contrário, Monmond já não impede mais seus pés de deslizarem pelo chão. Os pés dele voam, surgem acima das cabeças ou afastam-se insanamente um do outro, em "grandes aberturas" prodigiosas. As garotas admiram-no e riem em seus lenços perfumados com água de colônia barata. "Querida, como ele é insano! Não há ninguém como ele!".

De repente, esse alucinado passa, com a brutalidade de um ciclone, levando sua dançarina como um pacote, pois apostou "um balde de vinho branco", a ser pago no balcão instalado no pátio, que ele "faria" o comprimento da sala em seis passos de galope. Todos agrupam-se para admirá-lo.

Monmond venceu, mas seu par – Fifine Baille, uma doidinha que entrega leite e tudo o que se queira na cidade – fica furiosa e põe-se a insultá-lo.

– Seu faca-cega[67] grandalhão! Você podia muito bem ter rasgado meu vestido! Se me convidar de novo, eu te devoro!".

A plateia cai na gargalhada e os rapazes aproveitam a confusão para beliscar, fazer cócegas e acariciar o que encontram ao alcance da mão. Estão ficando animados demais, vou para casa dormir em breve. A grande Anaïs, que finalmente conseguiu conquistar um "terno preto" retardatário, passeia com ele pela sala, abana-se, ri alto e solta gritinhos, encantada de ver o baile animar-se e os rapazes empolgarem-se. Haverá pelo menos um que vai beijá-la no pescoço ou em outro lugar!

Onde estará Dutertre? A diretora finalmente encurralou a pequena Aimée em um canto e está fazendo uma cena de ciúmes, ao deixar seu belo secretário de educação, voltando a ser autoritária e afetuosa. A outra escuta balançando os ombros, com os olhos distantes e uma cara teimosa. Quanto a Luce, ela dança sem parar, – "não perco uma" – passando de braço em braço sem perder o fôlego. Os rapazes não a acham bonita, mas quando a convidam uma vez, voltam porque ela é flexível, pequena, compacta e leve como um floco de neve.

A senhorita Sergent desapareceu, talvez irritada ao ver sua favorita valsar, apesar de suas exortações, com um grande loiro galante, que a abraça, que a toca com os bigodes e

---

[67] *Espèce de grande armelle!* Na nota de rodapé original: *Invective intraduisible* (expressão intraduzível).

os lábios, sem que ela proteste. Uma hora da manhã, não estou mais me divertindo, então decido ir dormir. Durante a pausa de uma polca (aqui, a polca dança-se em duas partes, entre as quais os casais passeiam em fila ao redor da sala, de braços dados), interrompo Luce quando passa por mim e obrigo-a a se sentar por um minuto:

– Você ainda não se cansou dessa labuta?
– Até parece! Eu dançaria por oito dias! Nem sinto mais minhas pernas...
– Então, você está se divertindo?
– Eu sei lá? Não estou pensando em nada, minha cabeça está entorpecida. É tão bom! No entanto, gosto quando eles me apertam...Quando eles me apertam e valsamos bem rápido, sinto vontade de gritar!

O que foi esse barulho de repente? Sons de pisadas, gritos de mulher sendo esbofeteada, gritos de xingamentos... Será que os rapazes estão brigando? Não, está vindo lá de cima. Minha nossa! Os gritos ficam tão agudos de repente que os casais interrompem o cortejo. Todos ficam preocupados e uma alma corajosa, o bravo e ridículo Antonin Rabastens, corre até a escada interna, abre a porta e... o tumulto aumenta. Reconheço com espanto a voz da mãe Sergent, aquela voz estridente de velha camponesa gritando coisas horríveis. Todos escutam, parados no lugar, em um silêncio absoluto, os olhos fixos naquela portinha de onde sai tanto barulho.

– Ah! Vadia! Você mereceu! Quebrei o cabo da minha vassoura nas costas daquele médico porco! Dei uma coça em você, hein! Já tinha tempo que *tava* desconfiada! Não! Não, queridinha, não vou calar a boca não! Não estou nem aí pro povo do baile! Podem ouvir! Vão ficar sabendo dessa porqueira! Amanhã não. Não! Agora mesmo! Vou arrumar minhas coisas, não durmo numa casa dessas! Vagabunda, aproveitou que ele tava bêbado, fora de condição (sic) pra meter ele na sua cama, esse *muierengo* aí! É por isso que seus vencimentos melhoraram, cadela louca! Se tivesse te colocado para ordenhar vaca, como eu fazia, você nem estaria aqui! Mas você vai ver só, vou gritar pra todo canto, quero vê-la apontada na rua, o povo rindo de você! Esse canalha do secretário de educação não pode fazer nada comigo, ele pode ter intimidades com o ministro, mas dei uma surra nele e ele deu no pé, tem medo de mim! Vem fazer putaria aqui, no quarto que eu arrumo todo dia. E nem se preocupa em fechar a porta! Fugiu com a camisa pra fora, descalço. As botas sujas ainda *tão* aqui! Aqui ó, as botas! Pra todo mundo ver!

Ouvimos as botas sendo jogadas pelas escadas, quicando. Uma delas rola até embaixo, na soleira da porta, na claridade, uma botina envernizada, toda brilhante e requintada... Ninguém ousa tocá-la. A voz raivosa diminui, afasta-se pelos corredores e, após o bater das portas, some. Olhamos uns para os outros sem acreditar nos nossos ouvidos. Os pares ainda formados ficam perplexos, em alerta. Aos poucos, risadas disfarçadas surgem em bocas zombeteiras, que correm até o palanque onde os músicos também se divertem, como todos os outros.

Procuro Aimée com os olhos, vejo-a pálida como seu corpete, os olhos arregalados, fixos na botina, ponto focal de todos os olhares. Um jovem aproxima-se caridosamente dela, oferecendo-se para levá-la um pouco ao lado de fora, para ela se recompor... Ela lança olhares desesperados ao redor, rompe em lágrimas e sai correndo. (Chore, chore, minha querida, esses momentos difíceis farão com que as horas de alegria sejam mais doces.) Depois dessa fuga, ninguém mais disfarça a verdadeira diversão. Trocam cotoveladas: "Você viu isso?".

Então, ouço perto de mim uma gargalhada histérica, uma gargalhada aguda, sufocante, abafada por um lenço. É Luce, que se contorce no banco, dobrada ao meio, chorando de alegria e com uma expressão de felicidade absoluta no rosto, que o riso me contagia também.

– Você ficou louca, Luce? Rindo dessa forma?

– Ah! Ah! Oh! Deixe-me... é tão bom... Ah! Eu não ousaria esperar por isso! Ah! Ah! Já posso ir embora, tenho *gosto* para muito tempo... Deus, como isso me faz bem!...

Eu levo-a para um canto para acalmá-la um pouco. Na sala, todos conversam, ninguém mais dança... Que escândalo na madrugada! Então, um violino solta uma nota perdida, os pistões e trombones seguem-no, um casal esboça timidamente um passo de polca, dois casais fazem o mesmo, logo são todos. Alguém fecha a porta para esconder a botina escandalosa e o baile recomeça, mais alegre, mais alvoroçado depois de assistir a um espetáculo tão engraçado, tão inesperado! Eu vou dormir, plenamente feliz por coroar com esta noite memorável meus anos escolares.

Adeus à minha turma, adeus à diretora e sua amiga. Adeus, envolvente Luce e perversa Anaïs! Deixo vocês e vou para o mundo – ficarei surpresa se me divertir tanto quanto na escola.

Copyright © Éditions Albin Michel, Paris, 1930
Título original: *Claudine a l'École*

Editora: Carla Monteiro
Tradutora: Juçara Valentino
Preparação e revisão: Driciele Souza
Revisão: Íris Silveira
Prefácio: Mellory Ferraz
Capa, ilustração, projeto gráfico e diagramação: Rafael Nobre

---

Colette, Gabrielle
Claudine na escola / Gabrielle Colette ; Tradução de Juçara Valentino – Rio de Janeiro : Meia Azul, 2024.
280 p. (Coleção Meia Azul)

Tradução de: Claudine a l'École
ISBN 978-65-983770-0-7

---

1. Literatura Francesa - Romance. 2. Mulheres - França - Século XIX. 3. Bissexualidade – França – Século XIX. I. Título. II. Valentino, Juçara. III. Série.

CDU 840-94
CDD 843

Bibliotecário responsável pela ficha catalográfica
Pedro Augusto Brizon de Jesus (CRB-7/6866)

Este livro foi composto em Pollen e Bely projetadas
por Eduardo Berline e Roxane Gataud.
Impresso em papel cartão supremo e avena 80 g/m²
na gráfica Vozes em setembro de 2024